浮尘万象记

一个被收集的世界

毛晓雯——著

广西师范大学出版社
·桂林·

自序

在经历宗教改革及大航海时代之后，16、17世纪的欧洲人睁眼看世界，探求欲大爆炸。当时欧洲的公子王孙有了一项新爱好，即在自己的宅邸中设置珍品陈列室（Cabinet of Curiosities），收集来自时间与空间各个角落的惊喜。

珍品陈列室的收藏原则是什么呢？说得浪漫点，就是收藏整个世界，造出一个小天堂；说得朴素点，就是百无禁忌。陈列室内，钱币、钟表、水果、贝壳、羽毛、鸟蛋、兽骨、胸针、纽扣、矿石、烟草，不一而足；木乃伊、蜘蛛网、独角兽的角、神话英雄用过的武器、制造水把戏的设备、能将烤肉变为血的装置，无奇不有。哪怕是寻常之物，只要它经历独特，也会被收藏。比如活跃于17世纪下半叶的历史学家拉夫·索尔斯比，曾收藏了一只其貌不扬的苍蝇。这只苍蝇的身世倒不像它的外貌那般泯然于众：1699年初夏某天，一团巨大的黑云从英国林肯郡科顿镇的天空过境，那个架势，唯有李贺的名句“黑云压城城欲摧”可形容。待黑云凑近，小镇居民发现其实是一大群嗡嗡飞舞的苍蝇。谁也不清楚苍蝇大规模游行的原因，此事遂成传奇。索尔斯比先生收藏的那只，当时就参加了游行。

你拿在手里的这本书，没错，正是我的珍品陈列室，用来收集历史中那些有趣的片段和细节，收集原则同样是百无禁忌：异域殊方的咒语、漏洞百出的情书、古老的糖果配方、想象中的巨兽、暴君的花园、一波三折的闹剧、褪色的谜题、老店的账本、扔在街角的蓬蓬裙、天真的魔法、居心叵测的法律、儿童的理想国、愚人们秘而不宣的征程、没有结果的游戏……我小心翼翼地拾起每一块漂亮的碎片，就连一只其貌不扬但身世传奇的苍蝇也不愿错过。

我关心君王的光荣之路，也关心他的冠冕由什么组成，是铁钉还是黄金；我关心哥伦布发现的新大陆，也关心哥伦布的船员穿的是不是牛仔裤的雏形；我关心第一列火车由何人于何时发明，也关心它沿途停靠的车站有没有小贩在叫卖啤酒；我关心小红帽与大灰狼的斗争，也关心小红帽给外婆捎带的糕点有没有巧克力夹心——我认为，正是那些有趣的片段和细节，让过去的某一分钟从尘埃掩埋中活了过来，生锈的历史重新闪闪发光。

再说回珍品陈列室。16、17世纪的珍品陈列室还没有科学的排列方式，就算时人号称藏品是按上帝的作品、自然的作品和人类的作品来分类，或是按照古希腊自然哲学经典的“四大元素”——土、水、气、火——来布局，以现代人的眼光来看，其实也没啥章法。比如在后一种分类法中，鸟和四脚动物同属气类，这算什么道理？主人往往只追求宏大的视效，将不同种类的精美藏品胡乱堆放一气。通常是观者刚欣赏完一滴尼亚加拉大瀑布的水，抬头就闯进十字军投石机的攻击范围；才为一部手稿里的悲剧而哭泣，转身就被几朵来自南美的玫瑰安慰。但是，正因为没有逻辑，所以走在陈列室里的每一步都充满悬念，让人血流加速，心跳不已。

我的珍品陈列室一开始也没做任何分类，后来考虑到多数读者的阅读习惯，做了些许整理排列，只是内容芜杂，最终也无法严格分类。这一点让我那贴心的编辑很苦恼，但我多少有些庆幸。如此一来，我的珍品陈列室里还是悬念丛生。我希望你在阅读任何一个片段时都难以想象接下来会与怎样的故事遭逢，我要你这一秒遇见兔子和爱丽丝，下一秒就陷入暴风雪。

毛晓雯

2018年4月

目 录

爱的誓言与欢场

『它不掩前不蔽后，就像玻璃遮不住玫瑰或百合。』

古埃及女人与同时期其他地区的女人相比，在财产上颇有些权利。古埃及纸草文献上记录了一桩妻子对自己丈夫放贷的法庭案例，妻子将自己的银两借与丈夫，但这可不是什么同林鸟连理枝共渡难关同舟共济的戏码，妻子要求丈夫在三年之后按照百分之三十的利率还贷。虽说夫妻间有偿放贷未免太无情，但对比世界其他地区女子的嫁妆常常被夫家无偿占有的状况，古埃及女人显然过得更有尊严。古埃及妇女还有提出离婚的权利，且离婚之后可以获得丈夫三分之一的财产——请注意，这并非婚后共同财产的三分之一，而是丈夫婚前婚后所有财产的三分之一，比现代摩登女郎的权利更高。如果丈夫亡逝，丈夫生前的一切将尽归她们所有，无论是金山银山，还是房地产。

◇

婚礼誓言并非都是“钟爱一生”“不离不弃”“白头偕老”之类的甜言蜜语，古代印度教徒的誓言就很简单粗暴：“我是为了得到儿子才同你结婚。”因为在印度，只有儿子才有资格献上祭品、进行祖祭，妻子若不能替丈夫生下儿子，就意味着丈夫一家的祖宗要断了伙食，所以古印度的婚礼才有如斯霸道的誓言，在说爱之前先说责任。

◇

在你心目中，最动人的表白是怎样的？是茨威格《一个陌生女人的来信》里那句“我要你在这辈子想起我的时候，心里没有忧愁”，还是塞林格在《破碎故事之心》里写的“有人认为爱是性，是婚姻，是清晨六点的吻，是一堆孩子，也许真是这样的，莱斯特小姐。但你知道我怎么想吗？我觉得爱是想触碰又收回手”，是茨维塔耶娃的诗“我想和你一起生活 / 在某个小镇，/ 共享无尽的黄昏 / 和绵绵不绝的钟声”，还是泰戈尔的短歌“你微笑着看着我不说一句，可是，为这，我已等待许久”……不管是何种风格的告白，深情都是必要元素。

但对于公元5世纪萨利法克兰的一位部落酋长希尔德里克来说，世间最动人的表白是这样的：“我知道你做起事来干练有力，因此我来同你一起生活。可是，你要明白，假如我知道在遥远的某一个地方，有什么人比你还要能干，我也会照样去找他做我的丈夫。”这话出自图林根酋长夫人巴西娜之口，当时她见希尔德里克前途无量，于是抛下自己的丈夫，来找希尔德里克做丈夫。

把巴西娜所说的浓缩一下，套用茨威格的话，即“我要你在这辈子想起我的时候，心里满是危机感”。巴西娜的告白没有深情，只有赤裸裸的真相，真相就是爱情世界同样讲究物竞天择、弱肉强食。没有无缘无故的爱，人的本能就是要追求更美好、更强大的人与物，谁会爱一个丑陋、孱弱、贫贱、愚蠢又恶毒的人？别太相信什么“不论祸福、贵贱、疾病还是健康，都爱你，珍视你，直至死亡”，如果那么容易做到，神甫又何必要求新人在天主面前郑重发誓？世间当然存在着无论

[俄国]伊凡·艾瓦佐夫斯基《古希腊诗人的婚礼》，1886年。

画中的婚礼十分唯美，它不一定符合古希腊婚礼的实况，但它特别符合近代西方人对古希腊的设定。19世纪，欧洲逐步进入工业社会，冷冰冰的机械、只讲效率的工厂、快节奏的生活令人们对古典时代生出无限向往，如19世纪美国作家梭罗在诗中所写："当生活的尺度退缩为一段庸俗的区间，/做人也做到日渐厌倦，/我要感谢诸神赐予我辉煌的希腊，/那个永恒的、静谧的精神家园。"

爱人何其丑恶都能继续爱下去的圣人，但绝大多数凡人的爱，都是有条件的。

弱者最爱琼瑶戏，期望伴侣永远爱自己，哪怕自己身上有一千八百种坏毛病；然而强者不需要这般无用的爱，他们知道每一天自己都会变得更好，即使某天爱淡情弛，也能让伴侣重新爱上自己。希尔德里克毫无疑问属于强者，他欣然迎娶了巴西娜。如此彪悍的夫妇，才能养育出彪悍的儿子，他们的儿子就是法兰克王国的第一位国王克洛维，而法兰克王国则是如今德意法三大国的起源。

◇

古希腊的婚礼上曾流行一句祝酒词，“祝愿我的敌人爱上女人，我的朋友爱上男孩”。这句祝酒词是古希腊推崇同性之爱的又一明证。

◇

科林斯是古希腊一座以贸易闻名的城邦，这里有的是钱，有的是想找乐子的富翁，所以科林斯全城像个欢场，街上鳞次栉比的都是妓院。为招揽生意，妓女们会穿一种底部刻字的鞋，每当她们走过沙地，鞋底就会在细沙上印下一串又一串“跟我来”的字迹。循字迹而去，等待你的将是一场玫瑰色的相遇。这样揽客多么高明，它没有甜到发腻的广告语，它像一场天真的游戏，它给人以想象的余地，它抛下悬念引你追逐谜底。不管字迹带领你找到的女子美不美丽，有没有金发与蓝眼睛，一切都不重要了，追逐的过程缱绻已极。

科林斯的人们逐沙地上的字迹而去的场面，让人联想到卡尔维诺在《看不见的城市》中的一段幻想：“从那里出发，六日七夜之后你便会抵达佐贝德，满披月色的白色城市，它的街道纠缠得像一团毛线。

[波兰] 亨德里克 · 希米拉德斯基《菲丽妮在伊琉西斯的波塞冬节上》，1889年。

菲丽妮是公元前4世纪希腊著名的妓女和交际花，雅典人疯狂崇拜她的美貌，甚至在塑造美神维纳斯的雕像时以她为模特。画家描绘的是她在海神节上出现于众人面前的轰动场面。

[法国] 古斯塔夫 · 莫罗《卢卡特悬崖上的萨福》，1873年。

据传，第一个在卢卡特跳崖的人是古希腊著名女诗人萨福，她爱上了叫作法翁的英俊男子，但对方始终对她无意，绝望的萨福只得跳崖以求解脱。萨福无法打动法翁，却打动了后世千千万万的人，约两千年后，意大利作家薄伽丘还在《列女传》中为萨福哀叹："我们是不是应该责备缪斯女神呢？当安菲翁弹唱诗歌的时候，她们肯为他移动奥吉及亚的石头，却不肯为萨福移动那位年轻男子的心。"

传说城是这样建造起来的：一些不同国籍的男子，做了完全相同的一个梦，他们看见一个女子晚上跑过一座不知名的城，他们只看见她的背影，披着长头发，裸着身体，他们在梦里追赶她，他们转弯抹角地追赶，可是结果每个人都失去她的踪迹，醒过来之后，他们便出发找寻那座城，城没有找到，人却走在一起，他们决定建造梦境里的城，每个人根据自己在梦里的经历铺设街道，在失去女子踪迹的地方，安排有异梦境的空间和墙壁，使她再也不能脱身，这就是佐贝德城。他们住下来，等待梦境再现。在他们之中，谁都没有再遇到那个女子。”如果真有这样一座城，定是性感至死。

◇

古希腊卢卡特有一处悬崖，心碎的恋人们常常从这里纵身跃下，跳入大海翻涌的波涛里。古希腊人相信，跳海者若能死里逃生，心碎将得到治愈，灵魂从此获得新生，不再有爱的伤痛。高崖大海，可想而知，只有少数的幸运儿能生还，多数跳海者唯有一死。不过从治愈伤痛的角度来说，还是死亡比较有成效。

◇

古罗马人在性上比在饮食上更为放纵，仅从庞贝古城一家妓院的揽客技巧就可见一斑：妓院每一间客房的门口都赫然描绘着不同内容的性爱壁画，以此向客人们展示各个妓女擅长的不同技能。这座妓院是意大利政府花费二十五点三万美元、耗时一年从火山灰下扒拉出来的，同时被扒拉出来的是一个纵情声色的古罗马。

罗马人的性放纵，在神明面前都不加收敛，反而变本加厉。萨拉·帕姆罗伊在《女神、妓女、妻子和奴隶：古代文物中的妇女形象》

（*Goddesses, Whores, Wives, and Slaves: Women in Classical Antiquity*）中描述了帝国时代罗马人的乱象："你想知道为什么当一些妇女经过贞节庙时会讲粗话和做淫荡的姿势吗？因为这里是她们每天夜里自我发泄的地方——她们甚至把尿撒在女神身上。她们把一根阴茎系在神像上，然后轮流骑它。"

这还只是平时，节日上罗马人的疯狂会加倍。酒神节上，人们抬着酒神巴克斯的象征——巨型男性生殖器模型——在罗马城游行，然后选派几位妇女为它戴上花环。请注意，给生殖器戴花环可不是身份低贱的女性有资格完成的工作，必是地位最高的几位贵妇才能获此殊荣。另外，既然神的生殖器都被拉出来游街，酒神节上男男女女在大街小巷当众媾合也算是应景之举了。

如果说酒神节戴花环的环节是为贵族女性设立的，那么维纳斯节完全就是妓女们的盛典。每年4月26日至5月23日间，罗马人为祭祀神女弗洛拉举行庆典。庆典期间，数十万身披透明薄纱的妓女同时涌向街头争奇斗艳。这个庆典是妓女的狂欢，也是妓女的比赛，妓女们为了在众多美丽的肉体中脱颖而出，还会给自己的身体化妆。庆典的高潮是几百名妓女用拖绳拉着一把硕大无朋的花束，花束上面载着巨型阳具模型，拖往弗洛拉的神庙。而在弗洛拉神庙之中，一个巨型阴户模型早已备好。接下来的剧情就顺理成章了：妓女们用两个体积惊人的"性器官"，当众表演一场大气磅礴、荡气回肠、震古烁今的媾合。庆典期间，妓女们还会为城中男子提供免费的性服务，美其名曰"维纳斯的服务"。

就这样，罗马人放浪了好几百年，美国HBO电视台将《罗马》拍成声色盛宴也算是尊重史实的做法。罗马人信奉越堕落越快乐，却忘了还有一个道理叫作"物极必反"。略略放纵是快乐，放纵太过就感觉自己活得像动物，疲惫且令人生厌。理解了这一点，就能理解为何纵欲的罗马人最后会转投斯多噶学派和基督教的怀抱，在清规戒律中寻求灵魂的解脱。正如德国诗人海涅所说："在这罗马人的世界里，肉身已变得如此肆无忌惮，看来需要基督教的纪律，来使它就范。吃了一顿特利马尔奇翁的盛宴之后，是需要一次基督教似的饥饿疗法的。"

◇

古罗马诗人贺拉斯在他的《讽刺诗》中表示，男人与其追求良家妇，不如追求酒吧女。因为普通罗马妇女穿着长袍，仅余脸部暴露在外，其他部分被长袍掩盖，谁也无法判断好歹；妓女则不同，她们穿着透明的长内衣，身材比例一目了然。所以追求良家妇像是买彩票，也许你耗费贵重礼物勾引来的美人除了脸美，哪儿都不美；而追求妓女是明明白白消费，产品的原材料、添加剂、卡路里你心知肚明，钱花得有所值。从某个角度来讲，贺拉斯真是维护消费者权益的先驱。

另，古罗马妓女的透明长衣总让我想起16世纪传奇史诗《疯狂的奥兰多》（*Orlando Furioso*）中的一段："鲁杰罗一抱她，纱就掉落，/ 她只剩一览无余的薄内衣，/ 它不掩前不蔽后，就像玻璃 / 遮不住玫瑰或百合。"能将情色场面描写得如此高贵典雅，阿里奥斯托的确有天才。

◇

从1244年到1251年间，教皇英诺森四世带领着他的领导班子驻扎在里昂，离开里昂的时候，他发表了一番感动全城的讲话："朋友啊，你们要多多感谢我们。我们可给你们办了件大好事。我们到里昂来时，这里有三家妓院；而现在，当我们离去，只剩下一家妓院了——一家囊括了全城、从东门直到西门的大妓院。”翻译过来，教皇大人就是跟大家炫耀他的惠民工程：我把整个里昂都变成了红灯区，我牛吧？这种话从高级神职人员嘴里说出来，真是别有一番风味。

◇

恋爱中的男女智商并不低下，情书加密的手段堪比美国联邦调查局。12世纪欧洲男女常用蜡版传情：一方将情话刻在一块小小的蜡版上，让仆人将蜡版送交另一方；另一方收信阅读之后，用灯盏或蜡烛烤化蜡版，将情话抹去，随即给平整如新的蜡版刻上回信，命仆人送还。仆人不识字，蜡版烤化就没了痕迹，无人泄露信中的秘密。只是有点可惜，无数思念跟缠绵就这样被轻易抹去。

蜡版传情最重要的一环是跑腿的仆人，但你若是没有仆人又该如何传信呢？不用担心，中世纪只有极少数人能接受教育，识字率低达百分之一，社会上识字且能写信的都非富即贵，从不缺少仆人。如果你没仆人，基本上你也不太可能识字，也就写不了情书，又何用担心情书的传递途径？还是担心担心明年庄稼的收成吧。

◇

15世纪末，威尼斯出台了一项奇妙的法令，要求所有的妓女必须在招揽顾客的窗口前袒胸露乳，将乳房曝露在阳光之下。难道政府想帮助妓院提高营业额？错，这是为了鉴别同性恋。因为当时某些男同性恋为了躲避社会对同性恋的惩罚，常常假扮成妓女，这样既可藏匿身份，又可光明正大地与男子来往，一举两得。此举一出，假妓女从

[法国]让-奥诺雷·弗拉戈纳尔《瞎子摸人的游戏》，1750—1752年。

这是18世纪青年男女最爱的调情游戏之一，充满了洛可可时期娇滴滴的风格。

此无处遁形。想想真是可怜，政府不惜用如此荒谬的招数，也要将他们赶尽杀绝。

◇

文艺复兴时代官方虽不排斥色情业，却格外在意能不能将酒吧女与良家妇区分开来，并在此事上很下了些工夫。最主要的手段是让妓女和普通女人穿戴得不同，以便于一目了然。

1313年苏黎世的法令规定，每个妓女走在大街上都必须戴风帽式的红帽子，如果在教堂想脱帽，帽子也得搭在肩上；1400年梅拉诺市想的办法是责令妓女在鞋上系花色花结，以及不准佩戴银首饰；1440年奥格斯堡要求妓女的面纱上要有两指宽的绿色条纹……而最精明的规定是当时许多城市都有的反奢侈条例，规定良家妇不得穿戴贵重衣物与首饰，却单单同意妓女穿戴这些浮华奢靡的物件儿，有时甚至强行规定妓女必须穿戴。这样一来，妓女和良家妇也就区分开了，更重要的是彻底根治了良家妇的奢侈病，因为奢侈品成了妓女的标志。一个女人再爱美，也不愿以名誉为代价。

官方推行反奢侈条例，无论怎么加大宣传力度、增加监督人员，效果都比不上让妓女为珠宝绫罗代言。想出这一招的人，智商定能排进文艺复兴时期前十，尽管那个时代脑力巨擘云集。

◇

15世纪欧洲最盛行的调情方式是乘雪橇兜风。男子邀请心仪的少女一同乘坐雪橇，想的才不是借高超的雪橇操控技术来证明自己的男性魅力，而是在心底暗暗祈祷，赶紧遇到障碍或崎岖，雪橇翻倒那一刻才是游戏的高潮——和少女摔在一起，听少女在这小小的事故中惊声尖叫，多少风流韵事就此发端。如果兜风在夜间进行，风流的概率就呈几何倍数增长，这现象甚至引起了官方的重视，当时许多城市明令禁止男男女女在夜间乘雪橇兜风。政府能禁止某种恋爱手段，却禁不住爱情，青年男女们有的是招数，禁雪橇兜风有什么用？

◇

丈夫出轨会毁掉一个幸福的家庭，17、18世纪的欧洲人也这么想，不过他们的出发点与现代人不太一样。当时的一本医疗书籍提到，一个男人若犯了通奸罪，会破坏全家人的健康，为什么呢？因为受这桩丑闻的影响，男人的妻子将会变得狂躁而抑郁。而这些负面情绪，这种被背叛的耻辱，则会伴随着妻子的乳汁传递给孩子，孩子的一生也就不可避免地被毁掉了。依照这个逻辑，难道丈夫在妻子的哺乳期结束之后再出轨，就不会对小孩形成伤害了？

◇

古代日本许多村庄不养鸡，据说是因为鸡一大早就开始打鸣，洪亮的叫声会打搅神灵们的恋情。

◇

日本江户时期（1603年—1867年）的男女喜欢在赏樱之地相亲。江户式相亲与如今不同，双方并不坐下来说话，而是男方坐定后，女方由人陪同从旁匆匆经过，惊鸿一瞥便定下终生。想想即知：樱花树下，落红成阵，你坐在春风里，我穿过樱花雨，远远望上一眼，很容易生出相看两不厌的情绪。以秒速五厘米缓慢飘飞的樱瓣，可将最平凡的相遇包装成偶像剧。

在赏樱地相亲易于引发爱情，但这种相亲方式亦有致命缺点，樱花花期短，仅有一周，若一年之中只能相亲一周，那得多少年才能觅得爱侣？

生活在16到17世纪的天海僧正，为了让众人能多欣赏樱花一阵子，特地给江户赏樱名所宽永寺移栽了形形色色的樱花品种。不同品种开花时间有异，前前后后加起来，宽永寺的赏花时间从一周延长到了一个月，多少良缘就在延长的花期中缔结。一代高僧天海僧正，一不小心就做了一代红娘，宣讲佛法，也成人之美。话说回来，一个月时间也不算长，赏樱相亲还是有局限。所以江户人多数时候还是在茶馆和神社里相亲，只是少了樱花做背景，心跳和化学反应也削弱了。

另，据说豪放的江户人偶尔还会选择澡堂作为相亲地，双方裸裎相对，谁也骗不了谁。这种相亲方式的好处在于敲定之后几无退货之虞。

◇

日本江户时代商人的女儿出嫁，通常会带着数目可观的陪嫁钱，不过这钱只是暂放于夫家，一旦离婚，嫁妆须返还给女方。丈夫当然可以单方面提出离婚，只要在离婚的同时能够偿还妻子高额的陪嫁钱。而在多数情况下，丈夫早就将妻子的嫁妆用了个底朝天，无力退还嫁妆就无法休妻，婚姻得以继续。这样的嫁妆，算是一种变相的婚姻保险。

[日本] 杨洲周延《有风吹来》，江户末期到明治初年。

樱花是最好的化妆品，无论长相多么平庸的女性，走在樱花雨中都别具风情。

[日本]杨洲周延《女礼式略图·婚礼》，约1891年。

画中的新娘穿着日本传统结婚礼服“白无垢”。在日本，葬礼时给死者穿上白色衣物，含有祈祷灵魂不要迷失彷徨的意思；同样的逻辑，让新娘穿着白衣出嫁，则是带着不要出而又返的美好祝祷。无论是身着“白无垢”出嫁，还是带着高额的陪嫁钱，新娘都祈盼着能有一生一世的婚姻。

◇

古代日本人心中当真有个打不开的中国结，人文景观向中国看齐倒也罢了，就连完全不受人类操控的自然风光亦要向中国学习。

室町时代后期，“近江八景”一说开始流行，八景包括：坚田落雁、矢桥归帆、粟津晴岚、比良暮雪、石山秋月、唐崎夜雨、三井晚钟、濑田夕照。

这些景观看上去是不是很眼熟？你没有产生幻觉，因为这的确是模仿中国的“潇湘八景”——平沙落雁、远浦归帆、山市晴岚、江天暮雪、洞庭秋月、潇湘夜雨、烟寺晚钟、渔村夕照——而来。

当时的日本僧人看着近江国的琵琶湖，遥想着唐土的洞庭湖，他们怀着无限憧憬，依葫芦画瓢，硬是为近江国找了八个与潇湘洞庭相似的景观出来。

从此，东瀛人模仿“潇湘八景”就上了瘾，先是在各地选八景，比如“江户近郊八景”“金泽八景”，后来甚至在红灯区中也选起了八景，比如“吉原八景”。吉原乃是江户时代的妓院集中地，并无什么自然风光，如何选出八景？别担心，有志者事竟成，江户时代的浮世绘画师们就从青楼女子的举手投足间看出落雁、归帆、晚钟和秋月来。

[日本] 歌川广重《近江八景之内 · 三井晚钟》，江户时代。

“潇湘八景”的说法及绘画自宋朝传入日本，很快在日本形成影响力。近江与潇湘似与不似并不要紧，最要紧的是当时的东瀛人处处想要与中国一样。

[日本]溪斋英泉《吉原八景·粟津晴岚》，江户时代。

画中美人盛装华服、明艳绝伦，却以手托腮、似有心事，神色不无落寞，仿若晴空笼罩了烟雾，当真是“晴岚”的景象。

◇

日本江户时代，游廓文化繁荣。游廓，就是妓院所在地。江户人追捧太夫——最高等级的妓女，就像是追捧超级巨星。不过日本江户时人品位特殊，他们推崇的名妓，与别国的名妓有些不同。

第一点不同：别国的名妓，无论是古希腊的还是古印度的，抑或是中国古代的名妓，之所以能名传千里，往往是因着过人的智慧与才华，嫖客们津津乐道的是她们的诗作何等优秀、琴技何等高妙、谈吐如何机智；日本江户时代的名妓也拥有茶道、花道、书画、音乐等多种才艺，但嫖客们念念不忘的常常是她们的教养与礼貌。井原西鹤在《好色一代男》中盛赞一位名妓的话在江户时代极具代表性："这位太夫为人热情，温顺伶俐，且举止端庄。入席之后从不起身去厨房，也不同女佣人悄悄耳语……接待初次到来的客人时，她特别注重使在座的人振作精神，即使偶尔离座去厕所，也是不动声色地走到院子里。一边走，一边平静地眺望连接大门的胡枝子篱笆墙，提起被露水打湿的和服前面下摆的两端。当打开野根山产薄板制成的厕所门时，不让发出任何响声，不从厕所壁上留出的竹格窗向外看。方便完毕后，毫不吝惜用纸，而从厕所出来之后也不立刻回到酒宴上去，却像有什么缘故似的远眺筑山的景色。不知何时已洗过手脸，尔后点上一炷香，熏一熏和服下摆处，然后才重新入席。"——可有一个字提起这位太夫过人的才学？没有，或许她压根儿就没有过人的才学，但这不重要，仅是她优雅的姿态、周全的礼仪就足以使她成为一代名妓。一举一动都是美，如艺术品般值得人慢慢欣赏与体会，何需她额外写什么诗、唱什么歌来添味？

第二点不同：别国的名妓都以自己的生活中"谈笑有鸿儒，往来无白丁"为荣，愈清高愈获赞，名妓们恨不能以学历高低和论文发表量来筛选嫖客，但日本嫖客推崇的是对粗人亦能柔情似水的妓女，“就连鱼店的常兵卫，她也允许他攥攥自己的手，对蔬菜店的五郎八也说上几句温情话，而使他们非常高兴。说真的，回忆起这位妓女对任何人都不歧视地施以温情、真诚的心灵时，他们开始时还在高谈阔论，但是，不知不觉地都悄然沉静下来，无不热泪盈眶”。另有一位名妓御舟，“即使跟妓院的老板娘、负责监督的人和女佣道别时，也客气得使人高高兴兴。穿涂漆木屐走路的声音非常轻。身体露在男仆为其撑的伞外面，雪落在和服袖上她也毫不在意”。御舟走路的姿态已体现了她良好的教养，而她教养的最佳体现却是对下等人也温柔客气。《卖油郎独占花魁》的女主角王美娘也就能在中国做做名妓，放在江户时代的日本定招诟病，因为一开始老鸨让王美娘接待卖油的秦重时，她满心的不屑，嘴里嘟囔的是“娘，这个人我认得他的，不是有名称的子弟，接了他，被人笑话”。

第三点不同：别国的名妓恨不得自己成为全天下最摄人心魄的女子，但日本名妓却以协助嫖客割断对自己的眷恋为本事。江户时人逛妓院，与其说他们贪图美色，不如说他们贪图的是一场不落婚恋嫁娶之俗套、不牵扯现实利益的恋爱。没错，他们并不推崇纯粹的肉体关系，相反，他们认为游廓时嫖客与妓女双方都心怀真挚相当重要。但谈恋爱就难免陷入狂热与执着，优秀的妓女会帮助嫖客恢复冷静，“他们各自谈了从这位太夫那里得到恋情时的感受。当客人为恋情想不开，甚至要舍弃性命时，她会晓之以理，且疏远他；当得知出现了与她有关的艳闻时，常常使客人充分理解，而请他别再到妓院来；对于那些被恋情冲昏头脑的客人，则向其说明世间的常理，之后，便不再理睬他；对于有妻室的男人，则要使他懂得妻子是怎样痛恨这种事”。

另有一点，别国古代的名妓，虽无人要求她们要精于柴米油盐酱醋茶，但若有一手好厨艺、做得好女红，定是加分项，日本江户时人推崇的名妓，却以拙于生活技能为荣。如藤本箕山在《色道大镜》所说："女郎对做饭炒菜之类的事情，越是一无所知，就越显得优雅。这些事情是那些佣人干的。北川家的贞子野风夜起的时候，朦胧看见别人在打鸡蛋，觉得很好玩，就凑上去说："让我打一个试试吧！"人家就拿出来让她试，结果一个都没有打好，倒把手都弄脏了。那种生疏拙笨的样子，反而显得高雅、可爱。"一句话，江户人就是想远离人间烟火，远离讨价还价的市井生活，好好谈一场直抵灵魂的恋爱。

◇

日本江户时人常随身携带卫生纸，并且，他们格外看重卫生纸，甚至把一个人如何使用卫生纸当作判断此人有无风度的重要标准。

井原西鹤在《好色一代男》中描述了一个粗俗的澡堂妓女，此女教养为零，在客人面前不住地打哈欠，扭动着身子找虱子，拉门的动作也毫无美感可言，且她还有一项重要的"罪行"，那就是"随随便便应付着客人，连擤鼻涕用纸也拿客人的"。不自备手纸，随意使用客人的，是为不雅。书中还写了江户时代纨绔子出门时的最高配置：在腰间挂着有七处装饰物的大腰刀，腰刀有着靛蓝色的鲨鱼皮刀鞘，刀把缠着京都鼠屋的淡紫色合股丝线；手持十二根骨的扇子，扇面上是友禅画师的风俗画；脚踏稻穗秆编织而成的细带草屐……还有一样必不可少的元素，那就是"身上带着最上等的小张卫生纸"。小张卫生纸，竟然可以跟鲨鱼皮刀鞘和友禅风俗画扇面相提并论，一个江户人若想扮出通身的气派，断断不可忽略卫生纸。

《好色一代女》中描绘了江户人心目中完美的嫖客形象："进了客室里举止落落大方，腰间短刀稍微往前探出一些，扇扇子时从袖口

[日本] 葛饰北斋《日本三笔》，江户时代。

日本江户时人喜爱浮世绘美人画，而美人画中的主角基本都是青楼女子。这幅画展现了江户人理想中的妓女：仪态端庄，行止优美，不事生产，不沾染人间烟火，每日吹花嚼蕊、看书写字。

往里扇风，稍过一会儿才站起来洗脸，即使石钵里已经有水也要让侍女换上新的，先小声地漱漱口……把小杉原出产的上等手纸放膝盖旁边，随便使用毫不吝惜。”同样，最佳嫖客也少不了用卫生纸来给自己脸上贴金。随身携带名产地出的高级手纸，且用起来潇潇洒洒，这才是江户子的丰采。

使用卫生纸的爽快程度之所以与一个人的风度呈正比，是因为江户时代纸张的价格相当高昂，一张纸总要反反复复利用。纸价之贵，以至于某些偏远地区的寺子屋——寺院为平民子弟开设的私塾，教孩子们练字都是用“砂书”法与“灰书”法。“砂书”“灰书”听起来神秘，其实就是握着笔杆在盛满砂子或土灰的盘子上写字，写满一盘，手一抹，沙面平复如初，又可以写一遍，再写一遍。买不起纸张？没关系，多少出身贫寒的孩子，就用这样的方法练字、学知识，为自己的人生争取到一个光明的开始。

◇

17世纪，德国乡村的新婚夫妇中流行一个偏方：男性若担心结婚当晚圆房时出现障碍，可以先对准婚戒小便，让尿柱巧妙地穿过戒指那小小的孔洞，接下来就会一切顺利了。

◇

18世纪德国音乐家勃拉姆斯为他的爱人克拉拉写过很多曲子。在克拉拉生命的最后阶段，他创作了六首钢琴曲，篇幅都异乎寻常地短。因为彼时克拉拉身体虚弱，她的精力只能支撑她聆听短时间的演奏。那六首钢琴曲，从节拍、旋律到篇幅，都在倾诉勃拉姆斯的爱情。

◇

19世纪画家但丁·罗塞蒂，是以唯美主义画风著称的拉斐尔前派的核心成员之一。而罗塞蒂把唯美主义贯彻生活的始终，并不仅限于艺术创作上。

罗塞蒂绘画天赋惊人，还擅长作诗，当他的妻子伊丽莎白·西德尔去世时，悲痛欲绝的罗塞蒂将自己的诗稿与妻子一起埋葬。他的诗色彩丰富，如“你的手伸展在鲜嫩的长草里/指尖如玫瑰花一样透明/……在我们的巢穴周围，在我们的视野之内，/是镶着银边的金黄色驴蹄草……”，让斑斓的诗句为妻子沉睡的黑暗世界带去光明，真是最缱绻的随葬品。但这还不是故事的高潮，高潮在七年之后，罗塞蒂掘开妻子的坟墓，挖出了诗稿，并正式出版。在死亡中发酵了足足七年的诗，猎奇的大众当然不会放过，罗塞蒂的诗集成为红极一时的畅销书。

无论是将诗作为爱人的随葬品，还是掘开坟墓、从地狱的阴影里取出诗集，都疯狂至极，也浪漫至极。大概也只有如此浪漫的罗塞蒂，才能写出这般唯美的诗句：“她梦着，梦着，直到在她忘了的书上/落下了她手中忘了的一朵小花。”

◇

达尔文创作《物种起源》时，大概做梦都没想到自己书中物竞天择的思想，竟会启发他的表哥弗朗西斯·高尔顿设计出改良人种的办法，即在人类传宗接代的活动中引进优胜劣汰的机制。高尔顿提出政府应当创建公开的考试制度，鼓励那些在考试中获得优良成绩的人结合。如何鼓励呢？鼓励分为两部分：一部分是物质鼓励，高分男女结婚，当奖励五千英镑巨款，并由政府出钱抚养他们的后代；一部分是精神鼓励，高分男女的婚礼应在高贵冷艳的威斯敏斯特大教堂举行，由皇室出面，办得像一场隆重的庆典，总之一切都得足够体面。高尔顿提出的考试制度，就是如今智商测试的前身。值得注意的是，高尔顿心目中高分女性应当具备的特质之一是“不太痴情”，估计在高尔顿看来，过分痴情正是智力低下的表现。照此标准，当代几乎所有偶像剧的女主角，都将在高尔顿设计的理想国里被剥夺生育机会。

[英国] 但丁·加百利·罗塞蒂《白日梦》，1872—1878年。

罗塞蒂的名诗“她梦着，梦着，直到在她忘了的书上 / 落下了她手中忘了的一朵小花”，就是这幅画的题画诗。

日常之光与理想国

『当他熄灭了路灯时，
就像让星星或花朵睡着了似的。』

古代世界男尊女卑，大多数女人都只是男人的附属。哪怕在自由开放的古希腊，也如波伏娃所说“希腊女人处在半奴隶状态，连抱怨的自由都没有”，女人们只能在家操持家务，公共领域没给她们一点余地和机会。但古埃及妇女是例外，她们之中还有不少人当上了公务员，她们不只是某某男士的妻子，连姓名都无人记得，她们还拥有自己的职务和头衔，像男人一样在花花世界里争名与牟利。

埃及学家费舍尔研究发现，在埃及古王国时代，相当数量的妇女头顶着织工屋管理者、假发屋监工之类的头衔。而当时的成功女性，头衔之长，堪比今天某些政府官员，比如埃及古王国时代第五王朝一位妇女的雕像上，镌刻着她光彩夺目的头衔：王室的熟人、王室的增添荣耀者、节日的女主持人、假发车间的管理者……每一个头衔都在向后来人诉说，在那个女性权利普遍缺失、多数女人在灶头消磨一生的时代里，古埃及女人拥有怎样的天地。

“光荣属于希腊”，爱伦·坡的诗高度总结了所有人对希腊的美好印象。希腊文明最绚烂的中心是雅典，但彼时的雅典可能并不如大家所想的那么光鲜，公元前4世纪的历史学家狄卡阿克斯记载道："雅典街道无非就是些陈旧可怜的小胡同，房舍矮小，好房子很少见，外乡人初来乍到，很难相信大名鼎鼎的雅典竟会是这个样子。"这让人联想到巴黎综合症，它是一种新兴的心理疾病，主要患者为日本人，病因是日本游客来到浪漫之都巴黎后，发现巴黎的真面目与他们幻想中处处金碧辉煌、空气里都泛着甜香的花都落差巨大，从而产生抽搐、恐惧、恶心、失眠、自卑、蒙羞、被害妄想等一系列症状。如果雅典真如狄卡阿克斯所述，那么在古希腊时期，外地人去到雅典会不会产生雅典综合症？

◇

我们作为沉浮在商业浪潮中的动物，对"数量有限，先到先得，送完为止"这一吆喝早就烂熟于胸。然而，这可不是现代商人的创意，早在公元前4世纪便已出现如此这般的广告和促销活动。只不过打广告的并非百货公司，而是迎着朝阳召开的雅典公民大会。阿里斯托芬在他的喜剧中曾借一角色的口说，去参加公民大会得趁早，去晚了就领不到津贴了——是的，在公元前4世纪参加雅典的公民大会是可以领会议津贴的，津贴金额虽不高，仅够一天生活所需，但这可怜的津贴保证了一点：即使你一文不名、穷困潦倒，你也能凭借这一天的生活费，体面地参加雅典的政治生活，同那些阔气的公民一般无二。不过津贴名额有限，想要享受雅典的政治福利，请早睡早起。

◇

在古希腊，朋友见面时仅以优雅的手势致意，不会握手和鞠躬。

因为握手被希腊公民视为过于庄重、正式的礼仪，而鞠躬则被认为是专制独裁的遗风，生活得自由而民主的希腊人哪需要向谁折腰？

◇

古希腊有各种各样的运动会，而这些运动会的优胜奖品皆可用一句广告语来形容——它们都是“纯天然植物精萃”：古奥运会的冠军奖品是一颗苹果，直到第七届古奥运会，奖品才变成了一顶橄榄树枝编成的冠冕，也有用桃金娘花环做奖品的；德尔菲的皮托竞技会的奖品一开始是黄金三足鼎，后来变为了月桂花环；阿哥利斯城尼米亚赛会的冠军桂冠是野芹菜编织的；地峡赛会一开始用松树冠当奖品，后来也用上了野芹菜冠——不知道有没有哪位冠军把奖品炒成一盘菜？

希腊人大概没有想到，他们这般简陋的奖品，还成功震慑了强敌。希波战争期间，波斯大帝薛西斯某次率军进攻希腊时发现竟无人应战，一作了解，发现希腊人正忙于参加奥运会。当薛西斯了解到奖品不过就是一顶不值钱的橄榄枝桂冠，内心大为震动，他对手下再三叮咛：“千万要小心，因为我们是与不为金钱而为荣誉而战的人对抗，这样的人很难战胜。”不得不说，薛西斯是个难得的聪明人。

◇

公元前460年至380年间，在希腊出现了一批以雅典为活动中心的辩论培训师。这些职业培训师除了传授能助你舌战群雄的辩论术、高精尖的演说技巧外，还要传授包括诉讼程序、城邦治理在内的各种知识。他们被称为“智者”，又被称为“诡辩家”。之所以会出现辩论培训师，是因为雅典实行的是面对面的民主。那时候的雅典只有全员参加的公民大会，每个人的意志都将在公民大会上以投票的形式直接发声。

当清晨的风温柔地拂过雅典金黄色的土地，太阳跃出辽远的地平线，公民大会就开始了。在宣读咒语、宣读会议人选、宣读议题之后，传令官振臂高呼一声“谁想发言”，大会就进入自由辩论阶段，发言者走上台去面对雅典所有公民阐述自己的提议。这个时候，任何一个公民，随时可以站起来鼓掌叫好，也随时可以翻白眼说“不”。任何一个发言者，都要做好接受赞美与接受诋毁的两手准备。而台上和台下的人，就在众人面前唇枪舌剑，誓死捍卫自己的观点。待舌战结束，全员投票表决，一个提议能获得多数人的赞成便通过生效，任何人无权更改大会决定。看出来了吧，如此政治生活中，笨口拙舌等于你永远无法实现自己的提议，而舌灿莲花等于你能煽动更多人起来为你的理想投一票。在雅典，想出头，想获利，想维权，都请先练口才。

所以古希腊的辩论培训师要收取惊人的培训费，他们的课程的确是物有所值，他们的技艺不是帮你在街头跟小摊贩讨价还价或是跟邻居争执一株橄榄树的归属，而是协助你为自己的城邦立法。

◇

公元1世纪，尼禄的家庭教师塞涅卡写信给朋友抱怨罗马某行省的一座浴场，说浴场的噪音让他不得安生：“譬如，一位绅士挥舞重物奋力锻炼，无论是真在用力，还是假装用力，我都可以听到他在咕咕哝哝，他呼出憋住的气时，我能听到他在急促地大声喘息。也会碰到懒惰之人，满足于廉价按摩，听到手不断敲击他的肩膀，用掌还是用拳，敲击声会有所不同。还有比赛计分者大声宣布比分，这简直是锦上添花了。除此之外，偶有蛮不讲理的喝酒闹事者或者被捕的扒手，总是喜欢在卫生间欣赏自己声音的吵嚷者，还有跳入泳池乱嚷嚷和乱扑腾的人。这些声音还算好听，想象一下声音尖利刺耳的拔毛发者吧，为了宣传的目的，他不断大喊大叫，绝不住嘴，除非是他在给别人拔腋毛，折磨得受害人大声喊叫。不断变换叫卖声的蛋糕贩、香肠贩、糖果贩——所有卖食物的小贩都在大声叫卖，都发出自己独特的声调。”

这番怨言向我们展开了一幅关于罗马浴场的《清明上河图》，从第一句开始，依次说明如下事实：罗马浴场不只是洗澡的地方，还是一座健身房（另外补充一点，据其他史料记载，玩球类、跑步、打拳、跳高、摔跤、投铁饼、掷长矛都是罗马人洗澡时酷爱的健身项目，有时浴场还会邀请职业运动员来做示范表演）；罗马浴场已有了按摩服务，按摩手法有用掌和用拳两种，且按摩收费并不高昂；去罗马浴场洗澡，还相当于参加奥林匹克运动会，浴场内举办各式比赛，虽然这些比赛只是洗澡时的消遣，但还是有正经的计分者来保证比赛公正；罗马浴场也有种种不文明的现象，如今，两千年过去了，一模一样的不文明仍在人类的浴室里反复上演，简直让人想发出天问，“我们的文明程度真的提高了吗”；罗马人已意识到腋毛不雅观，所以浴场里有了一种新兴职业——腋毛拔除师；罗马浴场还是集贸市场，小贩来回叫卖美食，人们足不出浴池就能吃香喝辣……总的来说，罗马的浴场就是一座集休闲、娱乐、购物、餐饮、运动于一体的都市商业综合体，难怪罗马人天天上澡堂都不腻。

[英国] 劳伦斯·阿尔玛－塔德玛《卡拉卡拉浴场》，1899年。

该浴场是古罗马最著名的公共浴场，它是嗜血暴君卡拉卡拉为收买民心而建。在这里除了能洗澡、娱乐、购物等，还能阅读和学习，因为浴场还包含一个公共图书馆，且采用了古罗马图书馆的标配——全馆分成两个面积相等的部分，一部分储藏希腊语书籍，一部分储藏拉丁语书籍，希腊文化与罗马文化携手并进、共创辉煌。

◇

罗马人修建了宏伟的供水系统，帝国境内处处是引水渠、蓄水池、喷泉、水井、水库和浴场，这些设施日复一日为帝国的子民带来健康而洁净的生活。

公元前11年担任罗马水政官的科维努斯在《论罗马城里的供水》中煽情地写道："把这个不朽的重要的输水网系统与无用的金字塔或者毫无意义的希腊旅游景点对比一下吧！"言下之意，金字塔也好，希腊神庙也好，虽然它们壮丽绝伦，但和罗马庞大的输水网比起来也没什么了不起，因为它们美则美矣，却不实用，唯有我大罗马的输水网带来了实实在在的幸福。当然，科维努斯的自恋是有道理的，罗马帝国时期修建的茱莉亚引水渠至今仍在使用，为著名的罗马许愿池供水，足见工程质量之高。今天的游客面对许愿池默默祈祷时，可曾想过这一池承载愿望的清波，乃由两千年前的罗马人引来？

科维努斯的观点还有个唯美版，那便是古罗马作家维吉尔在《埃涅阿斯纪》中的诗句："让别人焙炼和铸造美丽造型的铜像吧……或者手执短杖去探索圆形的天体，去欢呼新出现的星座吧。但是，你们啊，罗马人，却学会用神圣的权力去统辖诸国。"提炼中心思想，维吉尔说的其实就一句话：让别人去研究那些没用的学问，咱们罗马人要实干！

这些观点虽功利，但罗马人也确实凭着实用精神，把帝国建设得有声有色。到了3世纪末，仅是罗马城，就有两座赛车场、两座大竞技场、十一座大澡堂、十一座凯旋门、两千所豪宅和超过一千座喷泉，罗马人民的幸福度可想而知。

[英国] 劳伦斯·阿尔玛－塔德玛《春》，1894年。

罗马人每年2月还会庆祝春天的到来，这幅画展现的便是罗马人庆春的游行队伍。不知是为了支持画家创作这幅永恒的巨作，还是为了在永恒的巨作中留名，画家的许多亲朋自告奋勇为此画充当模特。

◇

古罗马人在每年2月都要杀牲备酒，庆祝斐布儒斯节（拉丁文Februarius，英文February）。这一节日有两个主题，一是祈祷人丁兴旺，二是劝人向善。斐布儒斯节劝人向善的部分很寻常，奇就奇在祈祷人丁兴旺的方式上：人们在这一天要用公山羊皮制成的鞭子抽打不孕不育的妇女，以祈求其怀孕生子。不明白这样莫名的仪式到底取悦了哪位尊神，还不如直接说是为了鞭策妇女赶紧生育。

◇

古罗马已有公共厕所，厕内设施皆公用，不但马桶座是公用的，就连“厕纸”都是公用的。“厕纸”是一些绑着海绵的小棍，一人取来擦拭臀部之后，丢回一个盛装着浓盐水或醋水的小桶里，下一人继续取用。“厕纸”循环使用，环保倒是够环保，就是不太卫生。当然，罗马人已在消毒问题上尽力，只怪盐和醋去污力有限。

一时找不到公厕也不用着急，古罗马人还在街道两侧布置了很多小瓶子，供来往行人小解。

◇

在古罗马的某些地方，主人不给奴隶提供衣食，那么奴隶靠什么生存？靠抢。奴隶在完成主人布置的繁重工作任务之后，还得拼尽最后一丝力气，自个儿去别的地方抢劫维生的口粮。

◇

古罗马人为左右手安排了不同的工作，左手用于清洁身体，右手用于取用食物，你若用洗澡的手取食，毫无悬念，你将被视作野蛮人。用餐时，手指沾上污垢后有两个选择，一是在餐布上擦拭，二是在奴隶的头发上擦拭。罗马奴隶伺立餐桌旁，兼有仆从和餐巾纸两个身份，某些奴隶留长发就是为了让“餐巾纸”的质感更柔软。

古代奴隶常有些拓展功能，比如兼任尿罐。罗马诗人马蒂里记载道：“失势的奴隶，小心翼翼地注视他弹指的信号，及时将他小便吞下，并且专注地凝视着烂醉如泥的主人。”古埃及佩皮法老的奴隶还兼任蚊香，他们全身赤裸、涂满蜂蜜，静静站在法老身侧。有了香喷喷甜滋滋的奴隶，哪只蚊虫还会叮咬法老？如此“蚊香”，比艾草之类的植物蚊香有效多了。至于奴隶是否痛苦难耐，谁在意？

◇

罗马共和国的土豪克拉苏生财有道，他看罗马的房子密密匝匝，存在消防隐患，就组建了一支消防队。说是消防队，其实更像是炒房团，一旦有人家失火，克拉苏先动用的不是水桶而是三寸不烂之舌，趁房主慌乱之际与其谈判，以远低于市价的价格购下燃烧的房子以及毗邻的房屋，谈判结束才开始救火。待火扑灭，房主已经不知道是该哭还是该笑：房子保住了，但房子也不是自己的了。克拉苏的生意经，就是对“趁火打劫”一词的完美诠释。

◇

同样是借火发财，一千多年后的巴黎人就文明多了。17世纪巴黎街头出现了一种新职业：职业提灯人。他们活跃在巴黎最热闹的枢纽地区，身穿制服，拥有一个沙漏，一大堆火把、黄蜡，以及在政府那里正式登记注册的一个号码。入夜，巴黎人就在提灯人的陪伴下走过宏伟壮丽的卢浮宫广场，也走过藏着秘密和污秽的小巷。只不过提灯人收费颇高，按时间计费，沙漏就是为计时而存在，每十五分钟就需要支付三个苏，这在当时相当于坐在高级咖啡馆里享受一杯咖啡所花的价钱。提灯人要价要得理直气壮，提灯虽无技术含量，但他们贩售的可是城市之光。

19世纪的伦敦，也出现了一种以灯火为生的职业：职业点灯人。彼时伦敦的大小街道安装上了煤气路灯，煤气灯不是电灯，无法用总开关控制，须得一盏一盏点燃。每一天，点灯人就带着长长的点灯火把出动，黄昏点灯，清晨熄灯，而伦敦的罪恶和黑暗，就被这群点灯人逐寸驱散。不过，也并非人人都欢迎点灯人带来的光明，当时某些妓女还会额外付钱给点灯人，希望他们别在自己工作的街角点灯。

点灯工作单调又枯燥，但看过《小王子》里对点灯人的形容，你会觉得这是全世界最浪漫的职业："第五颗行星非常奇怪，是这些星星中最小的一颗。行星上刚好能容得下一盏路灯和一个点路灯的人。小王子怎么也解释不通：这个坐落在天空某一角落，既没有房屋又没有居民的行星上，要一盏路灯和一个点灯的人做什么用。但他自己猜想，'可能这个人思想不正常。但他比起国王，比起那个爱虚荣的人，那个实业家和酒鬼，却要好些。至少他的工作还有点意义。当他点着了他的路灯时，就像他增添了一颗星星，或是一朵花。当他熄灭了路灯时，就像让星星或花朵睡着了似的。这差事真美妙，就是真正有用的了。'"——每点亮一盏路灯，就增添了一颗星星或是一朵花，而灭掉一盏灯，就像是灭掉昨夜的星辰。点灯人简直拥有上帝之手。

◇

中世纪欧洲城市的规模小得可怜，平均只有一千二百人左右，还不如今天一所普通的中学。

仅以1300年的英国为例，据P·克拉克在《剑桥英国城市史》中做的统计，只有不足一百个城市的人口超过了两千人，绝大多数城市的平均人口只有七百五十人，一场茶话会就能把全城人都塞下。城里住的人本就不多，黑死病席卷欧洲之后，城镇的街道更是空旷得连说话都有回声。所以黑死病结束多年之后，巴黎郊区荒凉到有狼出没，这也就不足为奇了。

◇

中世纪不但城镇规模小，人们的活动半径也小。法国学者让·韦尔东统计，中世纪时只有百分之二的种地农民、百分之十的手艺人、百分之十七的神职人员、百分之二十八的军人曾到过居所三十公里以外的地方。军人比例最高可以理解，打仗总需要去到外地。绝大多数人的整个人生，都在方圆五公里内。

因为活动范围小，中世纪时就连罪犯都跑不了太远，多在自己的居住范围内下手。

以中世纪末的诺福克郡与北安普顿郡为例，芭芭拉·汉娜瓦尔特教授统计当时当地发生的一千八百六十二件重罪案，有百分之四十六点三的案子罪犯与受害者彼此相识，百分之二十八点二的罪犯与受害者居住于同个村落；盗窃案里，百分之四十五点四的小偷都是在居住地方圆八公里内作案。

[弗莱芒] 汉斯 · 梅姆林《耶稣受难》，1470—1471年。

这幅画的主题是耶稣受难，但它也向我们展示了一座中世纪城市的大致风貌。

[弗莱芒] 西蒙・贝宁《耕田的农夫》(《弗莱芒祈祷书》插图)，16世纪。

“上帝厌恶所有违背自然的事情”，祈祷书插图中负责犁田的都是男子。

◇

中世纪时，农村妇女亦要参加劳动生产，不过若非情况所迫，她们通常不需要做重活，“因为上帝厌恶所有违背自然的事情”——这句话出自欧里亚克的格拉尔德之口，当时他看到一位村妇在犁地，村妇的丈夫重病在床、无法劳动，所以她不得不承担起丈夫的职责。格拉尔德没有袖手旁观，他给了村妇一些钱，让她雇人犁地，因为犁地这样的重活应当是男性的工作。

◇

古罗马城市里的高空抛物问题已相当严重，有当时的诸多法庭诉讼以及罗马诗人尤文纳里斯的《讽刺诗》为证：“现在我们来看下在夜晚都有哪些危险：……/ 如果你未立遗嘱就出门用晚餐，那就太粗心大意考虑不周延，/ 因为不知会突发什么事故让你不安全。/ 如果在夜间行走，每扇打开的窗户都紧盯着你，随时让你命丧黄泉。”虽然罗马城的房屋不算太高，但从建筑物窗口抛出垃圾足以砸伤行人。

到了中世纪，欧洲的高空抛物问题更加令人发指，那时大多数人家都用便壶，当便壶满载，人们习惯随手就将尿液与粪便倒出窗外。甚至，有些人干脆将屁股伸出窗外直接排泄到楼下大街上，连便壶一环都省了。这意味着你不但得小心头上，还得留意脚下。在那没有健全的下水道系统的年代里，居民们最有公德心的做法也就是在倾倒便壶时高喊一声“当心”，以提醒路人躲避。其他的，你不能指望更多了，政府出面也无能为力。1270年，巴黎政府怀抱着创建卫生城市的野心颁布了一条法规：任何人、任何时间均不得从窗台倾倒屎尿，否则将面临罚款。此法意图甚好，可惜形同虚设，巴黎人民继续我行我素。百年之后，政府无奈让步，另颁布了一条法规：如果愿意大叫三声“注意尿水”再动手，那么从窗台倾倒屎尿就是合法的。

[尼德兰]老彼得·勃鲁盖尔《尼德兰的寓言》，1530—1569年。

画家大约使用了一百个可以识别的尼德兰民间谚语，画面每个细节都是一个尼德兰寓言。譬如画面左侧房屋屋顶上向天射箭的男子，他代表了希望天上掉馅饼的人；再比如一头牛掉落池塘，主人不立刻拉牛上岸，而是铲土填池，待池塘填满，牛早已溺毙，这个寓言与《庄子·外物》中“枯鱼之肆”的典故意思相近……就算看不懂寓言也没关系，此画还能当作16世纪尼德兰小镇的风情图来欣赏。在画面左侧，一个男人正将屁股伸出窗外向地球仪便溺，而在画面正中偏右处，也有一人将屁股伸出窗外直接朝河面便溺。撇开它们的寓意不讲，这向我们展现了当时欧洲居民恶劣的卫生习惯。

《尼德兰的寓言》局部图，一人正对着窗外便溺。

此事看起来错在低素质的巴黎人民，其实还得怪政府没有找到症结。这就好比饥荒来临时政府不开仓赈灾，反而忙于立法严惩抢劫粮食的行为一样，既然政府无力给城市建排污系统，那就别怪老百姓随意泼洒粪便。

◇

13世纪法王路易九世，喜爱在清晨时分散步于巴黎街头。那时候的巴黎可不是什么金碧辉煌的浪漫之都，请各位读者想想上一条的内容，就明白在彼时的巴黎街头漫步是件相当需要勇气的事。久走夜路必撞鬼，在某个清晨，路易九世终于也遇到了便壶淋头的尴尬。便壶的主人是一位年轻的大学生，路易九世并未惩罚这位大学生，相反，他给了大学生一笔可观的奖金，理由是该学生竟然这么早就起床看书学习。至于用便壶淋了国王的头，那只是一个小误会，勤奋者当获褒扬。如此仁慈，路易九世死后被教皇追封为圣徒，可谓实至名归。

路易宽厚的个性来自母亲的培养。在路易幼年时，他的母亲白兰士最常说的一句话是：“我全心爱你，可我宁愿看见你死，也不愿意看你犯一个大罪。”

◇

为增加收入，各国政府都曾在历史上征收过多少有点荒唐的税。以欧洲人为例，在过去的数百年时间里，欧洲出现了炉灶税、烟囱税、窗户税、门窗税、壁纸税、墙砖税、玻璃税……基本上一栋房子的任何部位，都有可能被收税。那几百年间，欧洲人看着自己温馨可爱的小家，心情应该很复杂。

炉灶税，就是根据你家里烧火做饭的炉灶的数目来征收税款，你多开一眼灶，你就要多交税。炉灶税最开始由意大利发明，从13世纪开始征收，后来英法两国“见贤思齐”，也学习上了。英国人还征收壁炉税，顾名思义，你家中有多少取暖的壁炉，就要交多少税。炉灶税和壁炉税给民众增加的经济负担且不谈，仅是它们的扰民程度就让人崩溃。炉灶也好，壁炉也好，在房屋外部皆无法数清，人们必须敞开家门，让税吏登堂入室进行检查。这两种税收后来在英国被指控侵犯了隐私，并因其让税吏翻检民众的房屋而被视为奴役人民的象征，两项罪名成立，终被取消——如此罪名，反过来亦证明了英国的先进，彼时英国政府已懂得尊重民众的隐私，现在还有多少国家的政府不懂得，或者说压根儿不在意。

一税刚平，一税又起，炉灶税去了，窗户税来了。灶和壁炉不好数，窗户数起来就容易多了。17世纪末，英国政府以窗户税替代了炉灶税，窗多税多，窗少税少。所以如果你看到许多英国老建筑上窗洞被砖封了起来，请不要大惊小怪，这都是为了逃税。你没有钱，就只能用油漆在砖墙上画个假窗户以求自我安慰，穷门小户的女儿再也不能倚着窗户看着白云想着心事。而对于豪门贵族来说，他们又多了一件奢侈品可买，那便是明亮通透的窗户，家里拥有许多窗户成为身份和地位的象征。现在的人已难以想象，在乔治时期的英国，窗户是如同路易威登和爱马仕一般的存在。后来这项税收遭到了取消，因为它相当于“向空气和阳光征税”，荒唐太过。

送走窗户税那个瘟神，又来了玻璃税这个灾星。英国政府从1746年开始征收玻璃税，还是在窗户上做文章，不过标准变了，不再根据窗户数量来收税，而是根据窗户上玻璃的重量来收税。玻璃有瑕疵的部分不计入在内，不用纳税。所以，当时英国的玻璃行业不追求最好，只追求最薄，市场上受青睐的是那些又薄又有瑕疵的丑玻璃。

1798年，拿破仑欢天喜地给法国人民引进了窗户税的变形——门窗税。征收的标准是建筑物开孔的数量和种类，大门、小门、阳台窗户、阁楼窗户等分别对应不同的税额。腰包不够鼓，就别想着在房子上多开口，老老实实在小黑屋待着吧。当时的情形，正如雨果在《悲惨世界》中所说的那样：“我极敬爱的兄弟们，我的好朋友们，在法国的农村，有一百三十二万所房子都只有三个洞口；一百八十万七千所有两个洞口，就是门和窗；还有二十四万六千个棚子都只有一个洞口，那就是门。这是因为那种所谓门窗税才搞到如此地步。”

另外还有些税，比如墙砖税，根据墙砖的多少来收税；壁纸税，根据壁纸使用的多少来收税……话说回来，这些税收的名目听上去荒谬，其实亦有它们的公平之处。过去欧洲人还不知如何衡量房产的价值，但以通常情况来看，窗户、壁炉、砖头、壁纸的多少与房屋的面积大小呈正比，窗户、壁炉、砖头、壁纸越多，房子就越大。换句话说，主人也就越有钱，也该从他们身上多收点税。这些税无论冠以何种名目，其本质上都是房产税和财产税，也算是合理的税种。

法国门窗税也是房产税和财产税，只是更细致，考虑了建筑物本身的位置，是毗邻花园还是毗邻工厂；还考虑了门窗在建筑物的位置，窗户是开在临街处还是阁楼上。门窗和建筑物的位置不同，光线、朝向、看出去的风景、周遭的环境不同，税率就不同。因为这些因素都影响了房产的价值，推开一扇门面对的是垃圾还是草坪、是黑烟囱还是蓝天白云，能一样吗？所以对此征收不同的税额，也相当公平。你拥有一栋洒满阳光与花香的好房子，你这样的有钱人就该多上税。

再来说说炉灶税，家里人多才需要多开炉灶，平头百姓一家几口人而已，一眼灶就够了，豪门富户仆从成群，才需要多开炉灶。所以，炉灶税是一种变相的人头税和财产税。

[弗莱芒] 西蒙 · 贝宁《五月公园场景》(《弗莱芒祈祷书》插图)，16世纪。

15、16世纪，西欧社会经济繁荣，出现了许多有钱有闲的市民和个体农民，他们在温饱满足之后便开始向往远方，旅行活动日益兴盛。当时不仅商务旅行、求学旅行、探险与科学考察旅行十分发达，公园游、海滨游、温泉游等休闲度假游也非常受欢迎。

倒不是想为过去几百年的欧洲政府辩白什么，但是不得不承认，无论设立什么名目的税、创造了怎样的税收标准，他们还是尽可能地在向着公平奔跑。窗户税也好，壁炉税也罢，虽是政府缺钱时想出来的损招，但原则都是劫富，并非一心搜刮穷人。

◇

德国画家丢勒1520年在尼德兰旅行时，曾在布鲁塞尔的娜苏旅店住过，旅店里有一张容量为五十人的超大型床铺，专为经济不宽裕的旅行者而设。这应该就是现代青年旅舍大通铺的雏形。

◇

巴黎人自古以来就热爱灯光工程。中世纪时，巴黎政府让居民在窗口彻夜燃烧蜡烛，不过这项规定只在节假日与城市有危险的时候生效，平常夜里不需如此。到了1504年，巴黎的灯光工程有了质的飞跃，最高法院出面要求，晚上九点以后，巴黎城中所有面向街道的窗口都必须点起一支蜡烛，保证巴黎的街道不会一入夜就被黑暗淹没。但蜡烛不便宜，这样的要求美了巴黎、穷了人民。到了路易十四的时代，这位霸王希望巴黎的夜晚更辉煌，于是数千个灯笼被安置在了巴黎的大街小巷，每晚巴黎要燃烧一千六百多磅蜡烛，巴黎的每个黑夜依靠每年一千万美金的财政支出来点亮。这是灯光工程，也是奢侈工程，不是鼎盛时期的法国也办不到。每当暮色降临，华灯初上，巴黎人一面为钱心疼，一面为自己生活在一个没有黑暗的城市而自豪。

◇

16世纪时，欧洲的香肠生产商还会顺带做一种副业，就是将动物的肠子处理干净，然后卖给安全套生产者。

◇

按常理推断，厕所应设在低矮处，以便于排污。但在欧洲16、17世纪，厕所一般被高高地安放在房屋顶部，理由是当时人们相信气味总是往上走的，若将厕所安排在房屋的制高点，那么臭气就会向天空飘升，而不会侵袭到房屋内部。真奇怪，他们想得到气味这样的细枝末节，却忽略了问题的主干：厕所依靠排污管将秽物排出屋外，当时的排污管质量可不怎么值得信赖，厕所建在高处，也许在散味儿上略有优势，但管道一旦出现裂缝，全家就从头到脚成了悲剧。

◇

1883年，一种独特的小便池在欧洲横空出世。看上去普普通通，但如厕者踏上便池两边的石板之后，如厕者的体重将启动开关，使得便池后面的机器排油，形成一层尿液难以渗透的油膜。油膜不仅能杜绝尿液淌过便池留下污垢，更能用油味掩盖尿中难闻的氨味，一箭双雕。“镀油小便池”曾在巴黎、柏林、维也纳等城投入使用，直到20世纪中叶才逐渐退出历史舞台。

◇

17到19世纪，日本的卫生状况比欧洲国家好多了，彼时的日本没有遍布粪便的街道与宫殿，行人也无需为了成堆的秽物而绕行。这倒不是因为日本人更有公德心，而是因为屎尿在日本的经济价值。日本耕地有限，人口却稠密，要养活这么多人，必须想办法提高耕地的单位产量，而人类与动物的排泄物则是施予耕地最好的肥料。因此在日本，粪便都被当作宝贝好好收集起来。古代西方人也收集粪便做肥料，但一来规模不能和日本相比，二来西方人偏爱动物而非人类的粪便——中世纪欧洲领主曾征收畜粪税，征税方式为让农民将牲畜带到他的领地上圈养一段时间以便留下粪肥，但对人的粪便却无太多相关政策。

在江户时代的日本，粪便价格持续走高，据学者统计，当时十户人家一年大便的总价值相当于19世纪早期一个农民的月收入。所以江户时代的租房规则很奇异：一套房子入住人数愈多，租金就愈便宜。房东算得明白，租金便宜些许只是让出小利，若能多搜集几个人的排泄物，全年积累下来可是一笔大钱。

◇

古代日本搞全盘中化，跟中国玩了一次巨型模仿秀，平安时代日本首都的街道都修得跟长安城一模一样。至于中土的典籍诗文，更是模仿的重点，无不传入日本。但是，据说唯有《孟子》一书日本不愿引进，只因《孟子》里的一段话："贼仁者谓之贼，贼义者谓之残；残贼之人谓之一夫。闻诛一夫纣矣，未闻弑君也。"逐字翻译，孟子说的是"损害仁的人叫作贼，损害义的人叫作残，又损害仁又损害义的人叫作一夫，我只听说过有人杀了一个叫作纣的一夫，没听说有弑君的事情发生"；提炼式翻译，孟子说的是"暴君是坏人，杀暴君不过就是杀了个坏人，并非弑君，算不得犯罪"。如此豁达开阔的言论，即使放在今天来看也觉无比先进，但尊君如神的日本人将此视为大逆不道。

[日本] 歌川国芳《山海名产尽·东都第一角田川的白鱼》，1830—1831年。

江户时人不但爱追逐时间上的名产，还爱追逐空间上的名产。国芳这组浮世绘就记录了日本各地的名产：信浓的名产是荞麦，伊势的名产是鳆鱼……名产不一定是食物，比如加贺的名产就是雪，总之名产就是当地最有代表性的风物。江户时代作家十返舍一九在《东海道徒步旅行记》中，差不多把东海道沿途五十三个站的名产都点了一遍，两个男主角每到一地首先关注的就是名产。追求名产的背后，其实是日本人对自然的热爱，不同季节的鲜物、不同地理条件下的特产，能让他们感受到季节的流变与自然的多姿多彩，所以他们为之狂热。

古代日本还有传闻，说凡是驶向日本的船，只要载有《孟子》一书，必遭遇风暴从而沉没。此事在日本江户时代的《雨月物语》中有记载。

◇

日本江户时代，江户（东京的旧称）人尤以鲜物为珍。蔬果鱼虾每年刚上市的时候价格奇高，一尾初上市的鲣鱼的价钱，放在当时可付长屋一年的租金，放在今天可买一辆二手小汽车，众人却争相购买，甚至有“为了买初鲣不惜卖掉老婆”的说法；待几日之后，鲣鱼价格一落千丈，购买的人反而少了。当时俗谚云“吃菜吃鲜，延寿七十五天”，延寿不延寿，估计江户人并不是很在意，只是鲜物最有季节感，他们在意的是有没有最先尝到这一季的鲜头，有没有最先咬下一口春天，或是一口夏天。另外，购买昂贵的鲜物也能证明自己不差钱，所以尝鲜亦有夸耀之意。

尝鲜是如此重要，所以式亭三马《浮世澡堂》中的人物阿西才会叮嘱自己的儿子和媳妇说：“你们呀，要在我活着的时间，给我多吃好吃的东西才好……忘记了斋日，烤了一大块油豆腐上供，或者放上些年糕，和七色糕饼，还不如在活着的时期，用了初上市的松鱼给喝一杯，倒是更大的功德。”生前一尾初上市的松鱼，胜过死后琳琅满目的祭品，这想法在过去倒是先进得很。

◇

日本潮湿的气候不宜栽种棉花，故而棉被在东瀛自古就是稀罕物儿，日本人夜眠并无盖棉被的习惯。直到江户时代，棉被才逐渐多了起来，不过价格依然不菲，谁能在家里摆上几条叠好的棉被，立时显得身份尊贵。棉被比起日本人从前睡觉盖的衣物来重了不少，估计日本人一时难以适应，所以江户时代还出现了吊被，就是在棉被被面中央缀以长带，吊在天花板上，以减轻厚棉被的重量。

◇

日本江户时代，人们喜欢用初梦来占卜全年运势。初梦，即一年之中做的第一个梦。而江户时人最理想的初梦是“一富士、二鹰、三茄子”，认为一人若能梦见富士山、鹰或茄子，全年都会好运连连。为什么这三物象征吉祥？一种说法认为，富士是全日本最高的山，鹰是最聪明矫健的鸟，而“茄子”在日文中的发音与“达成”极为相似，所以这三者被认为是吉兆。但自然界有那么多厉害的物儿，谐音喜庆的也不在少数，为何偏偏拣选这三样当作宝贝？于是又有了另一种说法，这也是日本人普遍认可的一种说法，那就是富士、鹰、茄子最为德川家康所喜，而江户时代正是德川幕府统治日本的时代，所以时人将这三物视作吉兆，追随的是统治者的喜好。上流社会的喜好常常成为全社会共同的喜好，底层人民的时尚多是追着贵族跑。

另，据说除了“一富士、二鹰、三茄子”之外，初梦还有三个吉兆——“四扇、五多波姑、六座头”，梦到扇子、多波姑、座头也是好事。

日本江户时代已出现宠物美容师的雏形，当时有一种短工就是上门为主人家的宠物猫捉虱子。

◇

日本江户时代，江户的市政府成功实现了流浪汉再就业。流浪汉多半没什么工作技能，若有，何须沦落至此？但贴心的江户市政府还是为一无所长的他们找到了合适的工作机会：搬运死人、清理街道上臭气熏天的动物尸体等一般人不愿意干的脏活儿。不需要才智，不需要体力，只要你忍得下脏，政府就能给你工作。如此一来，流浪汉的吃饭问题解决了，城市的环保问题也解决了，一举两得。

流浪汉还有另外一项工作，那就是发现城市里出现的可疑情况并及时报官。他们分布在城市的各个角落，出没于人群，充分接触林林总总的信息源却又不引人注目，乃是做情报工作的最佳人选。19世纪时福尔摩斯在伦敦布下的流浪汉信息网帮助神探屡屡扼杀罪恶、破获奇案，虽说这个由数十名流浪汉组成的街头侦查组织仅存在于虚构的小说之中，但它效率之高，历来为人所称道。殊不知，早在福尔摩斯之前，江户政府已用这招来监管城市。

◇

日本江户时人生活潇洒，花起钱来相当豪爽。不过这潇洒并非天生，而是被“江户之华”烧出来的。

江户之华即江户发生的火灾。江户人口密集，房屋自然也很密集，又都是木质建筑，极易失火。江户的火灾频繁到什么地步呢？频繁到与打架一起，被时人并列为江户的两种特产。许多人平日就会在卧室里准备外出用的草鞋，还会在棉被——当时它可是一个普通家庭里最值钱的物件——下垫上包袱巾，火灾一起，立马趿上草鞋、提起铺盖卷走人。

每过几年就会来一场大火将江户人的荣华富贵烧得干干净净，慢慢地江户人也想开了，既然财产留不住，与其被火烧掉，不如被自己花掉。

所以他们在日常生活中颇重及时行乐，不持恒产；当火警响起，也不过多地抢救财物，保命最要紧。反正火灾之后又有大把大把诸如修缮房屋、制作家具之类的工作机会，很快能将钱挣回来。

◇

日本江户时代，大商人们会培养自己的女儿学习诸如跳舞、弹琴之类的技艺，待女儿学成之后，便向诸侯公馆提出申请，希望能去诸侯家当差。不过，商人们此举为的不是挣钱，他们另有一番打算。

江户时代的商人已不同于往日，他们颇具势力，几乎凌驾武士之上。当时穷门小户的姑娘若想嫁给好人家作妾，还得先认一位商人做干亲以抬高自己的身份，这样才能嫁得好人家——由此可见江户时代商人的地位是尊贵起来了。然而商人作为新兴阶级，阔气归阔气，文化和修养到底薄弱了些，所以有钱有势的商人送女儿们去诸侯家当差，不求女儿赚得盆满钵满，只求女儿学得一身贵族礼仪。说白了，哪是送女儿去侍奉诸侯？根本是想借那些老贵族的手调教自己的小宝贝。关于这点，式亭三马在《浮世澡堂》中借某角色之口发了一通感慨："当差真是难得的好事情呀。并不要怎么教训，举动自然就规矩起来了。在家里无论怎样严格地说，总是有些行为礼节改不过来。上到公馆去，住在那里之后，一切举动自然而然地与前不同了。"

早在日本江户人之前，中世纪西欧某些贵族家庭就用这样的办法培养儿子了。他们将儿子送到更高级的贵族家中做侍童，这些孩子就跟城堡里高贵的女主人及其子女们生活在一起。服侍女主人和小主人的饮食起居，端茶送水、打扫卫生、侍弄花草都属职责范围。而侍童们辛苦劳动的报偿就是：二十四小时接受女主人的熏陶，近距离观看和感受一个体面人是如何生活的，从女主人身上学习成为一名优秀的骑士应具备的礼仪、姿态、口才、知识及人生道理，唱歌、下棋、演奏乐器等才艺也被一并教授。在那个相对野蛮的时代，也只有生活讲究的贵妇会培养他们良好的卫生习惯，教他们穿衣打扮、整理仪容。总之，当这些孩子从城堡中"毕业"，他们会成为彬彬有礼、举止得体，同时还多才多艺的骑士。

中世纪的西欧人和江户时代的日本人看得明白，教育不是一朝一夕之事，需在良好的环境中耳濡目染，让孩子每天跟举止优雅、谈吐高贵的人生活在一起，眼之所见、耳之所闻皆是文明，才能使礼仪成为条件反射，教养成为本能反应。道理就跟中国的老话一样，“言传不如身教”，一万句口头教育比不上一次行为上的表率，优秀的成年人天长日久的行为表率才能熏陶出一个优秀的孩子。说穿了，教育没有捷径可走。

◇

贵族主子能教化底层奴仆的一言一行，这是没错，然而这过程并非不可逆。所以在19世纪初，欧洲中产阶级家庭开始限制仆人与自己孩子共处。愈是高贵的家庭，家中的男女主人愈是不用亲自抚养小孩，有大批女佣和保姆为他们服务，由此带来的问题却是，仆人会在无意中带坏主人的小孩。小孩在接受仆人照顾的同时，相当于还接受了纯正的下里巴教育：倾听仆人满口的低俗歌曲与不入流的俚语，眼观他们轻浮又粗糙的行为举止。这对养成一个贵族来说显然极其有害。

◇

在日本古代，姓氏是件奢饰品。直到19世纪，姓氏还仅是贵族的专利，只有权贵、武士、巨贾才能拥有自己的姓氏，你没钱没权，就别妄想自己头上有字。1870年，出于征兵、征税、制作户籍等一系列治国的需要，明治天皇颁布了《平民苗字许可令》，允许平民给自己取姓氏。对于天皇来说，这简直有点大赦天下的感觉，赐福于万民啊。但出乎天皇所料，平民一点不领情，千百年来人家早就习惯了街上只

[日本] 尾形月耕《妇人风俗尽 · 歌筵》，1897年。

此画创作时间略晚于江户时代，但日本江户时代的商人希望女儿学习的便是这样优雅而克制的举止。江户商人能够想到送女儿去学习更高级的礼仪，已经很了不起了。如今某些暴发户，只会教儿女数钱。

有阿春阿苗阿猫阿狗，没有姓氏不也过得好好的？所以给自己取姓氏的平民少之又少，政府工作还是开展不便。无奈，五年之后明治天皇只好又颁布了《平民苗字必称义务令》，许可变成了义务，一切就不一样了。义务令明文规定“凡国民，必须取姓”，以前是擅自给自己取姓氏要遭殃，现在是不给自己取姓氏要受罚，一时之间，所有人都忙于给自己取个姓氏。大家齐心协力开动脑筋，想出了几十万个姓氏，终使日本成为了世界第一的姓氏大国。

因此，别再疑惑为何日本姓氏的数目这般多，也别再为日本姓氏中有那么多怪咖而莫名惊诧，答案显而易见：彼时日本平民文化不高，眼界里除了柴米油盐篱笆女人和狗，实在也找不出什么高雅意象来给自己取姓了。

◇

在闹钟普及之前，19世纪的英国人主要依靠人肉闹钟来叫醒自己。当时有一群职业敲门人，客户只需提前跟他们约定好时间，到时他们便会上门来执行叫醒任务。许多客户住在公寓楼里，爬楼叫门太辛苦，所以敲门人多会带上一根长杆，站在公寓楼下伸出长杆敲打客户卧室的石板即可。有些客户会将时间写在石板上，敲门人依照石板上指示的时间进行敲打，不过此举的坏处在于会暴露客户隐私，来来往往的人觑见石板就知道这家人在这个时间点有事。

◇

爱迪生做出来的第一只灯泡仅仅亮了几个小时，但就是这几个小时照亮了人类从此往后的全部历史。

◇

19世纪时，拍照还是一件奢侈的事。在当时的英国，许多人生前难以拍上一张照片，死后却因为亲人对自己的思念而拥有了照片，那便是死亡摄影。死亡摄影并不将死人拍成死人的样子，而是用支架等工具将死者支撑起来，摆出活生生的模样再摄影。照片中的死者常常像绅士一样笔直站立并拄着拐杖，或是和活着的亲人们依偎在一起，或是坐在藤椅上休憩，腿上还抱着心爱的宠物狗和玩具……而所有的死者都睁着眼睛（不知时人究竟用了什么技巧使死者如活人一般睁眼），好像从未离开这个世界。照片中人栩栩如生，这让死者的至亲大感欣慰：老约克还倚在窗边，随时可能去书架上取他最爱的诗集；小露西仍搂着她的洋娃娃，留着一头漂亮的鬈发。在照片里，我心爱的那些人，永远不会死去。

◇

所有人都曾梦想过天堂，但某些人希望在地上建筑天堂，那就是理想城市。顾名思义，理想城市就是人类设计的完美无缺的生存居所，像柏拉图的理想国与莫尔的乌托邦那样。历史上出现过诸多理想城市的设计方案，有些理想很幼稚，有些理想很明智，有些理想已沉没在时间河流之底，有些理想直到今天仍给我们源源不断的启迪。而不同的理想城市，也折射出不同时代的渴望以及观念的水位。

古罗马建筑家维特鲁威梦中的城市为八角形，城墙每隔一段设立一座塔楼，且塔楼间距不超过箭射距离。为何如此设计？因为这样便于从各个方向攻击敌军，三百六十度无死角，所有敌人都在守城士兵弓箭的射程范围内。罗马人生性好战，恰如古罗马最伟大的历史学家塔西陀所总结的那样："罗马人劫掠着整个世界。当不再有供他们摧毁

[德国] 阿尔道夫·门采尔
《舞会上的晚餐》，1878年。

在电灯发明及普及之前，蜡烛是主要的照明工具，从这幅画可以看到，水晶灯座上安装的不是灯泡，而是蜡烛。富人使用上好的蜂蜡，穷人则使用牛或猪的油脂制成的蜡烛，动物油蜡烛燃烧时会发出难闻的气味。蜡烛价格不菲，只有阔佬才能在夜间举办舞会。18、19世纪一场舞会所消耗的蜡烛，价格略等于一个男仆全年的薪水。所以时人参加舞会只要看看蜡烛的支数，就能大致判断出舞会主人的财力。

的土地时，他们就开始搜索海洋。如果敌人是富庶的，他们就垂涎财富；如果敌人是贫穷的，他们就渴慕光荣。他们用‘帝国’的名字来形容抢劫和屠杀；他们制造出一片废墟，然后把它称为‘和平’。”对穷兵黩武的罗马人来说，理想之城当然要有完美的战斗功能，以便获得更多黎明一般灿烂的胜利，延续帝国的光荣与梦想。

中世纪理想城市的方案可多了去了，不过大都是规则的几何图形，展开中世纪理想城市的设计图纸，简直就像展开《雪花形状大全》。这些城市的设计中，总是包含着蜘蛛网似的道路系统，城市够错综复杂，才能安排更多埋伏和路障，让攻城者晕头转向。虽然想想便知，迷宫般的街道定会给本地居民制造不少麻烦，不过在战乱频仍的中世纪，考虑一座城的功能时还是防御第一，居民出门买菜方不方便，马车跑起来顺不顺畅，比起国家安全来都不值一提。

达·芬奇在1485年也做过一个理想城市的方案，城市里有分成上下两层的道路，供行进方向不同的人群来来往往，再也不会发生冲撞。文艺复兴时期，人的地位前所未有地提高，理想城市自然多了些人性化的细节。在那座理想城市里，运河穿城而过，河流两边排列建筑，建筑的列柱回廊正对运河。如此一来，阳光经过水面的折射可以给建筑内部以恰到好处的采光，至少在白天，建筑不需要消耗其他能源来照明，相当环保。达·芬奇关于双层街道和借助水波采光的想法，今日来看亦十分先进，可原封不动地照搬。

生活在16、17世纪的康帕内拉，设想了一座“太阳城”，城里的内墙和外墙上写着关于天地万物的知识，以及铺天盖地的诗：“第一个城区的内墙上画着各种数学公式的表格，比以前阿基米德和欧几里德所发现的还要多得多。图表的大小和墙的阔度成比例，而且在每个图表上用一首诗来作相应的说明。这样，人们在这儿就可以看到某些定义和定理……在第二个城区的城墙里边，也就是说在第二排建筑物的里边，能看到各种宝石，以及各种贵重的或普遍的矿产与金属的图形还有它们的标本，在每种东西的下面用两行诗加以解说。墙的外边绘着海洋、河流、湖泊、泉水以及世上其他一些东西……第三个城区的城墙里边画着各种花草树木；其中有些植物还被种在瓦盆里，摆在城墙向外突出的部分，标明了它们原本的产地，它们具有什么效力和性质，并说明它们为什么与天空的现象，与金属中、人体中以及海洋中发生的现象相似；也有它们在医学上的用途，等等。这道城墙的外面还画着各种鱼类……”

你可曾注意到，太阳城的城墙上多是人间的真理，不再言必称《圣经》。因为16、17世纪是人们开始将目光从天国移向人间的世纪，是理性主义的星星之火开始燎原的世纪，是牛顿发表《自然哲学的数学原理》、维萨里发表《解剖学》、哥白尼发表《天体运行论》的世纪，是笛卡尔创立解析几何、威廉·哈维发现人体血液循环、牛顿和莱布尼茨同时发明了微积分的世纪。总而言之，那是一个人们相信凭借人类自己的理性最终可以洞察宇宙全部奥秘的世纪，毋庸置疑，那是人类的一个光荣时刻。太阳城记录的正是这样的光荣：人类开始用自己的眼睛和头脑对自然进行观察与思考，不再只是侧耳倾听上帝的教导。

而太阳城的构思在今天看来亦有启发：当孩子在墙边玩耍时，情人在墙边低语时，老者斜倚着围墙休息时，那些知识与诗将悄无声息地侵入他们的灵魂。谁说学习一定得规规矩矩坐在课桌前手捧着书本？当城市中的每一面墙都满载着光明的真理，教育便可润物细无声地完成。你经过这些墙，只要你经过，脑中的愚昧便遭到驱逐。

虽然，大多数的理想城市只存在于哲人、建筑师和梦想家深深的脑海里，不过是理想。但每一种理想都闪闪发光，展现出那个时代的精神气度，也为人类社会照亮前进的方向。

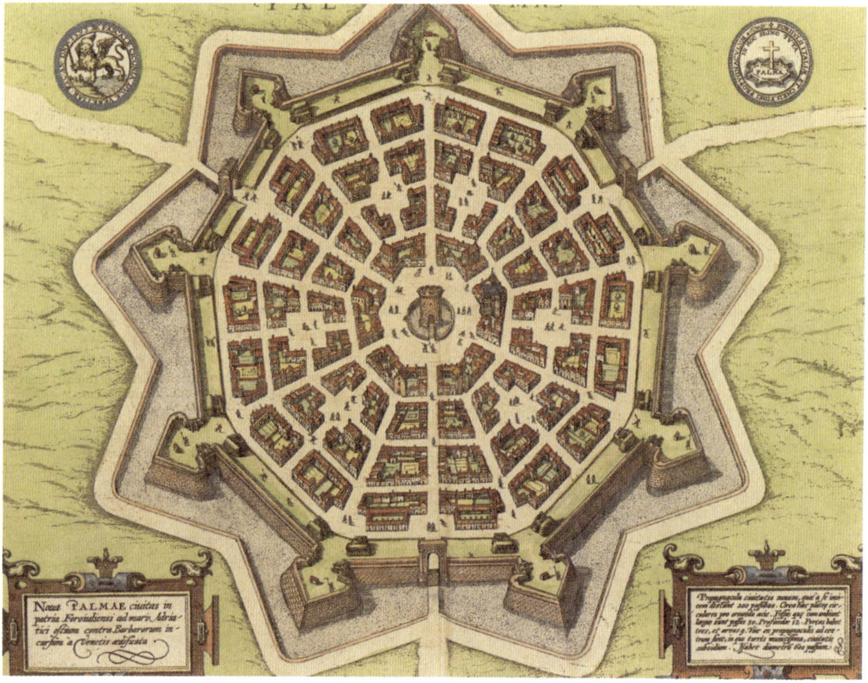

[威尼斯] 文琴佐・斯卡莫齐《帕尔马诺瓦的地图》，16世纪。

斯卡莫齐的幸运在于，他设计出这座理想之城后，人们当真按照他的图纸打造了帕尔马诺瓦城。而帕尔马诺瓦城从1593年10月7日建成开始，也不负设计者的期望，成了一座军事要塞，保卫了威尼斯共和国的幸福与繁荣。

◇

历史上并非只有男人设计过理想城市。1405年，一位意大利医生的女儿克里斯蒂娜·德·皮桑写了一部《淑女城之书》，在书中设计了一座淑女城。淑女城内，没有任何男性，居民们不需要结婚，也不需要生孩子，因而没有了家庭的牵绊；居民没有私人的土地财产，但所有人都无衣食之虞。最可贵的一点是，淑女城打破了等级的藩篱和时空的障碍：无论你的身份是妓女还是圣女，是平民还是公主，所有人都得到无差别的对待，住在宽敞大街两旁的房子里；古代的、现代的、东方的、西方的，不同国家和时代里品行良好的女性在这里成为邻居，互相尊重，彼此平等。

虽说打破时空障碍这一点使得淑女城有了玄幻色彩，但这并不妨碍淑女城在那个要么将女性视为敌人、要么将女性贬低为生育和劳动工具的时代里闪闪发光。14世纪的意大利人文作家薄伽丘写了《列女传》，记述历代有德行、有思想的妇女，但你若因此就以为当时的男性已开始平等地看待女性便大错特错了。请听听薄伽丘对一个女人的最高评价吧："她看上去像一个男人。"如果说这句话中所体现的歧视还不够明显，薄伽丘还有另一番话："给予一个已被上帝赋予了高尚的男性灵魂的肉体以女性性别是大自然的错误。"要知道，薄伽丘虽然认为造物主把高贵灵魂放在女性的身体里是错误，但他肯承认女性也有高贵灵魂已是巨大进步。当时许多人视女性为毒蛇。那个时代的男人，虽然在圣母崇拜和骑士精神的双重影响下，对女性的态度有了转变，但骨子里仍是以鄙视为主。皮桑就是在这样一个时代里，设计出了淑女城，她的言论至今依然振聋发聩："女人或者男人，谁有最伟大的美德，谁就更高贵。一个人或者伟大，或者渺小，不在于性别，而在于其行为和美德是否完善。"

[法国] 佚名《克里斯蒂娜 · 德 · 皮桑教导男士》(《淑女城之书》卷首插图), 15世纪初叶。

[法国] 佚名《淑女城之书》插图，15世纪初叶。

插图向我们展示了淑女城的美好生活 : 在这里，女性不再忙于洗洗刷刷的家庭琐事，也不再俯首帖耳地听男人指挥与吆喝。相反，她们像男人一样阅读、书写、建筑房屋，她们有自己完整的精神世界，她们甚至成为了男人的老师。这里没有一个需要依靠男人才能生活下去的无知妇孺，全城都是闪耀理性光辉、秉持独立精神的高贵女性。可以说，皮桑女士才是当之无愧的女权主义先驱。

『青春之火，烧入骨髓。』

古埃及人的护肤品里混合多种动物的脂肪，包括鳄鱼、河马，甚至是猫。这配方看起来不像是护肤品，倒像是住在世界尽头的女巫秘密熬制的魔法药。

◇

近世科学家对埃及木乃伊进行检测，发现古埃及第二十一王朝的女性木乃伊与其他王朝的明显不同，她们都拥有一对坚实的耳垂，耳垂肌肉很是发达。什么原因造成了不一般的耳垂？答案是时尚。第二十一王朝的埃及女性流行佩戴大且重的耳环，以此为美，久而久之，她们耳垂的肌肉被锻炼得非常发达，沉甸甸的耳环就是耳朵的迷你哑铃。

◇

涂不涂香水并不完全是个人的自由，三千多年前的古埃及曾立法要求大家涂香水，一人若不涂抹香水便出入公共场合，那是违法的行为。究其原因，大概是埃及气候炎热，人体会分泌大量汗液，气味难闻，若人人都不涂抹香水，公共场合估计会臭气熏天，所以才由官方出面，规定每个人必须搞好个人卫生，在街头或广场只能香喷喷地出现。这让人想起如今一些东南亚国家关于榴莲的规定。印度尼西亚人、马来西亚人、文莱人酷爱吃榴莲，但榴莲的气味古怪，于是当地政府规定，在公交车、地铁、机场、宾馆等公共场所禁吃榴莲。无论是三千年前埃及的香水法规，还是如今的榴莲法规，其实体现的是同一种精神：我尊重你在私人领域的一切癖好与生活习惯，不过一旦进入公共领域，你无权因为个人影响他人。

◇

古希腊历史学家希罗多德还是个旅行家，一生四处游历，然后他发现了一个秘密：埃及的秃子明显比其他国家的要少。不过这倒不是因为埃及人护发有方，而是因为埃及人酷爱戴假发。生活在气候炎热的国家，既想要清凉又想要漂亮，总得想点办法，埃及人的解决方案是将头发修短甚至剃光，外出便戴上造型酷炫的假发，以俊俏形象示人，而浓密的假发还能起到防晒作用。

◇

古埃及的贵妇常命令女仆用鞭子抽打她们的臀部，鞭子相当于运动器械，把臀部锻炼得更加紧致丰满。

◇

古埃及人画画，往往把一家之主画得比他的仆役大得多，也比他的妻子大得多。这种情况在古代并不鲜见，古罗马的浮雕作品中，皇

古埃及壁画中的人普遍有着浓密的头发，而他们头上顶着的通常都不是真头发，而是用羊毛混合人发制成的假发，或是植物纤维编织而成的假发。植物性假发较为廉价，更受平民欢迎。

[古埃及] 佚名《纳米尔法老的行进队列浮雕》，约公元前3000年。

画面中的法老顶天立地，十分高大，其他人比起他来小到不可思议，甚至只能够到他的膝盖。每个人在浮雕中的身高已无声地说明了他的社会地位。

古埃及壁画画师的技艺高超，画中每一只鸟都被描摹得那么真实，以至于几乎能够辨认出它们的种类来，唯一不真实的是人物的身高。但这也体现了另一种真实，那就是彼时埃及社会等级悬殊。

帝也比周围的人高大许多。人物的真实体型不重要，社会地位决定了你在历史上的身高。

◇

整容不是现代摩登女郎的专利，早在公元前800年，古印度人就在整容领域获得了长足进步。在那个男尊女卑的时代，古印度妇女与他人的奸情一旦败露，愤怒的丈夫常常割掉她们的鼻子以示羞辱和惩罚。为了继续美丽地活下去，被毁容的可怜女人们需要找到替代鼻子，于是古印度的制陶人家逐渐发展出了一门全新的手艺——用陶土烧制鼻骨，并为被割鼻的妇女安装。如果没有陶制鼻骨，多少古印度妇女将在铺天盖地的自卑感中度过余生。

这一整容手段直到近代仍有人采用。16世纪，丹麦著名天文学家第谷在某次决斗中失去了鼻子，余生都在脸上安装了一个铜制的假鼻子。所以人们在20世纪初开掘他的坟墓，找到他的头颅之后，发现他的鼻部呈现绿色——那是铜锈的痕迹。

◇

公元前1世纪的雕塑拉奥孔，表现了一个悲惨的故事：拉奥孔得罪了神明，密涅瓦——这是她的罗马名字，其实就是希腊神话和《圣斗士星矢》中的雅典娜——派出两条巨蛇杀死了拉奥孔和他那两个无辜的儿子。拉奥孔像真实再现了父子三人被杀的瞬间，却过滤掉了人物情绪中多余的惊惶，一直被视为古代最了不起的雕塑作品之一，无数人为它大唱赞歌。但对此雕塑最恰切和深刻的形容，是从温克尔曼的嘴里说出来的，这位18世纪的艺术史家在他的著作《古代艺术史》（*The History of Art in Antiquity*）中写道：“这个拉奥孔没有像维

[希腊] 佚名《拉奥孔群雕》，约公元前3世纪初。

吉尔诗里那样惧怖狂叫，他的嘴形无法那样叫；如萨多里托所说，从那里浮现出来的，只有痛楚而压抑的太息……他所受的折磨点燃我们的心，我们但愿自己也能像这个崇高的人这样承受痛苦。”最后一句形容，几乎与雕塑本身一样伟大。

◇

希腊人的头发天生多是黑色，但在希腊古典时期，男男女女都喜欢将头发染成金色，看来西方世界对金发的偏爱是自古有之。不过，那时候的希腊人爱在头上搞的花样里不包括戴帽子，因为他们坚持认为帽子会阻碍头发吸收水分，从而导致头发早白。

◇

1946年7月，法国人路易斯·里尔德推出了遮掩身体面积最小的泳装，名为比基尼，从此开启了全世界海滩的风流纪元。不过，若要说里尔德是比基尼的发明者，估计古希腊人会站出来抗议。看看古希腊壁画便知，彼时女性运动者早就穿上了比基尼，类似的造型在古罗马壁画上亦有发现。

古希腊壁画。

公元4世纪意大利西西里皮亚扎－阿尔梅里纳附近的卡萨雷别墅的马赛克图案。

因为古希腊雕塑拥有单纯的色彩和线条，后人盛赞古希腊雕塑体现了“高贵的单纯，静穆的伟大”，但后人若见过希腊雕塑最初的模样，也许形容词就会变为“高贵的绚烂，辉煌的伟大”。古希腊雕塑并非尽是雪白，它们原本被染上了缤纷的色彩，红的、蓝的、金的，让人眼花缭乱；它们的材质也并非只有朴素的大理石，雕塑的眼珠多由宝石做成，有的雕塑还装饰着象牙与黄金……只是时间带走了它们的色彩，宝石眼珠与黄金装饰被劫夺一空，这才将真相掩埋。

◇

据罗马作家老普林尼记载，史上第一幅绘画来自古希腊科林斯的一位少女，她在恋人即将离去之际，满怀眷恋地在墙上勾描恋人脸部的投影。古人是如此喜欢这一说法，直到18世纪启蒙运动时，百科全书派的代表人物狄德罗还将此说写进了《百科全书》里。现在我们知道此说不足信，如果这幅古希腊恋人写真是史上第一幅画，那么石器时代洞穴壁上的公牛、狮子算什么？只是，来自富饶城邦科林斯的罗曼史，可比原始人对猎物的渴望美多了。

◇

古罗马的贵妇往往不止拥有梳妆台，还拥有一整间梳妆室，只因她们的美容用品实在太多，一张小桌根本无法容纳。胭脂、水粉、眼影、眉笔只是寻常，罗马贵妇的装备比如今多数摩登女郎的还要齐全。

罗马人以体毛的多少来鉴别一个人的阶级，体毛愈多，阶级愈低下，光不溜秋的身体便是你身份高贵的最佳证明。再加上女人爱美的天性，罗马贵妇处心积虑要除毛，于是人们发明了脱毛膏。罗马式脱毛膏由树脂油、松香与蜡调制而成，或是以沥青为主料，配合金属小

[英国] 德比的约瑟夫 · 赖特《科林斯少女》，约1785年。

画中的少女正将男朋友的轮廓勾勒在墙上，她专注而深情的眼神让观众可以想见两人甜腻的往事。18世纪的英国画家非常喜爱这个主题。

镊子一起使用效果更佳。从此，每位罗马贵妇都能拥有光滑的腋窝和大腿。她们还用敛汗粉，功能类似于今天的止汗香珠，因为体味亦是鉴别阶级的标准之一，体面人的腋窝下不应当“有山羊般浓烈的气味”。她们还有防皱霜——蚕豆膏，有祛斑霜——牛粪、油脂和树胶的混合物，有洁齿剂——浮石粉加上玫瑰花、没食子、没药，有防裂唇膏——鹅油，还有各种口味的口香糖，比如果酱口味和木糖口味。使自己变得更美，成为许多罗马贵妇生活中最重要的目标。

◇

古罗马许多妇女为了保持优美的身材，坚决不给小孩喂奶。虽说不肯哺乳的母亲多少有些自私，但毋宁说这是妇女的一项重大进步：为什么为了养育后代，就要牺牲自我？我不是生育的工具，我是一个独立完整的人，我为自己而活。比起让家庭满意，我更看重自己的美丽。罗马妇女此举让我想起日本作家太宰治的代表作《樱桃》，小说中的“我”狠狠说了三次“老子比孩子重要”。

◇

古罗马皇帝埃拉加巴卢斯曾设计了一道极其美艳的菜：将鱼浸在蔚蓝色的酱汁中，就像这些鱼仍徜徉在深邃辽阔的海里，也许下一秒就会掀起银闪闪的浪花。这道菜不仅用于炫耀埃拉加巴卢斯独特的生活智慧，还用于炫耀这位皇帝的财富，因为鱼在古罗马价值不菲。鱼的拍卖会往往成了古罗马人的炫富比赛。宴会上，整条整条的鱼被当着客人的面称重，鱼的重量变相地展示了主人的存款数量，在家中修建华丽的盐水池养鱼，也成了身份象征。而极受罗马人喜爱的鳗鲡，甚至被当作宠物来喂养，生前穿金戴银，有些罗马妇人给它们戴金耳环与珍珠项链；死后得到厚葬，比如顶级富豪克拉苏就为他的鳗鲡服过丧，还为此鳗鲡修了座纪念碑。在那个时代，若出身不好，做人不如做一尾鳗鲡。

◇

罗马共和国军事统帅恺撒对女人的兴趣不亚于对政治的兴趣。当他带兵占领一座城市之后，他的士兵甚至会好心肠地为当地居民唱一首歌谣，歌算不上动听，内容却相当实用：“藏好你们的妻子，我们给你们带来一个专门勾引女人的秃子。”秃子指的就是恺撒。恺撒大概是历史上最著名的脱发者，甚至有罗马作家因此牵强附会说，“恺撒”(Caesar) 就来源于“头发”(Caesaries)。

◇

公元3世纪，基督教最著名的神学家之一德尔图良谈到了女人的打扮问题，他的观点是：“其实，用化妆品折磨自己的皮肤，把双颊污染成红色，用煤灰加长眼线的女人，都是对上帝犯了罪。”可是，为什么化妆就是犯罪呢？德尔图良没有迂腐之言，他给出了一套逻辑严密的答案：“毫无疑问，这些女人不喜欢上帝的创造，她们在心中指责批评万物的创造者。她们除掉瑕疵、添加东西的时候，就是在批评他……我甚至看见有人把头发染成番红花的颜色。她们以自己的民族为耻，以不生为日耳曼人或高卢人为耻。于是，由于头发的颜色，她们要改变自己的民族出身。”不得不承认，当把修饰容貌提升到不满意造物者的工作，以及不满意自己民族出身的高度时，化妆这件事的确需要慎之又慎了。

◇

1184年，维吉斯修道院院长公开批评了当时男性的一系列虚荣行为，比如使用镜子、刮胡子，以及穿着开衩到臀部的乐师长袍。那时的男性常常被人批评太过娘娘腔，而娘娘腔之所以被批评，是因为在当时的人们看来，这反映了一个男人太渴望吸引女人，以至于产生了模仿女人行为的想法。照这个思路推理下去，那些最女性化的男人，反而对女人有着最强烈的渴望，难道他们才是男人中的男人？

◇

古代西欧封建贵族各家有各家独特的纹章，出现在这个家族的住所、服装、旗帜、武器、日用品上。纹章不只是一个图案，还常常附有铭文，这句铭文差不多就相当于家族的宣言或是座右铭。照常理推断，铭文既然代表了一个家族的精神气质，必得“诚朴雄伟，励学敦行”“自强不息，厚德载物”之类的道德箴言才能担此重任。事实上却完全不是这么回事，曼图亚大公的纹章是一座迷宫，错综复杂的迷宫花纹旁附有铭文“也可能是对的，也可能是错的”，俨然一道永恒的哲学命题。15世纪皮埃罗·美第奇的纹章是X形的十字架，由两块燃烧的木板交叉而成，十字架上有铭文曰“青春之火，烧入骨髓”，简直就是玄学派的短诗。这类家族座右铭不能鼓舞你攀上人生之巅，亦不能激励你冲向命运的战场，却日复一日，在你的灵魂里掀起巨浪。

◇

中世纪欧洲已有“美瞳”。当时的女人也以大瞳孔为美，不过她们选择的是化学手段——将颠茄液滴入眼中。颠茄中含有阿托品，阿托品则是一种著名的散瞳剂，能放大瞳孔。

◇

15、16世纪的威尼斯商贸繁荣，成为了闻名遐迩的财富之城，有钱人比比皆是。就像美人爱发自拍一样，有钱人就爱炫富，而水城里最好的炫富手段，莫过于将自家的船打扮得珠光宝气，然后在全城的水道上来回转悠。威尼斯人竞相给自己的刚朵拉（注：威尼斯尖舟）镀上黄金，挂满锦缎，绘制精致绝伦的图案，直到政府出面禁止刚朵拉被漆成黑色以外的颜色。炫富被成功叫停，刚朵拉直到今天仍以黑色为主。

◇

现代人以平坦的腹部为美，文艺复兴时期的人却追求隆起的小腹，这在当时的绘画作品中就有体现。艺术史学家海因里希曾描述过这一现象："15世纪人物的腹部总是被画成胀鼓鼓的样子，往一旁坠着，它本身并不美……" 海因里希认为它并不美，但显然在文艺复兴时期它是一种美。古代物质生活远不如今天富足，只有富人能吃得又饱又好，丰腴的身材象征着富足，隆起的腹部象征着健康的生命，而健康的、富足的当然是美的。所以，文艺复兴时期的男装流行过"鹅腹"——用材料填充腹部使之隆起，换句话说，文艺复兴时人想尽办法都要给自己搞一个富足美丽的小肚子。

关于为什么文艺复兴绘画中人们都有隆起的小腹，还有另一个说法，难以求证，姑妄听之：当时的西欧人多食纤维质的食物，消化的沉重负担使他们的肠子比现代人更长，所以他们的腹部更大、更突出，画家们则是真实记录了当时的情形。

[意大利] 乔尔乔内《沉睡的维纳斯》，1508—1510年。

在文艺复兴时期的绘画中，即便是外形完美无瑕的女神，也得有一个隆起的腹部，可见时人当真是以此为美的。

◇

我们总误以为审美是纯精神性的活动，其实细究起来就会发现，每个时代、每个社会的审美标准都相当势利，一言以蔽之：什么样的造型和装束更像是有钱人，什么样的造型和装束就更美。

文艺复兴时人以大腹为美是一个例子，英国维多利亚时代的女人以苍白的皮肤为美又是一个例子。维多利亚时代的女人为了增白皮肤可谓出尽百宝，她们喝醋，给脸上涂上氧化锌，还在额角画上毛细血管，一切都是为了使皮肤显得更白。为什么皮肤越白越好？因为黑皮肤潜藏的信息是你参加了户外工作，像个庶民一样在阳光暴晒下艰辛地劳动；而白皮肤则暗示了你安逸富足的生活，每天只用在室内和女伴们弹弹琴、饮饮茶，所以皮肤保养得又嫩又白。维多利亚时代往后，白皮肤不再那么受追捧，欧洲的城里人又开始追求小麦色的皮肤，因为晒黑了的皮肤表明你有钱去海滩度假和进行日光浴；穷人没钱出游，才会全身苍白。

装束的审美也同样势利。欧洲19世纪的中产阶级，女性喜爱束腰、高跟鞋与百褶裙，男性喜爱浆洗得挺括的胸衣与硬硬的领结，这些衣饰是体力劳动的严重障碍，穿戴上它们就意味着与劳动绝缘。换句话说，中产阶级偏爱这些衣饰，很重要的一点是因为它们帮助中产阶级与底层劳动者拉开了距离，它们是富贵生活的标志。

往前追溯，日本平安时代女性最爱的发型是长长的披发，心中最美的衣裳是“十二单”，一身“十二单”由五到十二件长衣叠加而成。蓄着长披发，穿着层层叠叠的“十二单”，走路已是不便，生活难以自理，更别提劳作了。所以一个女子能头顶长披发，身着“十二单”，则证明出身富贵，无需下苦力，并有专人侍奉饮食起居。日本女性对披发和多层华服的爱，直到1687年才被一场大火烧了个精光：是年江户

[日本]尾形月耕《源氏五十四帖·早蕨》，明治时代。

这是画家根据平安时代的名作《源氏物语》而创作的浮世绘。画中人是平安时代贵族女性的典型形象：弱质芊芊，长发委地，裳服层层叠叠，衣裾笨重地拖在身后。这样的装束彰显了她们高贵的身份，同时也限制了她们的行动力，所以当时的贵族女子若要跟人私奔，基本都是男人在夜晚背着她们出家门；若靠她们自己，可谓寸步难行。

城发生大火，贵族女子因为发型和衣服而行动不便，许多人未能从大火中逃生。血的教训才改变了她们的审美。

◇

达·芬奇认为一幅画的美不仅来自画的内容，还来自画幅的长宽比例。画幅的宽度与长度的比例若能符合黄金分割，即0.618，便达到了最美。

◇

文艺复兴时期一篇关于宝石的著名论文给各种珠宝的重要性做了排序，“一颗永流传”的钻石在时人眼中竟然才排在十八位，远远落在珍珠之后。考察文艺复兴时期的艺术品，大人物们佩戴珍珠的情况也的确多于佩戴钻石。

◇

法国国王路易十二攻破米兰之后，为《最后的晚餐》的魅力所折服，誓要将它带回自己的家乡。不过《最后的晚餐》是壁画，所以路易十二面临的问题不是如何运送一幅画，而是如何运送一面墙。他重金招募建筑界的厉害角色，希望建筑师为他找到完美切割并运送墙的办法，却始终不得要领，最后只能放弃，否则今天我们就要到法国去看《最后的晚餐》了。

◇

日本平安时代的人相信，若有人思慕自己，下裳的纽就会自动解开，或者思慕者的影像将会出现于自己眼前。

◇

和服十分宽大，古代日本人白天穿上和服蔽体，夜间脱下和服铺在地上，当被褥使用。所以当和歌或俳句中出现“袖”字，通常暗示着一段缠绵的男女情事。

◇

日本平安时代的高级宫女——女房，外出时乘坐牛车，车前有帘悬挂，以防路人窥探她们的容颜。但女房层层叠叠的衣袖与裙裾时常涌出帘外，深紫、红、苏芳、葱绿、葡萄染、樱、雪色，如同斑斓的潮水席卷而来。平安时人以欣赏此景为一大雅事。

◇

小野小町，日本平安时代的名媛，以和歌与绝世美貌而著称。美到何种程度呢？在日语中，“某某小町”就是美女的代名词。日本许多地方都保存有小野小町的塑像。按常理推断，制作这些塑像是为了记录小野小町如八重樱般艳丽的姿容，但事实上，几乎所有的塑像都是鸡皮鹤发的老妇。比起佳人最好的年华，东瀛人更希望在石头上镌刻和宣扬“青春与美好转瞬即逝，人世就是无常”的真理。

[日本] 歌川丰国《源氏五十四帖·葵》，江户时代。

这是画家根据平安时代的名作《源氏物语》而创作的浮世绘。虽然画中女子乘坐的并非牛车而是轿子，但也可通过此画想象盛装华服的她们出行时彩色衣衫涌出帘外的美丽景象。

[日本] 葛饰北斋《百人一首诗意图 · 小野小町》，江户时代。

小野小町不仅容貌出众，才华亦十分了得，写得一手好诗。这幅画则是北斋根据小町最著名的作品所作的诗意图，小町原诗为：“忧思逢苦雨，人世叹徒然。春色无暇赏，奈何花已残。”这首作品很优秀，甚至入选了《百人一首》。

《百人一首》为镰仓时代著名歌人藤原定家所编撰，他从7到13世纪的众多歌人中，挑选出了最优秀的一百位歌人与他们最优秀的一首作品，集结成了日本迄今为止流传最广的和歌选集之一。不过《百人一首》的编撰初衷并非为了文学，而是为了家装。藤原定家的亲戚宇都宫赖纲的别墅“小仓山庄”搞装修，定家选诗是为装饰别墅中的拉门，所以这部和歌集又名《小仓百人一首》。用一百首诗做门的花纹，多么美好的设计。

◇

日本江户时期，京都的女人十分懂得保养容颜，她们为了避免手脚发育得过分粗大，手指长期箍着戒指，夜间还要给脚套上皮革短袜；每天用热气蒸脸，将皮肤蒸得玲珑剔透，使之呈现健康的粉白色。

◇

江户初期，城里的女性在春季外出赏花时会穿专门的赏花窄袖和服，即使发现天气有变，也不带雨具出门，只因沐雨之后和服更显鲜丽，视觉效果最佳。想与春花比美，就得做点牺牲，淋淋雨算什么?女人爱美，比主动淋雨更甚之事多了去了。

◇

日本人并非一开始就对樱花情有独钟，在日本最早的诗歌总集《万叶集》中，诗人们吟咏最多的花是胡枝子花、梅花与橘花。四千五百多首和歌里，樱花歌仅有三十多首。直到平安时代，樱花才迎来了命运的转折点，一跃成为大和民族的心头肉——平安朝佛教普及，佛家的无常观深入大和民族的心，还有什么比花期短暂、风一吹就会落的樱花更能证明无常?樱花简直就是一部植物版的佛经，向众生现身说法：片刻璀璨之后终将凋零，人世种种不过是刹那繁华。

[日本] 杨洲周延《大和风俗・从上野的清水堂眺望不忍池的景色》之一，江户末期到明治初年。

自江户时代开始，上野公园就是著名的赏花景点。在赏花时节，女人竞相穿上比平日更为华丽的和服。

[日本]长谷川贞信《都名所之内·音羽山清水寺》，1870—1871年。

平安时代往后，日本绘画作品中的樱花也多了起来。

[日本] 长谷川贞信《都名所之内·御室仁和寺花盛》，1870—1871年。

从平安时代开始，赏樱就成为了日本人世世代代延续的爱好，至今热情不改。每年春天，樱花季来临，就会出现“俳圣”松尾芭蕉描述的景象：“京都看花天，群集九万九千。”

◇

16世纪中叶，现代意义上的小提琴诞生了。小提琴在诞生之初被视为粗俗的玩意儿，农夫们茶余饭后闲聊时，或是手工业者在小酒馆里饮酒作乐时，可演奏小提琴取乐，但皇室娱乐与宗教仪式小提琴绝无资格参与其中。意大利某些地区的教堂，甚至下令毁掉小提琴，就像是毁掉其他的低俗之物。直到18世纪，还有法国作家郑重其事地发文抵制小提琴，蔑称其为“侏儒”。

今人无法理解，从形状到音色都优美得紧的小提琴，如何与粗俗挂上了钩？古人亦想不到，几百年后小提琴演奏成了高雅艺术，作家写及小提琴再无贬义。米兰·昆德拉在《为了告别的聚会》中写的那句“她总是使他想起绷紧的琴弦，有一次他对她说，她有一颗小提琴的灵魂”，也成了文学史上最美的情话之一。

◇

17世纪末，巴黎人发明了时装人偶，这些木质人偶就跟洋娃娃一样大小，关节灵活，梳着巴黎最新一季的发型，穿着巴黎时尚人士设计的最新服饰——只不过袖珍一些而已，被马车或轮船运送到外国妇女手里，勾引她们购买巴黎的设计。在那个没有镁光灯、T 台秀的时代，时装人偶为各国妇女带去了一场又一场迷你版的巴黎时装周，四处掀动巴黎时尚狂潮；而巴黎的商人，就坐在家中赚得盆满钵满。巴黎崛起成为西方世界的时尚领袖，就始于那个时代，且盛名与势力至今不坠。在巴黎之前，也有诸如16世纪的威尼斯之类的城市成为时尚中心，但它们就像流星，灿烂一霎便很快归于沉寂。唯有巴黎成为了常胜将军，因为巴黎人早早地明白了一个道理：时尚要靠视觉来传达。想展示一条裙子的美，一万行字字珠玑的赞美诗，比不过一个粗糙简陋的

[英国] 伊萨克・罗伯特・克鲁伊克山科与乔治・克鲁伊克山科
《伦敦的底层生活：汤姆、杰瑞与罗杰克》，19世纪。

19世纪的底层小酒馆里，众人仍喜欢以小提琴取乐。

木头娃娃。

◇

17、18世纪，欧洲贵妇的头顶上就像在开万国博览会。她们酷爱硕大无朋的假发，竞相给假发做出夸张的造型，挂上你想到或想不到的装饰：蝴蝶、花朵、蕾丝、薄纱、鹦鹉羽毛只是最普通的饰物，水果、蔬菜也是假发上的常客，还有人将玻璃、山水盆景、海军战舰模型等搬上了假发。1744年《维也纳风流轶事》记录了当时的风尚："维也纳女子的头上有一艘艘军舰、一座座娱乐园和一只只关野鸡的笼子，叫外国人万分骇异……她们的头，有时像有桨有桅杆的帆船。"所以当时有漫画讽刺说，在女人的假发里连厨房水池都能找到。

贵妇们假发的规模越来越震撼，以至于她们戴上假发就无法躺倒，无法坐车，无法打网球，甚至无法通过一扇普通的门。为此，圣保罗大教堂的门厅在1780年特地做了改造，升高了四英尺，就是为了让假发高耸入云的贵妇们能顺利通过。

在当时的欧洲，不止女人爱假发，男人也爱，且认为那卷曲蓬松的假发有助于增加男性威严。时人对假发有个唯美主义的形容，他们认为人脸在浓密的浅色卷发烘托之下，看起来就像是清晨云海中初升的太阳。

◇

17到18世纪，欧洲的淑女们外出时不必拎手袋也不必提化妆包，穿上蓬蓬裙就能潇洒走四方。因为用鲸骨高高撑起的裙摆下有足够的空间，她们就在内里衬裙上缝制几个口袋，以存放她们外出所需的一切，包括零钱、扇子、香水、化妆品，甚至是食物。那一袭袭长裙，

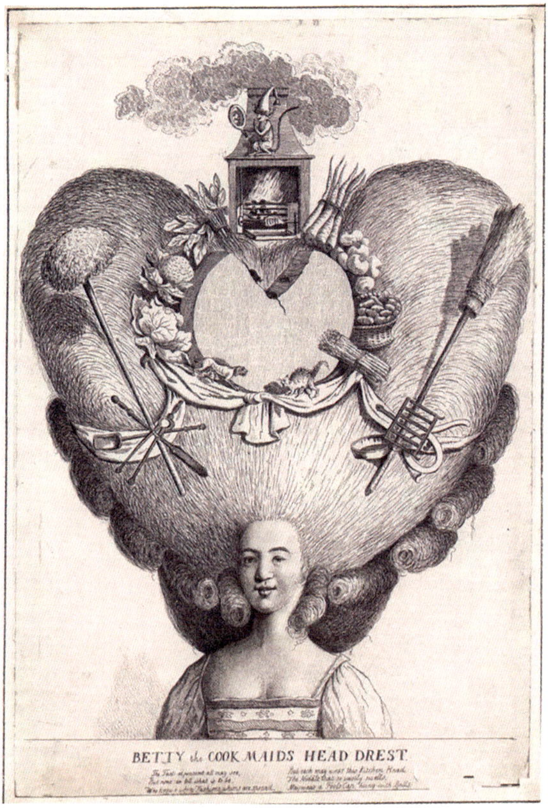

[英国]W. 汉弗莱《厨娘贝蒂的头饰》，1776年。

艺术高于生活也源于生活，18世纪频频出现夸张女性假发的讽刺漫画也是因为现实中确有太多造型浮夸的假发。漫画中的厨娘能在自己的假发中找到她所需的一切工作用具。

[英国] 佚名《晨间拜访，或是1777年的时装》，18世纪。

这幅画写实地展现了当时欧洲贵妇的服饰与发型，可以看出她们头顶的“小山”虽然夸张，倒也不失典雅华美。18世纪欧洲贵族的假发不但造型夸张，还会扑上各色粉末——最常见还是白色——使假发的色彩更斑斓。假发粉主要成分为面粉，当18世纪后期众人吃饭都成问题的时候，贵族仍把口粮当作化妆品随意往假发上抛洒。忍无可忍的英国首相威廉·皮特终于在1795年宣布对发粉征收重税。1800年，假发风尚寿终正寝。

就是一个个隐形行李箱，裙外婀娜，裙内包罗万象。这一设计让人想起《国产凌凌漆》中周星驰的经典台词："它表面上是个大哥大，但你看，这里有一层白色金属网膜，实际上它是一个刮胡刀，即使在我执行任务的时候，也可以神不知鬼不觉地刮胡子。至于这个，外观上看是一个刮胡刀，原来呢，它是一个吹风机……"

◇

19世纪欧洲各国快速扩张，许多热带地区都在他们的势力范围中。热带的物产给欧洲带来了许多财富，但热带的种种疾病——尤其是疟疾，也给欧洲添了不小的麻烦。人们发现金鸡纳树树皮中所含的奎宁可以制服疟疾，但疾病传播迅速，植物成长缓慢，纯天然的奎宁完全不够用。现实不是文艺电影，谁有耐心在燠热的天气里聆听金鸡纳树幽幽生长的声音？必须找到快速生产奎宁之道，于是欧洲的化学家们开始人工合成奎宁，年轻的威廉·帕金就是其中的一员。

帕金在伦敦一间不起眼的小阁楼里做起了实验，瓶瓶罐罐，杯杯碟碟，又是蒸馏又是混合，折腾各种化学物质。功夫不负有心人，帕金最后制成了一种粉末。不过，这粉末可不是帕金一开始想要抵达的终点——奎宁，而是一种前所未见的淡紫色染料。帕金没能合成出奎宁攻克疟疾，却在上帝的创造之外另创造了一种新的颜色，在时尚史上留下了划时代的一笔。从此，飘扬的淡紫色长裙造就了多少婀娜的风景，迷惑了多少双眼睛，柔软了多少颗心灵。

帕金虽未救一人性命，仍堪称功德无量，美的发明同药品一样要紧。世界若缺乏美，人的灵魂就要生病。

古代欧洲人偏爱在园林中种植实用型植物，种的不是水果蔬菜就是香料药材，恨不能园林里每一植株都有产值，花卉直到相当晚近才

[法] 弗朗索瓦 · 布歇《蓬巴杜夫人》，1756年。

如此“辽阔”的裙摆，可以容下多少物品可想而知。

◇

成为花园的第一主角。古希腊的花园更像是果园，种满苹果、梨、石榴、油橄榄和无花果；罗马帝国时期，最受青睐的园林植物是葡萄；查理曼大帝于812年颁布的《教士会法令》，记载了许多适宜种植于宫廷的植物种类，其中有七十四种蔬菜和药草、十六种果树，而花卉只有两种，就是玫瑰与百合。

佚名《药用植物园》，15世纪。

在园子里种植姿态各异的药物，兼顾了观赏价值与实用价值。

所以20世纪英国政府在战争期间对老百姓家后院的要求是颇具传统的，战时食物紧缺，英国政府要求民众拔掉自家小花园里无用的雏菊、鸢尾和紫罗兰们，把土地腾给蔬菜。为了让民众的花园有个好收成，官方甚至还派发了蔬菜栽培指南。不幸的是，书写指南的人是个不折不扣的外行，错误百出，若当真按此指南来种菜，只能是赔了花草又折了口粮。

◇

路易斯·卡罗尔创作《爱丽丝漫游奇境》后，在朋友的鼓励下打算正式出版。为了让爱丽丝的经历加倍动人，卡罗尔邀请了当时最富盛名的插画家约翰·坦尼埃尔来给故事作画。一年之后，坦尼埃尔交给卡罗尔四十二张精美的插图，故事集终于可以出版了！且慢高兴，卡罗尔首印了两千册，坦尼埃尔却嫌印刷墨水质量不好，不能完美展现插图的细节，于是要求卡罗尔弃置已印好的书。这在当时会给卡罗尔造成多大的经济损失，我们不得而知，只能肯定一点，这绝不是个小数目。但卡罗尔竟然尊重了画家的意愿，将成书全都废弃，重新印刷。直到1866年，这个故事才正式出版与世人见面。所以，如果你在旧书市场淘到一本1865年版的《爱丽丝漫游奇境》，恭喜你，虽然它被当年的坦尼埃尔嫌弃，如今却价值十几万英镑，已成为最值钱的19世纪书籍。而卡罗尔听从坦尼埃尔的意见，并非只是一个还未成名的作家对一位已成名画家的迁就，更是一个完美主义者对另一个完美主义者发自灵魂的理解。

[英国]约翰·坦尼埃尔《爱丽丝在疯帽子的茶会上》(《爱丽丝漫游奇境》插图),1865年。

在疯茶会上，疯帽子先生提出了一个让人难忘的谜语："为什么乌鸦像桌子？"当然谁也不知道答案，包括疯帽子自己。

[英国]亚瑟·拉克姆《爱丽丝在疯帽子的茶会上》(《爱丽丝漫游奇境》插图),1907年。

这是英国另一位著名插画家为同一个情节创作的插画。坦尼埃尔和拉克姆的作品确实是各有千秋，难以评定孰优孰劣，坦尼埃尔的作品富于童趣，拉克姆的作品则神秘感浓郁，引人幻想。

◇

川端康成最为人称道的作品是为他赢得诺贝尔文学奖的《雪国》，而《雪国》最为人称道的是它的开头。其实在创作伊始，川端是以这样一句话为故事拉开序幕的："用手指摸濡湿的头发——比什么都记得那种感觉。"后经多次修改，才定下了那个堪称经典的开头："穿过县界长长的隧道，便是雪国。"在我有限的阅读里，这是我所见过的最美的开头。寥寥数字，便将你从日常生活带入了川端的雪国。没有工作，没有账单，没有堵车，没有讨厌的住房贷款，穿过县界长长的隧道，我们就要和纯洁美丽的驹子谈恋爱了！

◇

近现代日本作家的姓名美不胜收，比如田山花袋、北原白秋、半井桃水、后鸟羽院、永井荷风、二叶亭四迷、岛崎藤村、德田秋声、石川啄木……读他们的名字，就像读了一首全世界最短的诗，日本人的唯美主义体现得淋漓尽致。当然，作家的父母通常不是作家，取的名字并无文采，这些诗一般的名字多半是作家自取的笔名，有个或有趣或美丽的来历。

二叶亭四迷，本名长谷川辰之助。他因为不懂亦不爱文学的父亲曾咒骂热衷于文学的自己"去死吧"，同时又因为憎恨自己的愚钝，觉得自己的创作有辱师名，以至于到了想对自己说"去死吧"的地步，所以干脆以"去死吧"在日语中的发音，谐音取了"二叶亭四迷"这个笔名。难以想象，如此古雅的名字本意竟是骂人。不过，大概也只有狠得下心对不够优秀的自己说"去死吧"的作家，才能写出足够优秀的作品。

泉镜花，本名泉镜太郎。镜花曾师从尾崎红叶，这个笔名来自入门时他向红叶提出的一篇叫作《镜花水月》的小说，红叶以此为其命名，既纪念佳作，又应了禅意。对泉镜花的作品，川端康成有个浪漫的评价："日本到处都是花的名胜，镜花的作品则是情趣的名胜。"泉镜花的父母若知道儿子将来会成为唯美主义文学的代表，会得到川端康成如斯评价，当初怎么也得抠破头想个"太郎"以外的名字。

幸德秋水，本名幸德传次郎。"秋水"为其师中江兆民所取，一说取自《庄子・秋水》，一说秋水乃日本传说中的名刀，老师为他取名"秋水"是希望他成为一个无所畏惧、笔锋犀利的评论家。纵观秋水的一生，为自由民权和社会主义运动倾尽全力，最后被日本政府处死时年仅四十岁。所以，无论"秋水"是取自讲宇宙无穷的《秋水》篇，还是取自古代名刀，为理想而死的幸德秋水都没有辜负这高洁的笔名。

永井荷风，本名永井壮吉。不得不说，家常风味的"壮吉"，与能写出"昨天的一切都值得怀念，为什么一定要追究事情的是非，探明彼此的过错呢"这般细腻文字的作家当真不相称。永井年少时曾患病住院，对一位名叫莲的护士暗生情愫，算是初恋，于是后来起了"荷风"一名以示不忘。不知那位护士可晓得这个故事，一个人将自己的名字，写作了给她的情书。后来此人名满天下，多少人说起他的名字。世人每提"荷风"一次，都像是替他向她诉说当年那些秘不可宣的心事。

德富芦花，本名德富健次郎。笔名"芦花"，典出中国明代止庵法师的《题一雁图》："万里江湖一叶身，来时逢雪又逢春。天南地北年年客，唯有芦花似故人。"芦花不但爱芦花诗，更爱芦花本身，他在《自然与人生》中直言："清少纳言曾写道'芦花不值一观'。然而，不值一观的芦花正是我所爱的。"大有为了芦花同清少纳言叫板之意。

夏目漱石，本名夏目金之助。"漱石"典出中国南朝笔记小说《世说新语》：孙楚年轻时想隐居，和王济聊起这个愿望，原本当说“枕石漱流”的隐居生活，口误说成了“漱石枕流”。王济由此发难：“水流可以用来枕睡，石头可以用来漱口么？”孙楚也非泛泛之辈，给出了一个堪称天才的回答：“所以枕流，欲洗其耳；所以漱石，欲砺其齿。”意即我之所以说枕流，是要清洗我的耳朵；之所以说漱石，是要用石头砥砺我的牙齿。而洗耳和砺齿亦有深意，洗耳是要洗掉我听闻的秽言，砺齿是要磨练我的才能。孙楚的回答，不仅化解了口误，还展现了自己的高风亮节，多么完美。夏目先生以“漱石”为名，对自己寄予的期望不言而喻。

知乎

『我的祖国是天上的星辰。』

现在，请你拿起纸和笔，来参加一场数学考试。准备好了吗？这场考试可没你想的那么简单，前两题只是热身，从第三题开始，准备抠破脑袋吧：

1. 某数与它的1/7相加得19，请问该数是多少？

2. 给2/3和1/30加上一个数，使三者的和成为1。

3. 将100个面包分给5个人，要使每个人分得的面包数量成等差数列，且使数量最多的三份之和的1/7是最小的两份之和，请问每个人分得的面包数量的差值是多少？

4. 7个房间，每个房间里有7只猫，每只猫抓7只老鼠，每只老鼠要吃掉7根玉米，每根玉米若被播种能收获7加仑粮食，请问本题中提及事物的总数量？

5. 假如有人告诉你，购置一袋包括金、银、铅的贵重金属共花了84沙地（沙地为钱币单位），已知金的单价为每德本（德本为重量单位）12沙地，银的单价为每德本6沙地，铅的单价为每德本3沙地，求袋子中每种金属的价值。

考试结束铃声响起，你最终答出了几道题？如果这些题你都无法答出，我们抱歉地通知你，你在古埃及的职业生涯将会严重受挫。以上题目皆出自公元前1650年左右的埃及数学手卷——《莱因德纸草书》，它大概是世界上最早的数学教材、数学教辅与数学试卷。全书共有八十余道类似的题目，若能彻底消化这部教材，你在古埃及的工作与日常生活就相当愉快了，因为无论接下来是要你监理建筑工程还是设计大小合适的金库，无论是要计算尼罗河的水位还是统筹军队的衣食储备，你都能处理得得心应手。相反，若对数学一窍不通，你在古埃及复杂的社会生活中将寸步难行——当然，这主要是针对贵族而言，假如你只是普通奴隶，也不需要将自己的数学能力提高到小学奥数的水平，反正你也没几袋口粮可数。

希腊人对古埃及的数学水平推崇备至，古埃及的数学成果也被他们借用过不少。不过埃及人的数学和希腊人的数学有着本质差异。埃及人的数学是脚踏实地的数学，《莱因德纸草书》的题目中面包、谷物、酒、牛和家禽俯拾皆是，打开手卷如闯进农家小院，做题时浓郁的生活气息扑面而来，无一题不为具体的生活技能而设：比如关于体积的问题是要教你更好安排粮仓或是修建金字塔，关于分数的问题是要教你如何分配收入以及掌握酿酒时放置谷物的比例。而希腊人的数学是超凡脱俗的数学，他们认为数学里埋藏了终极真理，研究数学就是研究宇宙和自然界的最高规律。煽情点说，研究几何与代数就是翻看神设计这个世界时所用到的规划图纸，所以希腊人在纯粹的数学问题上狠下工夫，并不只为某项生活技能。

脚踏实地有脚踏实地的好，不过，时常抬头仰望星空的人往往能创造出更高级的文明。

佚名《上帝用圆规测量世界》(《圣经的道德教谕》插图)，约1250年。

画中的上帝像一位工程师，用圆规精心炮制宇宙的蓝图。中世纪基督徒继承了希腊人的想法，认为上帝是用秩序与尺度设计了这个宇宙，如《智者所罗门》第十一章第二十节所说，上帝用尺度、数目和重量来处理万物。所以从古希腊开始，欧洲人在很长时间里将数学视作神的语言。

◇

在古埃及，人们发现用发霉的面包可以治疗某些伤口感染，面包上的霉菌就是古埃及的“青霉素”。

◇

验孕棒并非现代女性的专享，古埃及人已发明了验孕棒，他们的验孕棒就是大麦和小麦。公元前13世纪的一部纸草文献对操作方式做了详细说明：若一个女子怀疑自己怀孕，请准备好一只盛满大麦与小麦的口袋，然后每天在口袋上排尿。在尿液的浇灌下，如果小麦发芽，那么此女怀的是男孩；如果大麦发芽，那么此女怀的是女孩；如果大麦、小麦一直保持沉默不发芽，则说明此女未孕。古埃及人看似荒谬的验孕法，直到科学逐渐发达的17世纪还在欧洲盛行。其实古埃及人自有他们的高明之处，女子怀孕之后尿液中的激素的确会发生变化，这是科学家们非常晚近才发现的事实，数千年前的埃及人能想到通过尿液检测怀孕否，已是了不起。

◇

古希腊历史学家希罗多德曾盛赞波斯人：“没有比波斯更包容的民族了，譬如，他们穿米底亚人的服装，因为觉得穿起来更帅气。士兵则穿戴埃及人的盔甲。”包容源于自信，只有自信的民族才敢如此放肆地贯彻“拿来主义”，他们知道自己够强悍，所以不会战战兢兢、草木皆兵，没日没夜地担心自己将被外来文明吞噬。

◇

古希腊人认为，只有自由的人才能成为真正意义上的公民。那么，一个人只要不是奴隶，他就是自由的吗？错。首先问你一个问题，你认为自己是不是一个独立和自由的人？绝大多数人估计都会回答“是”，但按照古希腊的标准，当今世界就没几个自由人。

我们来看看古希腊人的标准：

第一，自由意味着你拥有百分百的独立生活与闲暇时间，那些受雇于他人的人，自由从何谈起？光是这一条，你我这等上班族便已被排除在自由人之外。

第二，商业被视为通过出卖自己的某种服务来获取利益，这有违公民的自由身份原则，所以只要是从事商业的人，通通皆非自由人。

◇

提到古希腊，多数人脑海里蹦出的第一朵浪花是“民主”。事实上古希腊人为了将民主进行到底，的确想了很多招，其中有一招厉害的，叫作陶片放逐制度。

每年十二月，雅典城邦公民大会的常务委员会会询问大家：“想不想将谁谁谁逐出希腊啊？”如果大家表示有想清除的人，那好，次年春暖花开之际将在雅典的中心进行一次冬天般冷酷的投票。投票当天，用木板搭出一个简陋的圆形场地，这就是投票站。每个人手持一小块陶罐碎片，这就是选票，然后将他希望被放逐的人的名字刻到破陶片上，投入投票箱。如果投票人数超过了六千人，那么得票最多的那位将被逐出希腊，被迫参加为期十年的异国流浪之旅。被放逐者无权为自己辩护，十天内必须打包走人。

以现代人的逻辑来想，被投票放逐的定是讨厌鬼，你不被众人爱戴，才会收获那么多怨念满满的投票。对，讨厌鬼确实也是陶片放逐的对象之一，而常常被陶片放逐的另一种对象，却是地位显赫、极具威望、广受好评的人。希腊人的逻辑是你太受欢迎，你得到太多人心，你地位太显赫，你就拥有了走向城邦巅峰、成为独裁者的资本。为了避免独裁者的出现，对不起，只有将人心所向的你斩草除根，希腊人民爱你，但更爱民主。

雅典海军的创始人塞米托克利就是因成功而失败的。他在希波战争中率领雅典海军击退了波斯军队彪悍的进攻，捍卫了神圣的雅典。但当他容光焕发地回到雅典，等来的却不是鲜花、美酒与掌声，而是同胞们决定放逐他的消息。因为在希腊人看来，塞米托克利在战争中集中了过多的权力，这已经威胁到雅典的民主。希腊人在心中默念，为了民主，牺牲一位立功的将军又算得了什么。不知道塞米托克利离开之时，有没有在心中默念："看以后谁还愿意为希腊卖命？"

同病相怜的还有雅典政治家阿里斯提德，他是因正义而跌倒。公元前483年的某一天，阿里斯提德在广场上被一个糙汉子拦了下来，汉子递上破陶片，说自己不识字，让阿里斯提德帮忙在选票上刻字。而汉子想要刻的，正是阿里斯提德的名字！阿里斯提德大惊失色，问汉子这到底是为什么，汉子嘟囔着说："我甚至还不认识这个人，但是到处都称呼他为'正义之士'，我实在听烦了。"阿里斯提德不再说话，默默帮汉子刻好选票，默默接受了太正直也是错的逻辑，后来也默默接受了被放逐的命运。

陶片放逐制度为杜绝独裁而不遗余力，它撵跑损害城邦利益的蛀虫，也撵跑太得民心而有可能成为僭主的英雄。在这种制度下，魔鬼和天使都无法生活，城邦里只有凡人可保一生幸福。

希腊诸城邦都追求极致的民主，其中雅典为此还发明了抽签机。

从公元前7世纪开始，雅典的基本政治制度如下：定期举办公民大会，全民通过投票参与国家事务；雅典有十个部落，每个部落派出五十个代表，一起组成五百人议事会，来贯彻雅典公民大会上的决策；而专制国家里国王的那个角色，则由数位执政官来共同扮演，谁都不能独大，这些执政官来自不同的部落，分管不同的事务。执政官先前是由公民大会直接票选出来，后来到了公元5世纪末，雅典人追求民主就追得有点歇斯底里了，为了所谓的百分百公平与民主，连谁来担任执政官，哪位执政官管哪一块事务这样的事，都干脆交由抽签机来决定，每个公民当选执政官的几率皆一模一样。

首先，十个部落通过抽签，选出一百名候选人；尔后，候选人再进行抽签，产生十名执政官。抽签机由石块雕成，有十排十列，共计一百个凹槽，抽签机左侧设有一铜制小管。百名候选人的名牌按照每部落一列的规则插入凹槽，在本部落这一列中，各个候选人名牌出现在哪一行，则是完全随机的。然后，九黑一白共计十个小球将被打乱顺序放入铜管，当白色小球出现，行政官就横空出世了——白球对应的一行，就是当选的执政官，而每一个部落都很公平地只有一个人当选。给各个行政官分配职务时，则要动用两台抽签机，一台机器装十个执政官的名牌，另一台机器装官职的名牌。估计打从抽签机出现之后，雅典人的美梦就不再围着肥沃的葡萄园、满屋的黄金和俊俏的少年打转，梦里铺天盖地的都是白球。

从民主票选，到一切交给抽签机，从选公民们最中意的人做执政官，到每一个公民，甚至是不正直、无头脑的公民都有可能成为执政官，雅典在通往民主之路上走得太远。绝对的光明等于绝对的黑暗，绝对的民主也可能意味着另一种暴政和狂乱。

另，雅典人的抽签机大概就是现代自动贩卖机的前身吧。据说古希腊发明家希罗还当真发明出了自动贩卖机。

◇

“古希腊七贤”之一的佩里安德，某天他命令 A、B 两位青年去他指定的地点杀死遇到的人 C，并把 C 埋掉；随后，又命令 D、E、F、G 四个青年去追杀 A、B 两青年并埋掉；接着，再次下令更多的人去追杀 D、E、F、G 四青年并埋掉……当安排好这一切，佩里安德便前往指定地点会见 A、B 两位青年，并被他们杀死及埋掉。原来，佩里安德就是 C！这是一场声势浩大的谋杀接力，以佩里安德本人为起点，后一拨人追杀并掩埋前一拨人，而后一拨人又被更后来者追杀和掩埋。每拨杀手都以为自己的任务仅仅是杀掉某些人，并不知道自己仅是庞大计划中微小的一环。而佩里安德之所以如此大费周章，仅仅是因为他不想让世人知晓自己的埋葬地。最后，埋葬地被成功隐瞒，前仆后继的杀手们联手掩埋了真相。

佩里安德恢弘的死亡迷局总让我想起日本推理小说家夏树静子的作品《第三个女人》，有兴趣者可以找这部小说来看看。

◇

古希腊的毕达哥拉斯学派，在人类历史上第一次明确提出了科学研究中的道德规范，而其中最重要的一条就是严格保密。一加入该学派，你就得发誓严守秘密，决不私自将科学发现外泄，还要将一切成果和荣耀都归于学派的领袖。好了，背景交代完毕，下面正式进入悲剧。

毕达哥拉斯学派野心勃勃，想要找到一条可以解释宇宙中所有现象的终极真理，但万物纷繁，哪有什么共同的规律？不过最终还是被他们找到了，那就是数。无论是橄榄还是别墅，无论是星球还是音乐，世间的一切都包含了数字，都可以用数字来描述：有几颗橄榄，别墅有多宽多长，星球之间相距多远，就连摸不着的音乐也存在音程比例，比例也是数。于是，毕达哥拉斯学派认为万物皆数，数就是宇宙本质，数就是大道，数就是祖宗。不过毕达哥拉斯学派在建立这个理论的一开始，就给自己埋下了不定时炸弹，那就是他们所谓的数仅仅是指有理数。换句话说，就是世间万物要么可以用一个整数来表达，比如1、5、19；要么可以用整数和整数的比例关系来表达，比如1:2、4:7。

炸弹终于爆了，学派中的一个成员希帕索斯有天突然开始思考一个作死的问题：如果取一个边长为1的正方形，那么它的对角线长多少呢？经过严密的计算，得到的结果是一个无限不循环小数，根本无法用整数或分数去表达它的精确值——整个学派陷入巨大的恐慌，成员们的人生观、价值观、世界观三观同时塌陷。其实要保全万物皆数，只需做一个小调整就好，那就是赶紧权威认证无理数也是数，“万物皆数”中的“数”既包括有理数也包括无理数。但毕达哥拉斯学派选择了把希帕索斯扔进大海，企图将他和无理数永远埋葬进那片深蓝色的寂寞里。学派用这种方式，让本门的一位天才学员再也无法泄密，也造就了科学史上一桩可耻的悲剧。

那时候的毕达哥拉斯学派，还没遭遇真正的危机，他们还没发现本门学说最致命的问题，此问题一出，便是神都救不了他们：数并不是事物的本质与基础，而是我们认识事物的工具；并不是万物皆数，而是万物皆可借由数字来认识和分析。毕达哥拉斯学派的错误在于把反映形式当成了实体，把抽象概念当成了客观存在。

[俄国] 费奥多·布朗尼科夫《毕达哥拉斯学派礼赞日出》，1869年。

毕达哥拉斯学派在天文上的成就也不少，他们最早提出了一个宇宙模型：宇宙为球形，宇宙中心有一个火团，名为"中心火"，太阳、地球、月亮、金星、木星、水星、火星、土星都围绕中心火运行。许多世纪以后，哥白尼提出的“日心说”彻底改变了人们的宇宙观，其实“日心说”亦受到两千年前“宇宙中心火”学说的启迪。

◇

公元前4世纪左右，希腊人制作了一个宇宙模型：地球是世界中心，且静止不动；我们之所以能看到其他星体在天际运动，不是因为地球在动，而是因为其他星体在围绕地球旋转。这个模型在上千年的时间里长盛不衰，以现在的天文学知识来看它多么荒谬，但是古人也不傻，模型并非不堪一击，反而有着严密的推理：如果地球在动，我们就生活在浩瀚宇宙中一块飞驰的石头之上，那么地球上岂不是终年刮着狂风？然而事实并非如此，辽阔的土地上时常有宁静时刻，这就证明它是静止的。

细究起来，古人许多荒谬的理论都有着坚若磐石的推理过程，单看结论是荒谬的，然而一旦了解他们思考的轨迹，便明白其中不无道理。古人输给我们的是数百上千年的知识积累，而非智力。

◇

公元前5世纪的古希腊哲学家阿那克萨戈拉，鼓励他的小伙伴们都来研究宇宙间运行的星体。有人对此不以为然：“你不关心你的祖国吗？”意思是要研究也应当研究你脚下这片养育你的土地，研究摸不着的星辰有何意义？阿那克萨戈拉的回答非常大气，他说：“我很关心我的祖国。”随即，将手指向了天上的星星。

◇

古希腊的奥运会，筛选运动员的首要条件并非体力，而是血统。唯有那些拥有纯正希腊血统且从未犯罪的自由公民才能参加奥运会。比赛正式开始前，运动员须在神像和观众面前郑重地回答几个问题：是否是自由人——奴隶无参赛资格；是否是希腊人——外国人无参赛资格；是否品行端正——二流子和伪君子无参赛资格；是否犯过罪——有前科者无参赛资格。运动员自己说了不算，还要被群众们一双双雪亮的眼睛审视，裁判员带领运动员绕场一周，同时向观众席抛出一连串的问题："你们对他们有无疑问？""这些人中有无奴隶和罪犯？""有无无耻之徒或其他败类？"如观众席上无人对运动员的身份或品行提出异议，比赛才能正式开始。那时候的运动员，无需担心兴奋剂化验，却要接受全民参与的道德审查。

◇

公元前5世纪的希腊作家希罗多德在《历史》中记载了一个惊为天人的送信方式：米利都的领主希司提埃伊欧斯，想鼓励阿里司塔哥拉斯起来反叛波斯国王，然而如此高危的信息要怎样神不知鬼不觉地给对方捎去？这是个问题。信使途经之地满是监视的眼睛，那时候又没有密电，双方也没有共用的密码本。不过这难不倒希司提埃伊欧斯，他真是一个"智多星"：他剃光了最信任的奴隶的头，并在这个奴隶的头皮上刺上了信息，接着就是漫长的等待，直到奴隶的头发再长起来，完全掩埋了信息，他再派奴隶去送信。

即使放在今天来看，如此给信件加密的方式也颇具安全性，极不易被识破，敌方抠破头也想不到秘密藏在身体发肤之中；且此法将泄密的可能性降至最低，因为就连信使本人也不知道要送的到底是什么信——自己无法看到自己的头皮。唯一的缺点是，急件用不了此法。

◇

亚里士多德的学生、古希腊哲学家泰奥弗拉斯托斯，对灵魂和肉体的关系有一精妙言论，他说灵魂向肉体缴纳了高昂的房租。

◇

古希腊的石棺上时常雕刻着蝴蝶挣脱蛹的画面，那是因为古希腊人认为人死之后，灵魂会从嘴巴逸出。破茧成蝶，不正象征着灵魂挣脱肉体的束缚吗？

◇

活跃于公元前3世纪的罗马学者第欧根尼·拉尔修，认为人类应该禁食豆类，理由是豆子中充满了一种材料，这种材料包含了构成人类灵魂的物质。为什么豆类在拉尔修看来和灵魂有关？吃了豆子，人的肠道会产生大量气体，彼时人们还不知道这是缘于豆子难消化，他们以为这是因为豆子吸取了土壤中死人的灵魂，进入消化系统之后，其中包裹的灵魂就逸出成了一阵阵窜动的气体。之所以要禁食豆子，是因为你吃的不仅是豆子，还有一些惶惶不安的死魂灵。

◇

据传，古希腊发明家希罗发明了机器人。在酒神巴克斯的神殿中，当信众点燃殿前的蜡烛，神像就会在灯火辉煌的殿堂之上转动一周。此情此景即使出现在科技发达的今天，依然能让人拍案称奇，可以想见，古希腊的信众看到这神奇的一幕会多么激动。

考察古希腊的机械水平，让神像转动一周并非不可能完成的任务，真正让人生疑的是它的感光系统——蜡烛点亮，神像就开始翩翩起舞。对此只有三个解释：第一，背后有人暗箱操作，待蜡烛点亮，手动开启神像的运行开关，制造奇迹，操作者隐蔽得极好，存心要让到神庙参拜的信徒瞠目结舌，从此对神愈发五体投地；第二，没有暗箱操作，不过烛光只是障眼法，事实上，插上蜡烛的动作才是触发神像的关键，但表面上看起来就是光芒唤醒了神灵；第三，没有暗箱操作，这只是希罗的自我吹嘘或是希腊人引以为傲的传说。

◇

古希腊人擅长辩论，当你也善辩、我也善辩，凑在一起就能吵出一些名垂青史的架来，比如那场著名的“半费之讼”。智者派的代表普罗泰戈拉，收了一名叫作欧提勒士的学生。普罗泰戈拉与欧提勒士签定了这样的合同：老师向学生倾囊相授辩论技巧，教他如何打官司，学生入学时仅缴纳一半学费，另一半学费则在学生毕业替他人打赢官司，证明自己所学颇丰之后再缴纳。老师的合同看上去没问题，学生却抓住了空子，欧提勒士毕业后总不替人打官司。普罗泰戈拉也不是吃素的，眼见另一半学费要泡汤了，心生一计，对欧提勒士提出诉讼，并提出了二难推理：“如果学生打赢这场官司，那么按照合同，他应给我结算另一半学费；如果学生打输这场官司，那么按法庭判决，他也应付给我另一半学费。所以，无论这场官司他胜或负，都应给我另一半学费。”欧提勒士作为普罗泰戈拉的高足，岂会束手就擒？跟老师来一场巅峰对决正合他意，于是他提出了相反的二难推理：“如果我这场官司打赢，那么按法庭判决，我不应付给老师另一半学费；如果我这场官司打败，那么按照合同，我也不应给老师结算另一半学费。所以，无论这场官司我胜或负，老师都收不到尾款。”

这场官司，虽然希腊的法官无法判决，只能听任它变成千古悬案，但我们能够看出逻辑上的破绽来，那就是师生辩论的标准一直在变化，一会儿按合同来，一会儿按法庭判决来。

而希腊人还吵过一些在逻辑上全然无懈可击的架，那才是诡辩的至境。比如一袋谷子倒在地上有没有声音这个问题，高段数的推理是一粒谷子落地时没有声音，那么两粒谷子落地时就是没有声音加上没有声音还是等于没有声音，以此类推下去，一整袋谷子倒在地上时也应该悄无声息。再比如武力值超高的希腊英雄阿喀琉斯与乌龟赛跑，乌龟先爬行一段距离，阿喀琉斯就永远追不上乌龟，为什么呢？我们直接做算术题好了。假设乌龟比阿喀琉斯先跑五米，在阿喀琉斯赶上这五米的时间里，乌龟又向前爬行了一段距离——无论这段距离有多短，阿喀琉斯总要花时间才能又赶上新产生的这段距离，而就在这一小段时间内，乌龟又爬行了一段距离……就这样，阿喀琉斯只能无限接近于乌龟，却永远无法追上它。

在现实世界里，一袋谷子落地肯定有声音，阿喀琉斯也能轻而易举地追上乌龟，但在逻辑上它们坚如磐石，无法撼动。别说如此诡辩一无所用，希腊人就是通过这样的诡辩训练了强大的逻辑思维，终于孕育出了柏拉图、亚里士多德等大拿，以及千年不败的哲学之花。直到今天，我们还能从希腊人落满灰尘的卷轴里，找到理解人生、时间、宇宙、万物的心法口诀。

◇

罗马人已有环保意识，古罗马科学家老普林尼在他的鸿篇巨制《自然史》中狠狠谴责过人类不环保的行为。他谴责人们用化学元素污染河川："我们在箭头和铁器上涂抹一些有害物质，这些物质污染了河流和大自然的一些要素，因此我们将那些我们赖以生存的东西变成了有害的。"他也谴责人们为了利益将大自然开发得一片荒芜："他用声音以及各种手势命令其工人立即（从山里）撤离，并各自逃生。山体崩裂，碎片四溅，轰隆作响，令人难以想象，同时烟尘弥漫，令人难以置信。胜利者们凝望着大自然的废墟。然而到目前为止，是否有金子，他们也浑然不知。他们开始挖掘，冒着各种危险，付出高昂的代价，无非是想得到他们梦寐以求的东西。”但多少年前老普林尼就意识到的错误，时至今日依然如故。谁说历史的车轮一直向前？人类的贪婪与自私从未改变。

这是典型的公地悲剧。现在，请你假想自己是一群牧民中的一员，大家在一块公共的草场上放牧。你当然希望自己养的羊愈多愈好，因为这样你才能获得更多的利润。但是你知道公共草场的承载力已到临界点，若再增加羊的数量，草场的质量将下滑，这个时候，你会如何抉择呢？作为有理性的人，你很快就能计算出，多养一只羊带来的好处，是百分百归你一个人所有的，而多养一只羊对公共草场的损害，却是由所有人共同承担，你只用承担百分之几的微不足道的损害，就能换取百分百的利益。接下来，聪明人都知道该如何选了。这也是无论政府如何大力宣传“我们只有一个地球”，但排放污水、砍伐森林、过度开垦的问题始终屡禁不止的原因：损害地球换来的利益归某一人所有，付出的代价却有浩浩荡荡六十亿人替他分担。

这也是典型的囚徒困境。我们继续玩角色扮演的游戏，现在请你假想自己和某人共同犯罪，被关入了监狱。你和你的同伙不能沟通，无法知晓对方的心意。现在执法人员向你展示了三条不同的路，三种不同的结局：第一，如果你和同伙互不揭发，则由于证据不确凿，两人都将面临一年的刑罚；第二，若你们两人中，一人站出来揭发，而另一人保持沉默，揭发者将因为戴罪立功而被当下获释，沉默者则会因不合作的态度而入狱五年；第三，若你们互相揭发，警方就能拿到确凿的证据，则你们两人都将被判刑两年。面对这三条路，你会怎么选择呢？显然互不揭发对双方来说是最好的结局，但你能够相信你的同伙吗？你不背叛他，但他可能背叛你，因为揭发你对他大有好处。万般无奈之下，你也只能选择了对自己最有利而非对双方最有利的路，那就是揭发同伙。放在环保问题中，情况如下：你和山民们共拥一片山林，你不愿过度砍伐，想和大家一起可持续发展。但问题在于，你不敢保证别的山民和你有着同样先进的观念和同样崇高的道德感，万一你没砍树，别人却砍了呢？利益归别人所有，你却损失了原本可以归你所有的树。所以，绝大多数人此时的选择都会是抢在别人前面砍树。

既然已说到这里，不妨更悲观一点，人的天性就是要寻求自身利益的最大化，这是人类 DNA 亘古不变的组成部分，修改的可能性无限接近于零。而只要自利的天性不变，公地悲剧与囚徒困境将在历史上一而再、再而三地上演，直至永远。

◇

有没有人发现，英文中的“salary”（工资）与“salt”（盐）长得特别像？其实“工资”一词就来源于“盐”，因为在古罗马，政府是用盐来支付军队军饷的。这不是政府耍赖，用盐支付军饷对军人来说也是一种荣光。曾经罗马的平民连吃盐的权利都没有，盐是罗马贵族的特供，后来平民可以吃盐了，但供应量也少得可怜。这咸咸的“雪花”是如此珍贵，罗马帝国的第一位皇帝奥古斯都甚至想出了用盐换爱的办法：提高平民的供盐量，让平民们更加爱戴他。

◇

早期的基督徒并不崇敬十字架，相反，他们尽量避免将十字架作为信仰的象征，因为十字架是当时差遣下等人工作的一个指挥工具。

◇

虽然“十诫”劈头第一条就严正警告基督徒们不可信奉别的神，但这并不妨碍早期基督徒在描绘耶稣时借用异教神的形象。耶稣是何面目，谁都不知道，早期基督徒描绘耶稣时也着实犯难，最终只好到“仇敌”那里寻找灵感，借用了奥林匹斯山上三个异教神的形象：有着金子般容貌、永远青春不老的盖尼米得，太阳与预言之神阿波罗，以及掌管天界的万神之神宙斯。

盖尼米得一开始是靠脸获宠，可谓以色事他人的典范；阿波罗性格暴戾，将在音乐比赛中输给他的玛西亚斯全身剥皮；而宙斯则是风流成性，与数不清的女神和公主有过见不得人的情史……这三个神的性格特质，与纯洁宽厚的耶稣形成强烈反差。不过无论他们与耶稣有多大差异，好歹是传说中的神，身份尊贵，借用他们的脸庞也不算辱没了耶稣。

但宙斯、阿波罗也只存在于传说中，他们的形象又是从何而来？西塞罗在《论创造》中所讲的宙克西斯的故事大概能给我们启发。公元前5世纪，富裕的克洛同人花大价钱请当时最富盛名的画家宙克西斯为神庙作画，宙克西斯想画美得超过一切女性的海伦，于是请克洛同人为他找最美的女子来做模特。克洛同人像为君主选妃一般，召集全城美女任画家挑选。画家精挑细选后，留下了五名美女，因为画家认为构成海伦完美形象的特质不可能存在于任何一名女子身上，需要将每个人最美的地方综合起来，才能画出最好的海伦。

宙克西斯的创作手法——或者说西塞罗的理论，在美学史上留下了浓墨重彩的一笔，直到文艺复兴时期仍有大量拥趸。达·芬奇主张画肖像时应从许多的美丽容貌中挑出它们各自最优秀的部分来进行创作，拉斐尔在1514年致友人的一封信中写了自己创作圣母的技巧："我坦率地告诉您，为了创造一个完美的女性形象，我不得不观察许多美丽的妇女，然后选出那最美的一个，作为我的模特儿。您一定会同意我的意见。由于选择模特儿是很困难的，因而我在创作时不得不求助于头脑中已形成的或正在搜寻的理想美的形象，它是否就那样完美无缺，我不知道，但我努力使其达到完美的程度。"

总的来说，就是人世间不存在完美，那么创作时应选择世间最美的模特，再提炼出每个模特身上最美的部分，最后用自己脑海里的完美理念进行美化，尽可能设计出一个完美的作品来。至此，你明白天神的脸从何而来了吧，天神的完美容颜，是用凡人的种种优点杂糅而成。

我们不妨再说远一点，对哲学不感兴趣的朋友可跳过这段。宙克西斯的创作手法体现的其实是西方哲学史上影响最深远的一个观点，那就是古希腊哲学家柏拉图的"理念论"。何谓"理念论"？就像木工做板凳前先要在脑海里设想一个板凳，造物主在创世之前也需要在脑海里设想出一切之后，再比着脑海中的设计图造出世间万物，而造物主脑海中的设计图，就是所谓的理念。理念虽然摸不到看不见，却是普遍、绝对和必然的完美存在，世间万物既然是仿照着理念造出来的，那就不可能和理念一样完美——各位只要想一想通常情况下实物与设计图的差距便能明白，所以世间万物仅是个别、相对和偶然的不完美存在。举例说明，神最先在脑海中创造出了床的理念，即床的概念，那是一张永恒的、完美的床。而世界上其他的床，都是模仿或者分有床的理念才造出来的。所以大千世界有形形色色的床，它们都具备床的特质，都在“床”的概念之下，然而它们千差万别，各有各的瑕疵。

你是不是想问这和宙克西斯有什么关系？别急，答案马上揭晓：造物主设计的床很完美，尘世间却找不到任何一张完美的床，因为尘世间所有的床，都不过是对造物主完美设计的模仿或分有——也就是对床的理念的模仿或分有，于是尘世间的每一张床，都只能拥有理念床的部分优点。同理，世间没有毫无瑕疵的女性形象，每一个女性都是对完美理念的模仿和分有，保留了理念的部分优点，也留下了遗憾和缺陷。所以画家若想创造一个满分美人，就要提炼出许多女性的优点组合起来，或者给最美的女性再添补一些优点，这样才能向完美理念靠近一点点。

现代英国哲学家怀特海曾说过“全部西方哲学史不过是为柏拉图的思想做注脚”，极言柏拉图思想影响深远。虽然这评价听起来有点夸张，然而考察西方哲学史，许多理论和门派不是发展了柏拉图的理论而形成，就是因反对柏拉图思想而产生，怀特海所言并不虚妄。而柏拉图思想最核心的部分就是理念论，所以可以说，古希腊人描绘神明的小小技巧，后面缀着的是绵延两千多年、波澜壮阔的西方哲学史。

[英国] 亨利埃塔·雷埃《塞壬》，1903年。

塞壬，古希腊神话中用歌声引诱水手的海妖，神话中她们长着人首鸟身，但后世的文学家与艺术家们更愿意将她们描绘成绝世美人。

[英国]约翰·柯里尔《睡美人》，1921年。

无论是神话中的海妖还是童话中的公主，她们的美在现实中几不可寻。想画出完美的形象，要综合各个模特的优点，在真实美人的基础上再进行艺术加工。艺术源于生活，高于生活。

◇

9世纪一位学者写了一本名唤《讨论》的书，以对话的形式来探讨自然界的各种问题。问："人类怎样生活？"答："像风中的蜡烛那样。"问："头脑究竟是什么？"答："是身体的顶端。"问："身体是什么？"答："灵魂的住所。"问："冬天是什么？"答："夏天的流放者。"问："春天是什么？"答："大地的画家。"问："太阳是什么？"答："宇宙的惊奇，天空的美妙，中午的光辉，时间的划分……"这本书向世人证明了两件事：一是学者写自然写出来的不一定是科学论文，还可以是唯美主义诗歌；二是中世纪果然是科学之光消隐的世纪，研究自然的书籍读来就像神甫的布道词。

◇

从中世纪开始，人们就从巴黎的地下开采石材。开采出用于建造房屋的石灰岩，也开采出了生物化石，比如海螺和贝壳。但在很长久的时间里，没人知道化石究竟是什么东西，有人以为它们是来自月球的"神秘小礼物"，还有人以为这是没能成功变成生命的泥浆。

在遥远的古代，世界各地都流传着神用泥巴创造出生命的传说。除了一些无关紧要的小细节略有区别，这些传说最大的不同之处仅在于玩泥巴的人不同。比如在中国是女娲，在古希腊是普罗米修斯，在新西兰是天神滴奇，在希伯来文化里则是上帝，如《旧约·创世记》里所说，"耶和华神用地上的尘土造成人形，把生气吹进他的鼻孔里，那人就成了有生命的活人，名叫亚当……耶和华神用泥土造了野地的各样野兽，和空中的各样飞鸟"。

所以在古代，才会有人以为化石是泥土变成生命的过程中失败的产物——不过这个想法潜藏着一个可怕的逻辑，那就是：造物主亦非万能，他们也会半途而废，也会造出不得不放弃的残次品。

◇

无论在东方还是西方，占星学在历史上一直备受重视。一闪一闪亮晶晶的小星星虽然离我们十万八千里，但古人认为，我们的日常生活、生老病死以及国家的命运，皆由那些挂在天上的遥远石头来决定。“疯子”的英文是“lunatic”，它与“月亮”一词“luna”明显有着不同寻常的关系，这是因为古代西方人认为月亮对人的大脑有着深刻影响，“lunatic”最直接的意思是“被月亮逼疯的人”。莎士比亚名剧《奥赛罗》中，奥赛罗多次将人的精神异常归咎于月亮。“你以为我会在嫉妒里消磨我的一生，随着每一次月亮的变化，产生一次新的猜疑吗？”“那都是因为月亮走错了轨道，比平常更近地球，所以人们都发起疯来了。”……“灾难”的英文“disaster”，词根乃是“astra”，意为“星体”，因为古代西方人相信星体的异动会带来祸事。一个词语的诞生和发展，通常就是一部微型观念史。

当然，也不是人人都笃信星辰与人类命运的关系，古希腊哲学家伊壁鸠鲁就曾出言嘲讽占星士们：“他们硬是不肯让神免去管理天体的苦差，给星星安排了毫无意义的原因！”

◇

中世纪欧洲已出现粗犷版的尿不湿。当时的人们会给婴儿准备一种用黑麦填充的垫子，婴儿睡在上面，随意大小便也无所谓，黑麦颇能吸收污物。

◇

从秦代开始，中国其实就算不上封建社会了。“普天之下，莫非王土”，哪来的封呢？人家中世纪的西欧实行的才是真正意义上的封建制度：一国之土地名义上全是国王的，事实却相当感人。国王只控制少量的土地，绝大多数土地被分封给公爵、伯爵等大贵族，而大贵族们又把自己手里的土地分封给子爵、男爵等小贵族，小贵族们再将自己分到的土地分封给骑士，骑士就用被分成一小块一小块的土地维持自己的生活。

乍一看，全国上下简直像座慈善机构，每个人都将自己的所得分给更多的人。然而天底下没有白吃的午餐，上头分封土地给你，就是要得到你的拥护和效忠。不过好处就在于，你只用对你的直接上级负责，其他人地位再高，和你都没关系，这就是西欧封建社会最著名的原则——“我仆人的仆人，不是我的仆人；我主人的主人，不是我的主人”。举例说明，骑士 A 的土地来自子爵 B 的分封，而子爵 B 的土地又来自伯爵 C 的分封，换算过来，骑士 A 的土地相当于也来自伯爵 C。但中世纪的西欧人不进行这样的换算，骑士 A 只用听命于子爵 B，伯爵 C 的命令他尽可当作耳旁风。只要你不是一位骑士直接的领主，哪怕你贵为国王，骑士依然可以对你昂起高傲的头颅。

前面只是背景，下面才是重点。领主分封土地的过程并非不可逆，当时很多故事发生的顺序恰好反过来：中世纪兵荒马乱，仅凭一己之力难以生活，于是我挑选一位有实力的领主，然后将自己手里的土地敬献给这位领主，臣服于他脚下，从此得到他的保护。不是领主将土地分封给我，而是我将自己的土地献给领主；不是领主用土地来换取我的效忠，而是我主动用土地换来领主的保护。

你以为这个土地换取人身保护的故事到此为止？错，这是一笔精打细算的买卖，因为我臣服于领主之后，领主还会将这块土地作为奖励赐予我。届时，土地的所有权虽归于领主，但它的使用权仍在我手里，只要我不打算买卖土地，那么生活和过去并无差异。而我，却从这一送一得之间，挣来了一座大靠山。当然领主也不傻，这笔买卖对他来说也是好处多多，除了得到土地所有权，还可以让我为他履行许多封建义务。承担义务是累，不过比起在风雨如晦的年代单打独斗的苦，那一点小义务又算得了什么？

◇

文艺复兴时期，古希腊与古罗马文化全面复兴，顺道一起复兴起来的还有古典时期盛行的男性裸体雕塑。许多教皇都是古典裸体雕塑的爱好者，譬如朱利乌斯二世就收藏了不少。但这种情况到16世纪下半叶突然发生了变化，教皇庇护五世受够了教皇宫殿内琳琅满目的生殖器，于是官方出台规定，所有的视觉艺术中不得再出现生殖器。有传说称，疯狂的教皇某晚带着锋利的凿子，给殿内的裸体雕塑逐一进行了“阉割”手术，凿下来的身体器官塞满了一抽屉。

传说未必是事实，但教皇对裸体的深恶痛绝是事实，所以才有了后来的“无花果叶运动”：雕塑与绘画皆不许再裸露关键部位，那么就用无花果叶或是纺织物将下体包裹。如果你见某座古代雕塑的裆部挂着一片不自然的无花果叶，请不要责备艺术家的突兀，这是为了通过梵蒂冈的裸体审查制度。而无花果叶之所以成为教会的首选，并非因为它形状优美或是适于遮蔽下体，而是因为《旧约·创世记》里亚当和夏娃吃了善恶果后，“二人的眼睛就开了，才知道自己是赤身露体的。于是把无花果的叶子编缝起来，为自己做裙子”。遮掩淫秽之处是项神圣而光荣的工作，不是什么树叶都配得上这项工作，毫无疑问，当年

[弗兰德斯] 彼得 · 保罗 · 鲁本斯《亚当与夏娃》，17世纪。

多数画家还是会用无花果叶为亚当和夏娃的裸体遮羞，就像这幅作品一样。但用其他树叶的也不在少数，画家还是会根据构图来综合考量。

[意大利] 圭多 · 雷尼《希波墨涅斯和亚特兰大》，约1620—1622年。

纺织物不自然的形状，已说明其存在的真实目的。

为亚当和夏娃遮羞的无花果叶最有资格获此殊荣。

裸体审查制度看起来多么荒唐，你一定以为庇护五世是个糊涂的老古板。但其实他可算历史上最伟大的教皇之一，对神职人员严格要求，对社会底层施以救济。当时宗教改革愈演愈烈，岌岌可危的天主教会若要继续生存，须得彻底革除此前腐朽荒淫的形象，因此庇护五世才不愿天主教的殿堂处处是裸体，他必须让天主教会在世人心中再次庄严起来。说到底，庇护五世在意的根本不是画中人和雕塑有没有穿内裤，而是天主教会绝不能再给民众以荒淫的印象；“无花果叶运动”亦不是扫黄打非的行动，而是一场关乎天主教生死存亡的危机公关。所以，别轻易对某个历史人物下定论，认为他们荒唐又愚笨，事实上，那些曾爬上世界顶端的人肯定比我们中的绝大多数都更加智慧与坚韧。

◇

欢迎来到中世纪神学辩论大会，下面请您挑选辩题：“圣母玛利亚有没有月经”“圣餐时该吃发酵饼还是死面饼”“圣餐时该饮用葡萄酒还是葡萄汁”“天使吃不吃饭，睡不睡觉”“世界末日时，死人统统复活起来接受审判，那么死人是复活成青年还是老年”“刺象征着邪恶，天堂里的玫瑰到底有没有刺”“上帝是万能的，那么上帝能否创造一块自己都举不动的石头”“马有多少个脚趾”“鼹鼠有没有眼睛”“针尖上能站立多少个天使”“教堂该用长十字架还是短十字架”……不要怀疑，这些在今天看来芝麻绿豆又神经兮兮的辩题，都是中世纪时基督教的各位学者以及神职人员争论了几十甚至上百年的问题。

现代人通常对这些辩论抱以嗤之以鼻的态度，认为这不过是没事找事。不过私以为，这些看似无用的辩论仍是人类的巨大进步。

中世纪初期流行的是神学家德尔图良的观点——“因为荒谬，所以相信”，意即信仰无需证明也无需经受逻辑严密的拷问，如果有确切的证据来证明，如果在逻辑上能完全成立，那么神的存在就是一个事实，人们认定一个事实可不需要动用到信仰。而神在逻辑和事实上都无法证明，关于神的一切看起来那么荒谬，但你不问为什么，就相信了神——这样的坚定，才叫作信仰。相信那些看似不可能的事情，才叫作信仰。换句话说，那时候人们支持不需要任何论证的信仰，对神和天国深信不疑。

到了后来，基督教持续扩张，需要同异教对抗。你若使用启示性证据来说服异教徒，对方要么全然不信，要么搬出自家的启示性证据和你理论，届时就是鸡同鸭讲、各说各话。必须找到一种可以在不同信仰之间无障碍交流的语言——那就是逻辑，那就是理性。无论你我他信奉的是哪位尊神、祷告时面朝何方、在周几沐浴净身，所有人都得讲逻辑。于是，基督徒开始对神学教义提出各种各样的疑问，辩论赛正式拉开帷幕，大家围绕上帝和上帝周边吵个不停。从前只有神审判人类，自那时起，人类开始用理性审判神，再也没有不问理由的盲从和迷信，信仰也要符合逻辑。那些奇奇怪怪的辩论，与其说是人与人之间的争执，不如说是人类在集体向上帝讨要一个完美的解释。

◇

众所周知，马丁·路德最大的功绩是领导了16世纪的宗教革命，但他另一项功绩却鲜为人知，那就是间接发明了圣诞树。

路德最先想到将蜡烛放在林中的杉树枝上，不过他可不是为了制造欢乐的节日气氛，而是为了“我们在天上的父”：耶稣出生之时，东方三博士望见伯利恒方向有明星闪耀，于是千里迢迢奔赴伯利恒拜见耶稣。路德在杉树上点燃蜡烛，为的是模仿闪耀的星星，引导人们向

[丹麦] 维果·约翰森《平安夜》，1891年。

圣诞树的传统并不悠久，直到19世纪，圣诞树才真正成为圣诞节的象征物。1841年的圣诞节，维多利亚女王的丈夫阿尔伯特亲王用蜡烛、水果、糖装饰了一棵圣诞树——这是英国的第一棵圣诞树，就此，这种传统才逐渐推广开来。

圣城伯利恒而去，向耶稣而去。

德国人一直有用云杉迎接新年的传统，到了16世纪，德国人给云杉树加了点创意：在枝头点起蜡烛，并将糖果和苹果点缀在云杉枝条上，这就是最早的现代意义上的圣诞树——而这些创意，正是来源于马丁·路德的做法。彼时的圣诞节还有一种公开的游戏，手工业协会和有钱人会将苹果、核桃、椰枣、糖果、糕饼和纸花装饰扎到行会所在地的树上，制成一棵棵公共的圣诞树，随后任由街头的孩子去摇树，摇落的美食就归孩子们所有。其实，这也是一种变相的善举，富人家的孩子摇落的是节日礼物，穷人家的孩子摇落的也许就是全家人过新年的口粮。

◇

莎士比亚在语言上天赋异禀，一生发明了一千七百多个词汇。要知道，英国都铎时代的英语词汇远不如今天丰富，当时绝大多数人吵架时除了“奴仆”和“恶人”就找不到别的“武器”，所以说莎士比亚凭一己之力推动了英语的发展绝不是夸张。另外，那时候大部分单词还没有规范的拼写，莎士比亚本人曾用不下六种方式拼写过自己的名字，而妙处就在于每一种方式在都铎时代都正确。

[英国] 瓦茨拉斯・霍勒《环球剧院》，1642年。

环球剧院由莎士比亚所在的剧团于1599年建造，莎翁是该剧院的主要股东之一，而这座剧院也上演了诸多莎翁的剧作。剧院一开始建在泰晤士河北岸，因北岸租金高昂，为节省费用，莎翁将整座剧院搬到了泰晤士河南岸。瞧，移动一幢建筑并非现代社会才出现的技术。但实事求是地讲，莎翁能搬动环球剧院也是因为剧院建材轻便，屋顶只不过是茅草棚而已。

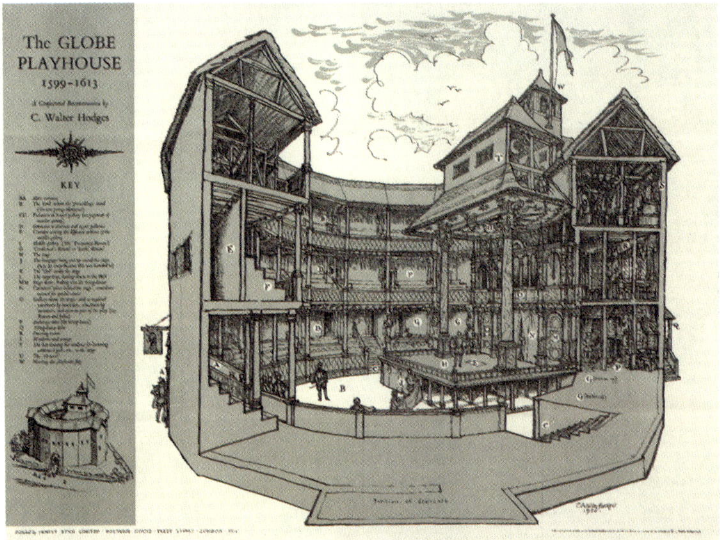

[英国] 沃特·霍吉斯《伦敦环球剧院结构图》，1958年。

16到17世纪初的英国剧院还有着古老剧院的影子：廊台围绕，中间是露天庭院，舞台就在庭院之中。当时的戏剧演出都在下午，露天的设计让剧院不必采用人工照明，有太阳公公即可。剧院上方的旗帜等同于信号灯，挑出旗帜意味着表演开始。

◇

德国天文学家开普勒，他的研究备受德国政府重视，但政府的重视仅体现在口头上，不时拖欠开普勒的工资，开普勒就是在前往雷根斯堡讨要薪水的过程中染病身亡的。想想真是无耻，当时的雷根斯堡正在举办盛大的帝国会议，却不能按时支付一位贫病交加的科学家为数不多的工资；想想真是悲凉，开普勒研究的是头顶的浩瀚星空和宇宙的永恒法则，却死于卑微的讨薪。

◇

哥伦布登上新大陆后，以为美洲土著种植的玉米是超大尺寸的麦穗。现在的我们或许也在犯类似的错误，我们眼中的某些“麦穗”，也许在不久的将来就会被证明是“玉米”。

◇

英国斯图亚特王朝时期有很多离奇的治病方式：比如当病人血流不止时，医生们相信用鹅毛笔在病人左手大拇指上写下“Veronica”（有耶稣面像的汗巾，传说圣女维罗妮卡曾用汗巾为耶稣擦脸，其面像即印于巾上）一词便可止血；无论是谁得了何种疑难杂症，医生们最后的杀手锏都是在病人脚边撒上鸟食，然后让鸽子来啄食，认为如此一来病魔就会被赶跑了。自古巫医不分家，古代好些医疗手段的确跟巫术没两样。

◇

16世纪的意大利科学家乔瓦尼·波尔塔，想出了一个可以把机密情报藏在鸡蛋里的办法：先把鸡蛋煮熟，然后将明矾和醋混合制成“墨水”，再用“墨水”将信息写在蛋壳表面。蛋壳上有微小的孔洞，“墨水”经过蛋壳上的孔洞渗透进去，在已凝固的蛋白上形成文字信息。完成之后，蛋壳无痕，剥开蛋壳才能看到秘密。

满载机密的熟鸡蛋跟普通的熟鸡蛋没什么区别，都生着一张无辜的脸，敌人搜出鸡蛋也发现不了真相，还以为是你随身携带的干粮。蛋壳外的风平浪静，掩饰了蛋壳内的风起云涌，打碎蛋壳那一刻，大戏才拉开帷幕。

不过，鸡蛋秘密书写法似乎不易操作。当代著名学者、哈佛大学科学史博士克里斯蒂·马克拉奇斯曾带着他的学生多次利用鸡蛋做实验，生蛋熟蛋都不放过，却从未成功再现乔瓦尼·波尔塔的鸡蛋奇迹。

◇

科学家虽不在文字上用功，但他们常有文采斐然的发言。

意大利天文学家伽利略，他的发现反驳了地心说，这是对天主教教义的巨大挑衅，因为天主教坚信上帝将地球设为了宇宙的中心。伽利略是一位虔诚的天主教徒，如此发现也令他相当矛盾、痛苦，于是他为《圣经》和自己的学说同时做了辩护：“《圣经》告诉我们的是如何去天堂，而不是天堂如何运行。”字字朴素，读来却有荡气回肠之感。

生活在18世纪的“近代化学之父”拉瓦锡在法国大革命中被斩首，他的同僚、数学家、天文学家拉格朗日点评说：“砍掉他的头只需要一瞬间，但是再过一百年，也未必有如此的头脑出现。”一句话便概括了整个悲剧，让两百多年之后的我们读到它时仍不免心悸和痛惜。

18世纪晚期，地质学诞生。苏格兰的西卡角地貌奇异，岩石层层叠叠挤压在一起，一位早期的地质学家将此景观描述为“好像看进了时间的深渊”，多么美妙的形容，如同一首短诗。另，这个诗意的说法倒并不仅仅具有修辞学上的意义，岩石奇怪的堆叠方式正是地球数十亿年来变化的结果，那些朴素石头里封存着数十亿年的时间，当真是“时间的深渊”。

◇

法国大革命时期，雅各宾派上台后，法国就摇身变成一座巨型屠宰场，无数人被送上断头台，当时有漫画描绘了这样的场面：“——还有屠夫吗？——没有了，因为昨天我们刚刚才砍了他的头。”罗伯斯庇尔最坚定的盟友、兼具美貌与冷酷性格的圣茹斯特，曾为恐怖统治洗白，他的理由是“恐怖之所以具有革命性，在于它不允许任何人占据权力高位；从这个意义上讲，它又是民主的”。换句话说，就是在雅各宾派的恐怖统治下，每个人都有被砍头的可能，所以位高权重者不能太得意，断头台的下一个猎物也许就是你。不过，如果所谓的民主要用如此大规模高密度的恐怖来换取，民主也就成了暴政的同义词。说起来雅各宾派的恐怖统治都是为了革命与理想，但正因为这个目的是高尚的，所以他们才会产生在奔向幸福的路途中任何残酷手段都值得被原谅的错觉。还是钱钟书总结得好：“上帝要惩罚人类，有时来一个荒年，有时来一次瘟疫或者战争，有时产生一个道德家，抱有高尚得一般人实现不了的理想，伴随着和他的理想成正比例的自信心和煽动力。”

[法国] 雅克·路易·大卫《拉瓦锡和他的妻子》，1788年。

1794年5月8日，法国最伟大的科学家拉瓦锡，被法国人民亲手送上了断头台，理由是拉瓦锡曾担任过税务官。当他向人民法庭求情，希望能再给他最后几天时间以整理他的实验结果时，法庭断然拒绝："共和国不需要学者！"

◇

1618年，新教徒烧掉了英国国王詹姆士一世的《运动之书》，只因国王在书中允许人们于礼拜天进行射箭等体育活动——这不是明目张胆地与《圣经》作对么？礼拜天是《圣经》里明文规定应该用来休息的一天，在这一天劳作或运动，都是对神意的违背。

你以为只有新教徒如此神经质？错，天主教徒对待运动的态度更加保守，天主教教育家费雷波伊斯认为游泳、滑冰、击剑、射击、投石、打雪仗、滑雪橇、棋牌游戏都该被禁绝。这是针对成人的禁令，那么对于天性贪玩的儿童呢？教育家也没有放过，认为儿童打猎、捕鸟、钓鱼也该列入禁令。

为何对运动如此敏感？其实纵观整个中世纪，运动都不太受基督徒们待见，从罗马帝国皈依基督教开始，传承千年的古希腊奥运会便被终结了。因为早在古罗马晚期，神学家德尔图良就指出了运动的魔鬼属性：希腊和罗马的竞技游戏、运动会等，一开始都是为了娱神而存在，人们跑跑打打蹦蹦跳跳，借此敬拜神明，所有举行竞技比赛的地方，也都是神明的祭祀之地——不过，此神非彼神，希腊人和罗马人敬拜的可不是上帝，而是宙斯、阿波罗、雅典娜等异教神明，顺理成章地，竞技比赛举办之地也是赫拉神庙、帕提农神庙等异教圣地。

这倒不是德尔图良胡诌，考察古代历史便知，短跑就直接来源于古希腊的异教活动，人们站在距祭坛两百米处，待发令官一声令下，众人争先恐后奔向祭坛，跑得最快的那一位就能第一个为神明点燃祭品，这是至上的荣耀。退一步讲，希腊、罗马举办竞技活动就算不是为了娱神，也是为了充满异教色彩的死亡仪式。比如古罗马人的葬礼更像一次小型运动会，他们喜欢让奴隶在死者坟前进行角斗比赛，胜者的奖品是活着，败者则成了献给死者的牺牲，如此仪式自然与基督教教义大相径庭。

在证明了运动竞技目的邪恶、场地邪恶之后，德尔图良还不过瘾，特地指出就连运动竞技引起的情绪都是邪恶的，因为人们在运动和竞技比赛中情绪变得激动，甚至暴怒，这也与基督教教义严重背离。要知道，暴怒可是七宗罪之一。

好了，至此，德尔图良已成功证明运动属性为恶。再加上基督教认为有形世界的一切都不值得上心，我们的财宝在天上，在上帝那儿，你若在意尘世，盯着现实生活中的锅碗瓢盆，你就背弃了上帝。肉体和有形之物没有价值，看不见摸不到的灵魂才是美。身体强壮就意味着内心卑下，身体干净就意味着灵魂肮脏，因为你竟然在肉体上花工夫！正因为这样的观念，运动和洗澡在中世纪的西欧一同不受待见。

世间没有无缘无故的爱与恨，无论何其荒谬的喜憎，背后多半都有严密的逻辑支撑，前人并不是糊涂虫。只是呵，心中有信仰原本是多么美好的事情，但以信仰之名，对世间一切上纲上线，对万物都要做一番审判，这样的生活有什么滋味?

◇

1744年，英国的《妇女观察》杂志刊登了一篇严肃的文章，声称“对大脑的解剖证明了女性无法进行深奥的思考”。18世纪真不愧是理性时代，歧视女性都要找出科学依据来。进入19世纪，欧洲人对女性的偏见依然很深，他们将神经错乱视为一种专属于女性的疾病。

◇

18世纪英国功利主义哲学家边沁曾打算用涂漆的死尸来装饰他的花园，理由是：如果身边都是死去的人，那活着的人将不再惧怕死亡。

[法国] 卡米耶·柯罗《读书的女人》，1869—1870年。

不管18、19世纪的男性如何看待女性的大脑，他们都甚爱观赏女人读书的模样，当时许多男性画家都描绘过女性阅读的场面。

◇

18世纪的法国人，无论哪个阶层，最热衷的辩论题目就是“谁有资格吃白面包”。绝大多数法国人吃的是又糙又硬的黑面包，只有位于金字塔尖的少数派能吃上松软可口的白面包。如果说这种对比已在法国平民心头生起点点火星，那么贵族关于消化道的看法就如烈风一般，将那星星之火催成了燎原之势。贵族们认为在生物进化的序列表中，平民也就比猪的位置高那么一点点，长期吃糠咽菜吞垃圾，早就把他们的消化道锻炼成了铜墙铁壁，坚不可摧的黑面包不正给他们固若金汤的消化道提供了用武之地么？而贵族就不一样了，从小锦绣堆里打滚，吃的是龙肝凤髓，消化道被训练得像是文艺女青年的心，一碰就会碎，所以在过去、现在、未来直至永恒，贵族都只能享用精细饮食。于是忍无可忍的法国平民，在巨大的饥饿感和屈辱感中，陆陆续续掀起了数百场“面包骚乱”，抢劫市场和面包店，面包师被迫以远低于市场价的价格售出面包。

乍一看，法国人民强迫面包师大甩卖是场完美胜利，从此平民能用更低的价格买到更多更白更软的面包；但从经济规律的角度来讲，强迫甩卖这种事，最大的用处也就是泄愤图一乐呵，如果长期搞甩卖，平民绝不会是受益人。下面，我们进入经济课时间。短期来看，面包价格下滑，确有更多的人能买得起更多的面包。但是，面包价格低了，就意味着面包生产线上的每一个从业者，挣的钱都变少了。每一个从业者，不但包括烤制面包的师傅，还包括种粮食的农民、用水车磨面粉的磨坊主与磨坊工人，等等。收入下滑，劳动积极性就降低，面包师傅再也唱不出欢乐的歌谣，大家都想着改行，市场上的面包只会越来越少，当求远远大于供，面包价格必定暴涨……于是大家又一夜回到从前。

其实，不仅平民想打压面包的价格，通过立法来压低面包价格的统治者在历史上也非少数，统治者也不蠢，看老百姓吃不起饭怒不可遏眼见就要推翻统治的时候，谁都得想点办法不是？不过，不管出面压价的是平民还是统治者，都没看透市场交易中最重要的供求规律，只要不彻底改变制度，压价就是白搭，治标不治本，甚至连治标都糊弄不漂亮。

◇

提到中世纪的女性，现代人首先想到的是这样的画面：长发飘飘、面色苍白的美人，被困在高耸的塔楼或封闭的城堡里，寂寞、无助而恐慌，终日等待着骑士的拯救。其实如此柔弱且被动的中世纪女性形象，并非中世纪出品，而是英国维多利亚时代的产物。

维多利亚时代，人们厌倦了接二连三的革命与动荡，也厌倦了工业化带来的马不停蹄的生活节奏，渐渐地，大家从高唱“向前进，向前进”变成了高唱“想回到过去”。充满了浪漫、纯真与英雄主义的中世纪，成了维多利亚人最向往的时代。真实的中世纪到底浪不浪漫、有没有英雄，无人深究，重要的是维多利亚时代的人需要逃到一个遥远的时代以躲避现实。在维多利亚人虚构的中世纪里，女人就该是如此脆弱、柔美，因为这样的女人最易于和英雄产生一段缱绻而纯洁、毫无工业化特征的爱情。我们对某个时代的印象，也许并非来自某个时代的真相，而是继承了另一个时代对它的解读，这是读史的过程中一定要留心甄别的。

[英国] 威廉·荷加斯《啊，老英格兰的烤牛肉》，1749年。

此画将英国人对法国人的讥讽体现得淋漓尽致，法国人被描绘成腌臜的乞丐形象。但讥讽并非无中生有，此画创作之时法国的确存在严重的粮食危机，许多法国农民无法填饱肚子。

[英国]约翰·威廉姆·沃特豪斯《美丽的罗莎蒙德》，约1916年。

这幅画来源于一个中世纪的故事：罗莎蒙德是国王亨利二世的最爱，但她得到的宠爱引起了王后的嫉妒，最终为王后所杀。画中的罗莎蒙德正在窗口关注情人的踪影，未曾留心到身后那妒火中烧的王后。这幅画充分展现了在维多利亚时期的英国人心目中，中世纪女性是怎样的形象：身锁城堡，面色苍白，身形柔弱，切切等待骑士的到来。

◇

19世纪到20世纪初欧美的中产阶级家庭实施禁欲主义教育。有智识的中产阶级父母会逼孩子吃下粗糙的饭菜，禁止过多的游戏，总之，怎么压抑人的欲望就怎么来。

人类之所以热衷于搞禁欲主义，也许有一个很基础的理由，那就是谁都希望成为文明、开化、进步的代表，谁都不愿意被视作低等。以性欲、食欲为代表的各种欲望，是生物最基础的东西，是全世界动物上至大猩猩下至草履虫都会有的东西，可以说，欲望是动物性的。人也是动物，在诞生之初活得跟猪和老鼠没什么两样，但人类社会前进的方向就是要与低等动物拉开差距，更进一步，就是要与自己肮脏笨重的肉身拉开差距，过上纯粹精神性的生活。你要证明自己是一个更高贵、更文明、更进步的人或组织，你就要压制野蛮的欲望，将行为中的动物性清除出列。

在历史上的很多时候，宣扬禁欲与其说是一桩阴谋，不如说是一项追求进步、证明自身优越性的行动。

19世纪欧洲新兴的中产阶级，就用与动物性彻底划清界限的生活方式，来证明自己是比老贵族和农民都更高贵的群体：性行为是要克制的，因为性行为和动物无异；不能和牲畜们太亲密，因为这样一来自己也会被“传染”上野性；在公共场合鼓着腮帮子大吃大嚼也是不可以的，这跟满嘴饲料的禽兽没有什么区别；聊天时也有禁忌，身体器官和部位最好不要提及，比如“双脚”“胃”“胸”，因为肉体是动物性的，是低等的，不过对“心脏”倒可以恣意谈论，因为心脏是肉身中极为崇高的部分。

[德国] 斯特凡·洛赫纳《玫瑰亭的圣母》，约1400—1451年。

关于耶稣的绘画中，出现频次最高的水果大概就是苹果。《圣经》里描述亚当和夏娃受到蛇的诱惑，吃了智慧树上的果实，违背了上帝的旨意，之后人类自出生开始就带有原罪。而智慧树上的果实究竟是什么呢？古人通常认为是苹果。所以在关于耶稣的绘画中常常出现苹果，象征着耶稣是为了洗清人类的原罪而牺牲。

◇

如今人们都知道镭有剧毒和强放射性，长期与镭接触将有性命之忧，最有名的案例就是居里夫人死于由镭引起的恶性贫血症。但是在19世纪末至20世纪初，镭刚刚被发现之时，却被众人视为长生不老之药，理由是镭能在黑暗中发光，能凭空产生远超过一般燃料的能量，时人不知其中的原理，只觉神奇无比。欧美商人很快发现了商机，生产了一系列掺入了镭的生活用品，而只要跟镭沾边儿，就能成为当时的畅销品。比如镭化器，就是一个含有镭的小水罐，人们将普通的水注入镭化器，然后饮用镭化之后的水，认为镭化水能增加能量、永葆青春。20世纪初，这样的毒罐子仅在美国就销售了近百万个，害了多少人的性命可想而知。

不过，一百年过去了，当时的镭化器如今检测起来仍然具有放射性，这说明它们确是真材实料，商家宣传此罐含镭，果然就含镭。当时的商人只是无知，并非无良。

与如今的教育家提倡父母多陪伴孩子、多给予孩子爱抚恰恰相反，19世纪到20世纪初欧美的中产阶级相信过多的爱抚会引发儿童堕落。

19世纪末，拉夫博士在畅销书《医学百科全书》中写道："很多父母都有这样的习惯，即把孩子带到自己床上玩耍。我们深知父母对子女之爱的神圣，也欣赏父母把自己的可爱造物捧在手心、孩子紧紧拥抱着他们的天伦之乐，但是我们非常不提倡这种爱的方式，因为它会为孩子性方面的堕落埋下种子。难道家长没有发现，孩子会迅速发觉被另一个人抚摸而感到的愉悦吗？温柔而温暖地触碰身体所带来的感官愉悦，足以导致其他堕落行为。"心理学家约翰·华生也在1928年出版的《婴幼儿心理关怀》中专辟章节讲述了母爱过度的危害，主要观点为家长泛滥的温情会导致孩子成年后一系列的问题，如果母亲不可遏制地想要亲吻孩子，建议只亲吻孩子的额头。

正因为流行这样的教育理念，再加上当时某些不靠谱的科学家观察到的所谓事实——被护士抱过的婴儿有更高的死亡率，19世纪至20世纪初的中产阶级家庭教育相当冷酷，父母和孩子保持着礼貌的距离，关系不像父子，倒像是老板与员工。当时有多少孩子在没有爱的环境中成长——或者，说挣扎更准确。直到20世纪30年代，两个心理学家进行了两组实验，才拯救了后来无数人的童年。

第一个实验来自美国比较心理学家哈利·哈洛。哈洛的实验对象是恒河猴，恒河猴百分之九十四的基因与人类相同，可以说是人类的近亲，用恒河猴做实验差不多就能弄清人的状况。哈洛为恒河猴宝宝做了两个不同的“母亲”，一个用铁丝做成，一个用绒布做成。“铁丝猴妈”胸前有提供奶水的装置，但尖锐冰冷的铁丝让猴宝宝无法拥抱它；“绒布猴妈”胸前什么都没有，不提供任何食物，但它有着柔软温暖的触感。自然界万事万物都是趋利的，按常理来推断，猴宝宝应该更喜欢奶水充足的“铁丝猴妈”才对，然而事实却是：猴宝宝只在饥饿的时候才去“铁丝猴妈”那里吮吸奶水，用餐结束后立马跑回来紧紧拥抱“绒布猴妈”。如果你觉得这还不能说明问题，那么请看哈洛进一步的实验：他给“绒布猴妈”增加了一些特殊而残忍的装置，比如隐蔽的钢刺。猴宝宝拥抱“绒布猴妈”时钢刺经常会突然戳出来，猴宝宝吓得魂飞魄散，也经常被钢刺戳伤。但即便如此，只要“绒布猴妈”缩回钢刺，刚刚被伤害过的猴宝宝又会立刻跑回去抱住它，死不撒手。猴宝宝对“绒布猴妈”的依恋清楚表明：婴幼儿不止需要父母的喂养，更需要跟父母亲密的接触。

第二个实验来自心理学家哈罗德·斯基尔斯。他接受委托为福利院的孩子进行智商测试，很快发现两个一岁多的小女孩智力有问题，于是将这两个孩子送入了与她们相配的地方——智障学校。六个月后，斯基尔斯前往智障学校再次见到这两个智障孩子，却发现一切都不一样了，两个孩子反应灵敏、智商翻番。为什么会有这样的变化？斯基尔斯观察后发现，原来智障学校鲜见幼儿，突然来了两个小家伙，智障学校的女学生们对小家伙倾注了全身心的关爱。智障学生可没什么知识文化，更不懂得开发儿童的智力以及科学的养育方法，她们能提供的，也只有爱而已。但正因为生活环境里有了足够的爱，大脑得到了足够的刺激，小家伙的智力才飞速发展起来。斯基尔斯为了印证自己的猜想，又从福利院抽取了十三名智力低下的幼儿放进智障学校生活一段时间，同时另抽取了十二名留在福利院的儿童作为实验的对照组。斯基尔斯随机做出选择，命运之轮却开始剧烈旋转，多年后，两组孩子的命运有了云泥之别：曾在智障学校生活过——也就是在婴幼儿时期得到了足够关爱的十三个孩子，长大后几乎都有了自己圆满的事业与婚姻，智力与正常人无异；而对照组的十二个孩子，长大后几乎全都生活在社会边缘，其中有五人一直是弱智。谁说智商全靠天生？谁说只有优秀的人才能培养出优秀的孩子？爱当真是无所不能。

哈利·哈洛和斯基尔斯的实验扭转了教育观念，让父母们明白在孩子的成长过程中，陪伴、爱抚与关心是必备要素。但这种进步并非全无代价：哈利·哈洛伤害的猴子不计其数，许多猴子在经历哈洛的实验后患上了忧郁症；而在斯基尔斯的实验中，对照组里没有得到关爱的孩子则成了牺牲品。

对此，哈洛有他自己的说法：“您可以考虑一下，每只遭受虐待的猴子大概对应着现实中一百万个遭受虐待的孩子。如果我能以论文阐明各种错误，由此拯救一百万个人类孩子的话，那么即便使用十几只猴子也并不为过。”斯基尔斯的观点也差不多：“如果对照组中十二个孩子的悲惨命运能够引起关注，如果有人愿意研究如何杜绝此类情况，哪怕仅仅研究一次，他们就没有白白受罪。”仔细想想，这个问题在伦理上还真是两难：科学和社会的进步，总是需要一小部分人和动物作出牺牲，没有牺牲就没有进步。

◇

四五千年前，两河流域孕育出了古巴比伦文明，跟他们重视教育有关。不过当时的学校和教师除了体罚好像并没有找到更好的教育方法。

近东地区考古发掘出公元前2000年的二十块泥板书，拼凑起来是一篇叫作《学生》的小文章，上面写满了两河流域学生的抱怨：“负责校容者对我说‘你在街上闲逛，没把衣服穿好’，于是便抽打我；维持课堂安静秩序者责问我‘你为什么未经允许就随便说话’，于是便抽打我；负责会场纪律者对我说‘你为什么漫不经心，怡然自得’，于是便抽打我；行为举止的监督者斥责我‘你为什么未经允许就站起来’，于是便抽打我；看门者对我说‘你为什么未经允许就私自走出校门’，于是便抽打我；监督语言者对我说‘你为什么不说苏美尔语’，于是便抽打我；老师对我说‘你的功课太糟糕’，于是便抽打我……”

如果说前一个学生受罚还算有较为合理的罪名，下面这个学生的经历就向我们诠释了什么叫“哭闹是错，沉默是错，连呼吸都是错”，这出自另外一些泥板的记载：“我一定不能迟到，否则教师就用木棒打我。教师查看我的作业并指出错误，随即用木棒打我。教师说‘当我外出时，你为何讲话’，随即用木棒打我。教师说‘当我外出时，你为何起立’，随即用木棒打我。教师说‘当我外出时，你为何到房外去’，随即用木棒打我。教师说‘你的手不干净’，随即用木棒打我。”教师

[尼德兰] 老彼得 · 勃鲁盖尔《儿童游戏》，1560年。

此画真实还原了16世纪欧洲儿童游戏的情景：滚铁环、骑木桶、抽陀螺、翻单杠、模拟打仗……游戏品种之丰富，令人眼花缭乱，所以有人称这幅画是“儿童游戏的百科全书”。它向我们展现了古代欧洲儿童生活的另一面，在各种体罚之外，也有

很多快乐的游戏。值得注意的是，画面中参与游戏的也有成人。这倒也符合史实，欧洲中世纪及近代早期，成年人也会玩许多幼稚的游戏。当时的儿童游戏与成人游戏并不像今天这般泾渭分明，儿童会玩本应属于成人的游戏，比如赌博，成人也会玩本应属于儿童的游戏，比如躲猫猫。

外出时是高危时段，踩雷的几率极高，一不小心就惹来一顿胖揍。

基本上，鞭子和木棒可以算是古巴比伦人的第二老师。古巴比伦人若缅怀童年，可想不起什么满载的糖果罐、缤纷的大气球、甜美的童话书和胖乎乎的玩具熊，挨打定是最重要的回忆。不知道当他们回忆起多年前所受的皮肉之苦，是一如既往憎恨不已，还是心怀感激？

◇

不独古巴比伦教师如此，古代欧洲教师也是体罚的忠实拥趸，这从古罗马学校的标志是一个学生被鞭打的图案就可见一斑，只是不同时期、不同地区的欧洲学校采取体罚的动机略有差异。

古希腊斯巴达人的学校，让男生们在神像前站成一排，教师用鞭子或木棒将学生抽打在地，以此磨砺学生的身体素质和心理素质，同时鉴别出谁是弱不禁风的受气包，谁是可以站上宇宙之巅的真正强者。鉴别强弱这件事，斯巴达人早在出生之初就经历过了，每个斯巴达婴儿都要接受父母用烈酒为他擦洗身子以及长老不放过一丁点儿细节的体检。你若经受不住烈酒考验，或是被长老认为体质差，对不起，你将即刻被抛在弃婴场，根本没有机会活到正式入学再接受老师的体罚。斯巴达的社会规则就是这般残酷，不给弱者任何机会，你要么强、要么死，废话少说。所以，他们能培养出全希腊最坚强的战士。

古罗马学校推崇体罚，从诗人贺拉斯写给他孙子的信就可得到明证：“即使学校里鞭打声响起，老师脸色难看，你也不要害怕。‘恐惧是心灵衰退的体现。’忠于自己的理想，没有什么可以吓倒你。鞭打声、哭声，还有你自己的恐惧，在早晨的读书时间里都不能扰乱你。”贺拉斯愈是苦口婆心地劝告孙子不要害怕学校的体罚，愈是证明了罗马学校体罚的可怕。罗马学校体罚的理由是：国家只需要坚韧、彪悍又强壮的军人和农民，鞭挞能够培养儿童成为满足国家需要的人才。

在欧洲中世纪的学校里，鞭子、棍子与戒尺仍是老师最青睐的教学工具，不过他们实行体罚的理论基础不同于斯巴达人或罗马人，而是来自神学家奥古斯丁的原罪理论和禁欲主义。奥古斯丁认为所有人生而有罪，这种罪遗传自人类的祖先亚当与夏娃，他们受蛇的引诱，背叛了上帝，从此人类千秋万代都笼罩在原罪的阴影下。照此逻辑，儿童自然是邪恶的，若无鞭打责罚，如何荡涤儿童与生俱来的罪恶？另外，奥古斯丁认为性欲会让人丧失理性，从而犯下罪恶，他曾咬牙切齿地说道："真希望上帝当初造人的时候，能够设计除性交之外的其他繁衍后代的办法，这样人就可以避开性交这一罪恶活动了。"奥古斯丁每天都要斋戒与鞭打自身，以此来禁欲，中世纪的学校也继承了这一套，用鞭打的方式来扑灭学生的欲望。其实在古代基督教的世界里，不止学生需要禁欲，所有人都为禁欲煞费苦心，所以中世纪许多修道士选择了荒漠独居，了断与花花世界的一切联系，犹如法国作家法朗士在《苔依丝》中所写的苦修者。所以16世纪宗教改革后英国出现的清教徒，富得冒油却特意舍弃舒适的软椅，在会议厅中安放坚硬冰冷的木凳。无享乐，不纵欲，才能向上帝之城迈进。

英国都铎时代的学校体罚同样盛行。一是因为都铎时代贵族们的期望，彼时可没人喜欢措辞文雅、出口成章的白面书生，在那个进取的时代，贵族们都希望自己的孩子能在学校习得打猎与攻击的技能，体罚自然能更快实现父母的期望；第二个原因很特别，都铎时代的老师相信鞭打学生能帮他们提高体温，从而抵御寒冷。

历史无小事，老师打学生屁股算小事吧？但我们由此看到了斯巴达战斗神话如何铸成，看到了罗马之所以成为罗马的理由，也看到了中世纪欧洲人的挣扎与虔诚。每粒历史的灰尘都折射出大时代的精神。

◇

据古罗马传记作家普鲁塔克记载，在斯巴达，每一个年满十二岁的少年，都会获得一位名声良好的成年男子来做他们的情人。成年男子享受少年如花似玉的青春，但同时，也要承担相应的义务：对少年的成长负责。少年犯了错——比如爆粗口——成年男子就要受到惩罚。不得不承认，这样的恋爱传统相当健康，因为它强迫成年男子尽心尽力地教导少年，以使少年成长为一个体面人。

古希腊人的这种传统被公元10世纪的日本佛教徒继承了，他们甚爱这种既是爱侣又是师徒的关系，年长的僧人提供教育和保护，年轻的僧人就用爱和身体来回报。

◇

从公元前3世纪开始，古罗马贵族家庭的孩子，往往请一个希腊奴隶来做老师，这个老师就是教仆。罗马多次跟希腊交战，许多希腊人沦为奴隶，罗马人便开始大量使用希腊奴隶做自家小孩的教仆，因为希腊人拥有当时最先进的文化，即使他们身份沦落，内涵却不曾打折。所以罗马儿童一离开奶妈柔软的怀抱，就被交到希腊教仆手里，由教仆指导孩子的言行举止、培养美德、辅导功课、接送上下学、保护孩子的人身安全，全天候贴身服务。

就餐时，教仆让孩子穿着罩衫跟自己规规矩矩地坐在一起，不能交叉双腿，不能抢夺食物，不能将手指张开去拿食物，正确的做法是用拇指和其他一两个指头优雅地取过食物。课堂上，教仆手中常备棍棒，孩子一闹腾，大棒就出来伺候了。放学回家，教仆在灯烛下监督孩子做作业，里巴尼乌斯描述过这种情景："夜里，教仆斥责孩子，对他喊叫，拿着棍子，摇着鞭子，强制性地把这些功课装进他的头脑中。"

在路上，教仆不会要求孩子抬头挺胸，而是监督孩子低头看地、目不斜视，目的是防止孩子看到不良行为而受到坏影响，琉善就曾说："孩子从家里出来，不能看迎面而来的任何人。"……对儿童的成长来说，教仆比学校更重要，学校会下课和午休，教仆进行的却是二十四小时三百六十度无死角的监督指导，且不止关注学习，还随时纠正道德和礼仪上的问题。这种教育方式，今天看来仍意义非凡。

另外，还有特别重要的一点，教仆就是一本有血有肉的希腊文化大辞典，罗马儿童就在和教仆的朝夕相处中学习关于希腊的一切。罗马贵族用战车和弓箭碾碎了希腊人的土地，希腊奴隶则用诗歌与写字板作武器，将罗马人的后代全都变成了希腊文化的继承者。

◇

保拉的弗兰西斯，15世纪的一位隐士，在1519年被正式加封为圣徒。他以一桩实事和一则传说而闻名：实事是他建立了以方济各教规为基础的一个小团体，在宗教界颇负盛名；传说是穿越墨西拿海峡时，他与同伴遭遇了可怕的风暴，弗兰西斯并未惊慌失措，而是将自己的斗篷铺在海上，风浪很快平息，他与同伴安然渡海。科学日益昌明，现代人中即使是小孩，也很难再相信这般具有玄幻色彩的故事。不过这次略有不同，弗兰西斯的神迹也许当真能够发生，只是需要一个条件：弗兰西斯的斗篷蕴含足够多的油。

古罗马科学界泰斗老普林尼曾说，与他同时代的水手在海上遭遇风暴时，往往会向海里倾倒一些油脂，接下来便是见证奇迹的时刻：掀天巨浪会逐渐平息，海面慢慢恢复深邃的宁静。如果说老普林尼的《自然史》一半是科学一半是神话，他的说法未必能当真，那么以发现雷电闻名的科学家富兰克林的实验，总还是有几分可信吧。1757年，富兰克林乘船前往伦敦，无意间发现有两艘海船在排放污水，奇怪的是，船的垃圾并未使海王波塞冬震怒，相反，这一处的海像是服下了安眠药，比别处更安宁。富兰克林就此发现立刻对船长进行了采访，船长对科学一窍不通，仅凭经验告诉富兰克林，船的脏水里富含油污，是油污对海面起了作用。富兰克林下船后很快着手实验，他用一茶匙的油，平息了一个池塘的风波。要知道，这池塘的面积可达到了六千多平方米。而后他又准备了在海上的实验，虽然效果远不如在池塘那么明显，但油脂的确在辽阔的风浪中开辟出了一小片相对宁静的世界。

这并非巫术，而是因为油的张力远大于水，形态比水稳定得多，油在水面形成油膜，就好像给风浪加了个盖子。不过，想让一片海陷入沉睡，需要的"安眠药"肯定不止一丁点儿，要相当多的油才可办到。所以到如今，也没有哪个海员用油来抵御风暴，富兰克林的研究并未对航海业产生什么影响，倒是他的私人生活因此有了异彩。

据富兰克林的传记记载，某天，富兰克林和朋友们在怀科姆贝的公园散步，公园里的小河被风掀起波浪——当然河中的波浪并不大，与海浪不可能相提并论。这时富兰克林神秘一笑，说他有办法抚平波浪，说完他便走到离朋友远些的地方，像魔术师般对河面做了些浮夸而优雅的手势，又舞了舞手杖，河水很快静如丝带。朋友们目瞪口呆，富兰克林从手杖中倒出些油来，说这就是奇迹之源。此"魔术"视效宏大，表演效果奇佳，但绝不建议模仿，因为不环保。地球已备受折磨，我们就别再给它老人家添堵了。

◇

艾萨克·牛顿，历史上最著名的科学家之一，一提到他就会想到科学史上许多重量级的发现与发明，比如万有引力定律、三大运动定律、光的色散原理以及引起数学革命的微积分。不过，你若以为牛顿爵士为了这些研究废寝忘食，力学、光学占据了他的整个生命那就大错特错了，牛顿爵士真正投入最多的是炼金术领域。他花了差不多三十年时间，致力于用别的物质炼出黄金以及长生不老药，留下超过百万字的炼金经验谈。英国著名经济学家凯恩斯研究了牛顿的诸多手稿之后，在1946年对牛顿重新下了一个定义：“这些手稿完全是魔法性的，没有任何科学价值……牛顿并非理性时代第一人，而是历史上最后一位魔法师。”

◇

17世纪的某一天，艾萨克·牛顿用一个多棱镜将一束阳光折射出七彩景象，接着又布置了第二只倒置的多棱镜，七彩光线透过第二只多棱镜，又还原成了白光。这使人们认识到原来白光不白，白光的成分与彩虹相同。这是牛顿为科学奉献的一生中重要的一天，却是浪漫主义诗人济慈最憎恨的一天，因为在济慈看来，牛顿“通过把彩虹还原为最初的白色，粉碎了所有关于彩虹的美妙诗句”。科学家只想找到真相，诗人却以守护美与梦境为己任。

[瑞士] 安吉莉卡 · 考夫曼《绘画艺术：色彩》，约1380年。

西方绘画里多有彩虹出现，一是为着彩虹的美丽，二是由于彩虹在西方文化体系中的含义。在希腊神话中，彩虹是神与人沟通的痕迹。神与人的中介者女神伊里斯负责将人的祝福、祈祷、怨怒传递给神，也将神的旨意传递给人，她在天空来来回回时就会留下彩虹。在犹太教与基督教里，彩虹是上帝与人的约定，在《旧约 · 创世记》中，上帝同诺亚和诺亚的子孙约定，彩虹出现就标志着上帝不再降洪水毁灭世界。“神说，我与你们并你们这里的各样活物所立的永约，是有记号的。我把虹放在云彩中，这就可作我与地立约的记号了。我使云彩盖地的时候，必有虹现在云彩中，我便记念我与你们和各样有血肉的活物所立的约，水就再不泛滥，毁坏一切有血肉的物了。”

◇

在我们接受的教育里，东西方伟大的作家们总是对大众充满深刻同情，总是愿与社会底层同呼吸共命运，总是为平民百姓的利益奔走疾呼，总是关心老弱病残鳏寡孤独——其实这些人也时常有出格的言论，而且有些还挺荒唐。

福楼拜曾说过：“我相信，百姓、大众、群众总是卑劣的。”他的创作动机也全然不是“为千千万万劳动人民服务”，他在1872年6月5日写给尚特比小姐的信中提到“必须为自己而不是为读者大众搞艺术”，而他在1846年9月27日写给路易丝·科莱的信中更是鄙视了大众读者：“有些伟大的天才只有一个不足，一种缺陷，那就是他特别受到平凡大众的欣赏，对肤浅诗歌容易动心的人尤其赞赏他。”

同样瞧不上大众品位的还有哈代。哈代在大英博物馆看到平民大众不能理解与欣赏古代艺术品之后，气得发表了一番尖酸刻薄的言论，将品位欠奉的平民钉死在耻辱柱上，耻辱柱上赫然写着五个大字——艺术的敌人。

毛姆反复强调工人身上的恶臭。

乔治·奥威尔也认为没有良好的卫生习惯将严重阻碍社会其他阶层对工人的爱，工人的浑身异味让谁都不想亲近他们，最后奥威尔总结说：“你可能爱上一个杀人犯或一个鸡奸者，但你绝不可能爱上一个臭烘烘的男人”。

奥斯卡·王尔德在《道连·格雷的画像》中借亨利勋爵的口说：“我同情一切，就是不同情疾苦……我不能同情疾苦。那实在太丑恶、太可怕、太悲惨。那种赶时髦的同情疾苦有一种非常不健康的味道。人的感情应当倾注在生活的色彩、生活的美、生活的乐趣之中。生活的伤疤少碰为妙。”

叶芝对照相机相当不满，只因照相机发明之后“到处都是卑微的民众和他们照相的目光”。波德莱尔也认为摄影术邪恶不堪，因为它竟然让卑劣的人刻意去凝视自己粗陋庸俗的形象——波德莱尔欣赏的是那些对优美的住所、服饰、日用品有着疯狂追求，热衷于艺术品收藏，为了更美的生活而挥金如土的纨绔子弟们。他在《美学珍玩》里不无忧伤地写道：“风流作风是英雄主义在颓废之中的最后一道闪光……风流作风是一轮落日，犹如沉落的星辰，壮丽辉煌，然而没有热力，充满了忧郁。民主的汹涌浪潮漫卷一切，荡平一切，日渐淹没了这些人类骄傲的最后代表者……”在波德莱尔看来，纨绔子才不是只会挥霍祖产的废物，他们是与平庸琐碎的日常对抗到底的斗士，是将疲惫生活过成传奇的英雄。与其将世界交给没有灵魂的大众过千篇一律的生活，不如交给懂得欣赏艺术与美的纨绔子做最后的狂欢。

劳伦斯有一首小诗：“蒲公英的生命比蕨类或棕榈的生命更鲜活/蛇的生命比蝴蝶的生命更鲜活/鹪鹩的生命比美洲鳄的生命更鲜活……/我的生命比为我赶马车的墨西哥人的生命更鲜活。”诗很漂亮，意思却残酷得紧，翻译过来就一句话：我可是比某些人更为高级的物种。

[英国] 休伯特·冯·荷克默《威斯敏斯特工会一景》，1878年。

这幅报纸雕版画真实记录了维多利亚时期救济院中穷人的处境。简陋而晦暗的生存空间、褴褛的衣衫、无望的眼神，这一切都让精英们排斥。“我同情一切，就是不同情疾苦……我不能同情疾苦。那实在太丑恶、太可怕、太悲惨。”

[英国] 休伯特・冯・荷克默《威斯敏斯特工会一景》，1878年。

当画家需要将上面那幅画卖给一位富裕的客户时，他将画中正对观众的那位老妇愁苦的面容改作了开心的表情，救济院简陋的小桌也摆上了生气蓬勃的鲜花，右下角还多出了一个小茶几，上面是精致的茶壶与茶杯。修改之后，救济院不再是救济院，而是温馨的老年活动中心。上流社会的善心是有限的，没有美化过的穷苦大众对他们来说是种丑恶。

宴乐游戏

『香槟味道诱人，芳香甜美，甚至可令亡者还魂。』

古希腊历史学家希罗多德曾记载过一个在古埃及的宴会上颇为流行的“小仪式”。宴会上高朋满座、觥筹交错，一片欢乐与祥和，不过待客人吃到酒酣耳热，戏码就要逆转了：主人命人将一个棺材模型带到客人中间来，棺材里还放着一具栩栩如生的人体雕塑，它是如此逼真，看着它你没法不联想到死亡。逆转之后还有逆转，主人推棺材和“死尸”上来可不是为了败兴，而是为了鼓劲，他一边把这可怕的东西展示给每个客人看，一边说道：“饮酒作乐吧，不然就请看一看这个。你死了的时候就是这个样子啊。”总而言之，就是劝客人们及时行乐。唐代诗人李贺有一句诗，意思同古埃及宴会主人的台词一模一样，但是读起来美多了：“劝君终日酩酊醉，酒不到刘伶坟上土。”

◇

公元前5世纪时，古希腊的宴会在一般情况下都是AA制的，每个宾客支付自己那一份开销，除非有土豪愿意负担一切费用。

◇

古希腊的酒会上最流行一种游戏叫作 Kottabos，游戏规则是将一个器皿放置到房屋的中央，宾客们则站在不同的位置，端着美酒，用手指将酒滴弹向器皿，弹入者为胜。另有说法称这种游戏的玩法是将杯中残酒泼到铜盆中，如一滴不少地泼进，且声音清脆，则视为最吉利。崇尚简单的希腊人，连游戏都体现了极简美学。

◇

在古希腊、古罗马的宴会中，宾客常常在头上佩戴花环。花环林林总总，有由罂粟花制成的，有由月桂与橄榄枝叶交错而成的，有由紫罗兰和玫瑰编织的，有由榛木叶、番红花和指甲花穿插的……你以为希腊人、罗马人佩戴花环是为了美？错，与其说花环是装饰品，不如说是药品。根据亚里士多德的说法，头顶花环是一种治疗酒后头痛的偏方。一开始，希腊人醉酒头痛时就在头上缠裹绷带，后来还要给绷带插上新鲜花叶，以植物的清芬来驱散身体的不适。不同的花环拥有不同的药效，选择戴何种花环就看你贵体何处欠安，比如紫罗兰和玫瑰的花环可缓解头痛，罂粟花环使人麻醉，榛木叶、番红花和指甲花的花环能安神和助眠。

除了保健效用，佩戴某些花环还有特殊寓意：佩戴月桂花环是为了纪念光明之神阿波罗，佩戴橄榄花环表示一起用餐的人彼此和平、互相信任。

◇

在古罗马的农神节上，奴隶与主人常常互换角色，主人伺候奴隶

[德国] 安瑟尔姆·费尔巴哈《柏拉图 <会饮篇> 的场景》，1869年。

画家复原了柏拉图《会饮篇》中的场景，参加聚会的人多半头戴花环。

[英国]劳伦斯·阿尔玛－塔德玛《凯撒万岁！神农万岁！》，1880年。

塔德玛还原了古罗马农神节的情景。农神节起初只有一天，后来延长到一周，奴隶们就在这一周里尽情释放平时压抑的情绪。

用餐，唯唯诺诺地接受奴隶的呵斥。奴隶则扮演飞扬跋扈的主人，颐指气使、饮酒作乐，偶尔还把主人家的院子当作恢宏的罗马广场，开庭审理疑难杂案。虽说节日一结束奴隶就会被打回原形，但若不通过这种角色扮演游戏，奴隶一生都无法品尝辛苦以外的滋味。这样的游戏，亦是一种慈悲。

◇

古罗马人酷爱放纵享乐，他们的皇帝更是些寻欢作乐的高手。只是寻常享乐对古罗马皇帝来说太过苍白，于是古罗马诞生了无数恶作剧之王。

古罗马的少年皇帝埃拉加巴卢斯，他发明了世界上最刺激的大乐透。参与这位皇帝的抽奖，你有可能抽中一个奴隶、一套新房，也有可能抽中一条死狗、一箱蜜蜂。为了让抽奖更激动人心，让开奖来得更猛烈些，他还用弹弓向人群发射奖品。人们怕错过财宝，没看清奖品是什么就一拥而上，抢到手后心情常常变得很复杂，因为很可能你拼了老命抢来的却是一条毒蛇。

埃拉加巴卢斯的宴会跟彩票一样刺激，他命人在菜肴中加入蜘蛛，或是将金豆子、红宝石、紫水晶、碎珍珠掺入豌豆之中给宾客们吃，宾客们被允许留下这些珠宝，作为磕断他们牙齿的补偿。就餐之后，留宿惊喜更多。埃拉加巴卢斯给留宿的宾客准备了一些特别的“洋娃娃”，宾客打算上床睡觉时，常常发现自己床上卧着一头狮子，没错，就是一头有血有肉有呼吸随时能蹦起来吃人的狮子。和这样的“洋娃娃”相处一夜，后果自不待言。

罗马帝国第二任皇帝提庇留，受够了平庸的行刑官，受够了千篇一律的杀人手法，于是他开动小脑瓜，设计诸多新手法，在行刑领域终成一代“巨擘”。比如古罗马有一处悬崖叫作“提庇留的飞跃”，什么意思呢？这就是提庇留的发明，将人从高崖上推下，欣赏他们在空中旋转、跳跃画出的漂亮弧线，再看他们随即摔个粉碎。如果谁侥幸掉在水里、逃过一劫，可别高兴得太早，他也只能多活一两分钟而已，因为提庇留还在悬崖下安排了监视者，监视者的任务就是用船桨拍死所有的幸存者。

提庇留的继任者玩起来也毫不逊色。罗马帝国第三任皇帝卡里古拉，觉着普通宴会太平淡，光是吃菜喝酒有什么劲，总得有点戏看才好。但歌舞表演多老土，4D 版恐怖片才是首选，所以卡里古拉常在宴会时即兴砍掉几颗脑袋，以此为嘉宾佐餐。卡里古拉恶作剧的对象不仅有活人，还有死人——他挖掘了亚历山大大帝的坟，只为挖出大帝的盔甲供他自己穿戴玩耍。

雄踞罗马暴君榜榜首的尼禄，喜欢跟基督徒“开玩笑”：他给基督徒全身泼上沥青，制成人体蜡烛，然后用这些巨大而悲伤的“蜡烛”给他的狂欢派对照明。在这里，基督徒被迫做到了“燃烧自己，照亮别人”。

皇帝们尽情地恶作剧，很公平地，人们就尽情地憎恨他们。古罗马更换皇帝的速度之快，放在整个世界史里也少见。

[波兰] 亨德里克·希米拉德斯基《尼禄的火把》，1876年。

画面右侧是即将被点燃的基督徒，尼禄躺在华床上静静欣赏悲剧，其他宾客则兀自开怀畅饮，没人关心这些异端的死活——没错，基督徒在古罗马属于异端。

◇

罗马暴君尼禄最向往的职业并非皇帝，而是演员，且为了做一名好演员，付出了比做一个好皇帝多得多的努力。他从不愿意在军队面前慷慨陈词以鼓舞士气，或是庄严地宣布某项重大事宜，这是一个合格皇帝该做的事，却不是一个合格的演员该做的。为了保护嗓子，演讲和发布消息尼禄都交由旁人代劳，而他本人就在一旁用手绢捂着嘴，以免呼吸时气流损耗声带。

◇

尼禄经常参加各种艺术赛会，频次高到令人发指，却依然没能练出强大的心理素质，遇裁判就紧张，遇对手就妒忌，甚至对不是对手的人也妒忌。过去的赛会冠军和他毫无竞争关系，但尼禄的思维就是异于常人，他派人将历届赛会冠军的塑像都推倒，这还不够，还让人用铁钩拖走“冠军”，把“冠军”们统统投进茅厕。尼禄要世人眼里心里仅欣赏他一人的表演，只有将艺术界的其他冠军都埋葬在粪便里才安心。

◇

尼禄表演水平并不低，但观看他的表演却完全不是享受。从他表演开始，剧场就成了一座监狱，所有人都不得离场。任何理由都不能让紧闭的剧场大门在尼禄表演结束之前打开，即使你要生孩子也不行，尼禄准许你把孩子生在剧场，但就是不能提前离场。不过后来人们也找到了可以提前离场的诀窍，那就是装死。死人不能再欣赏尼禄的表演，继续留在剧场也无法为尼禄鼓掌喝彩，所以，尼禄的剧场只有死人可以中途离开。

◇

宴会并不总是欢乐的海洋，罗马暴君图密善就擅长打造暗黑系宴会。图密善为纪念战死者举办的宴会上，宴会厅挂满黑色的装饰品，每位客人身旁都放着一座石板刻成的墓碑，并用坟场中专用的那种小灯来做照明，桌子上的食物也全是黑漆漆的。通常来说，宴会除了要有美食，还会备上余兴节目，图密善准备的余兴节目就是让全身赤裸外加被涂黑的小男孩像鬼一样在客人间舞蹈，同时他本人做一系列关于死亡的演讲。来宾一边咽下黑色佳肴，一边因恐惧而战栗，只有图密善一人乐翻天。

◇

罗马名将庞培在公元前55年修建了罗马第一座永久性剧场，向平民百姓提供免费的好戏。修建剧场的过程并非一帆风顺，元老院反对得厉害，但庞培坚信还是讨好老百姓比较重要。所以，这个剧场是元老院同意，得建；元老院不同意，创造理由让他们同意也得建——机敏如庞培，创造的理由相当高明，他在观众席顶端树起一座维纳斯的神龛，声称这座剧场是为娱神而存在，那么，可容纳将近两万人的观众席又该作何解释呢？这可难不倒庞培，他把观众席解释成通向神龛的通道。不知道是为庞培的聪慧所倾倒，还是为庞培的不要脸所震慑，最后的结果就是元老院同意修建剧场，庞培顺利讨好了万千平民。

暴君尼禄送起礼物来毫无节制，曾在演出期间“天天向人民抛掷各种赠品：每天一千只不同种类的鸟，各种食品、粮食、衣服、金子、宝石、珍珠、绘画、奴隶、役畜，甚至驯服的野兽，最后还有船只，住房和农田”。尼禄赐予民众再多赠品，亦难抵消他的罪孽，不过好歹

[法国]休伯特·罗伯特《罗马大火》，1785年。

公元64年7月，罗马发生大火，这场火几乎烧掉了四分之三个罗马。民间传说这场大火是皇帝尼禄策划的，但是皇帝为何会放火烧掉自己的都城？说法有三：一说尼禄厌恶了罗马城的陈旧，想要消灭掉丑陋的旧罗马，建设光辉灿烂的新罗马，并以他的名字为新首都命名——这是为了荣誉烧掉罗马；一说尼禄想要扩建皇宫，但当时的罗马城内挤挤挨挨都是平民的小屋，若要逐一拆迁，成本过高，索性一把火烧掉，这样一来皇宫想怎么扩建就怎么扩建，有的是地盘儿——这是为了享乐烧掉罗马；另一说尼禄纵火是为了获得足够的刺激，以便创作出更磅礴的艺术作品，让火光冲天的景致挑起自己的创作欲——这是为了艺术烧掉罗马。无论是为了荣誉、享乐还是为了艺术，都符合尼禄在众人心目中一贯的癫狂形象。罗马到底是不是尼禄烧的，不重要；重要的是将这个罪名置于一位暴君之身乃是众望所归。

说完罗马大火，再说说《罗马大火》的创作者罗伯特。罗伯特酷爱描绘古希腊、古罗马的废墟景象，又被称为“废墟画家”，这幅画只是他诸多“废墟作品”的其中之一。怎有人不爱金碧辉煌，偏爱断壁残垣？罗伯特在18世纪却不是异类，彼时欧陆流行的哥特式小说常以废墟为故事背景，欧洲园林尤其是英国园林中频频出现人造废墟，诗人们也竞相吟哦历史遗迹与废墟……可以说那是一个为废墟疯狂的时代。18世纪时人迷恋废墟，迷恋的其实是废墟所象征的已逝时代，是工业化运动之前那“田园牧歌”般的岁月。

曾经慷慨过，也算是没有坏到底。

罗马人酷爱观看各种竞技表演——角斗士对决、人兽互搏、战车竞技、海战竞技，罗马权贵就拼命组织竞技表演，规模一次比一次大，杀死的人与兽一次比一次多，恨不能让全世界的鲜血在罗马人面前汇聚成热气腾腾的河流，以求他们餍足。皇帝提图斯在公元80年庆祝弗拉维圆形剧场落成的庆典中，杀掉了九千头野兽。皇帝图拉真在公元107年为庆祝达西亚之战的胜利，举行了为期二十三天的庆典，在不足一个月的时间里，一万零一千头野兽与一万名角斗士的血肉喂饱了竞技场的黄沙。而在角斗竞技期间，政府还向观众提供免费的面包，免除观众的衣食之忧。所以，作为一个罗马人，哪怕你困窘到明天就要灭亡，今天依然可以堂堂正正地坐在观众席上，一面接受帝国温暖的救济，一面为场上的杀戮摇旗呐喊，那感觉就像是君王指点江山与战场。

罗马人爱节日庆典，古罗马的法定节假日就与日俱增，若古罗马亦设有假日办，所有假日办官员都将过劳死，因为到后来，罗马人在一年中有一半以上的时间都在过节，一个节日持续十数天也不稀奇。在屋大维时代，全年假日还只有一百五十九天——若想指责“只有”二字不准确，那你实在该看看奥勒留时代的节假日，全年假日达到二百三十天，一年的三分之二都属于狂欢。

虽然历史学家通常对罗马权贵们收买人心的手段极为不齿，但正如孟德斯鸠在《罗马盛衰原因论》中所写的那样：“拼命追求高级职位的高级官吏们不惜使用各种各样的卑劣手腕，不过这一切都被一种壮丽的外表掩盖着，因为他们为人民举行娱乐或宴会，或是把金钱和粮食分赠给他们。尽管动机是卑劣的，但是手段却总还有一些高贵之处，因为大人物总是应当用慷慨的赠予来取得人民的好感的。”

孟德斯鸠看得再清楚不过：没错，上层的出发点是收买人心，但下层也得到了实际好处，何乐而不为？另有一点，孟德斯鸠没说，却是显而易见：按常理推断，权贵完全不必将小民放在眼里，反正权力和资源都掌控在他们手里，他们大可为所欲为。然而罗马权贵却为讨好民众出尽百宝。权贵不是白痴，若平民对他们毫无影响，他们何苦又出钱又卖力地为平民提供欢娱？所以权贵为平民修戏院也好，组织角斗也罢，都向我们证明：在古罗马，底层的一颗小螺丝钉也许都能掀起蝴蝶效应，动摇上层建筑的根基。平民必须讨好权贵的时代多半不是个好时代，权贵必须讨好平民的时代却一定是个伟大的时代。

◇

罗马共和时期，罗马人烦透了君主专制，赶跑了所有的国王。但是，罗马儿童在游戏中仍将胜利者尊称为“国王”。

◇

罗马共和国到了后期腐朽不堪，大权在握的恺撒一心想要结束共和制、成为国王，但他不清楚罗马人对此会怎么想。要知道，罗马人就是因为恨透了国王，才在公元前509年结束了王政时代，开启了共和国的新篇章。几百年过去了，共和国的荣光也逐渐沉没于地平线，但罗马人对“国王”一词依然憎恨如故吗？于是在公元前44年2月15日牧神节，恺撒进行了一次公开的“民意调查”。

恺撒多精明，自是不会蠢到让民众直接参与投票或是填写问卷，调查道具乃是他的挚友安东尼和一顶王冠。牧神节文娱表演开始了，安东尼半开玩笑半认真地将王冠扣上恺撒的卷发，欢呼没有按照剧情设定出现，观众席一片漠然。恺撒试探着摘下王冠，刹那间，欢呼如潮水般席卷。安东尼再次给恺撒戴上王冠，观众席霎时又像是被摁下了静音键，这次恺撒没半点犹豫，毅然决然扔掉王冠，掷地有声，观众席掌声雷动，节日气氛抵达顶点。一切尽在不言中，恺撒心下了然，故而终生未称王，即使他一直行着国王之实。而对于罗马民众来说，那顶王冠不过是牧神节上的一个小游戏，恺撒仍是共和制的拥趸。民众的智慧不可估量，民众的愚蠢亦不容小觑，所以政客的伎俩常可得逞。

◇

现代有星座主题餐厅，不过这个创意早在约两千年前就已萌芽，古罗马的特利马尔希翁开发了星座大餐。宴会开始，仆人端上一个巨大的盘子，盘上描绘着黄道十二宫的符号，在每个符号上，厨师早就放上了一盘与宾客的星座相对应的菜肴。佩特洛尼乌斯在他的《讽刺诗》里为我们记下了完整的菜单："白羊座是角豆，金牛座是牛肉，双子座是睾丸和肾脏，巨蟹座是圆面包，狮子座是无花果，处女座是母猪生殖器，天秤座是天平的两个托盘（一个里面是馅饼，另一个里面是蛋糕），天蝎座是小海鱼，射手座是鸡冠鸟，摩羯座是龙虾，水瓶座是天鹅，双鱼座是两条鲻鱼。"

如此菜肴，一举数得。

既展示了主人独一无二的情趣——为不同星座的客人准备符合其星座性格特点的菜肴，又表达了主人汹涌磅礴的野心——宇宙与星空就在我们的餐盘之中，最后还证明了主人的学富五车——若非对星相学了若指掌，绝不可能设计出这般有技术含量的菜式。

◇

罗马人在宴会厅和餐厅中玩的花样，半数以上都与天花板有关。埃拉加巴卢斯喜欢在宴会厅的天花板上事先装好数量惊人的玫瑰花瓣，待宾客来临，他会不定时地突然打开机关，玫瑰花雨倾盆而下，美则美矣，但来不及躲避的宾客差点在花雨里窒息。尼禄的主餐厅天花板上描绘着天堂的景象，且画面可以来回转动，以此象征日月的升落与昼夜的轮回。

在特利马尔希翁的宴会上，高潮是晚餐快结束时会突然传来巨响，餐厅就像遭遇地震一般颤动起来，客人们大惊失色。就在客人最恐惧时，餐厅天窗打开了，降下一个巨型圆环，圆环上缀满金色的花冠，霎时香气弥漫。来宾可任选一顶花冠戴在头上，并把这当作老天的恩赐——花冠当真是从天而降，而主人也在这个过程中假扮了一回上帝。

为何罗马人对天花板情有独钟？因为在罗马人看来，餐厅的天花板象征着苍穹，餐厅的地板则象征着亡灵的居所。所以，罗马人最初将打扫餐厅视为对亡灵的不敬，死者长眠餐桌之下，大家用餐时掉落在地上的食物不再是活人的残羹，而是亡人的食物，你扫走地上的残渣相当于掀翻了亡灵的宴席。而对于象征苍穹的天花板，自然要认真设计，否则就是对天不敬。

佚名《未打扫的厨房地板》，公元前2世纪。

这是罗马时期根据公元前2世纪帕加马马赛克原型制作的摹制品。这是罗马时期最流行的餐厅地板图案，图案都是食物碎片，蔬果海鲜一应俱全。餐厅地板被罗马人视为亡灵的居所，掉落在餐厅地板的食品残渣被视为亡灵的食物，但残渣不可能永远留在地板上，那样餐厅将变成垃圾站。这种马赛克地板估计就是罗马人想出的替代方案：扫除食品残渣之后，地板上还画有食物，亡灵的宴席可以继续。

[英国] 劳伦斯·阿尔玛-塔德玛《埃拉加巴卢斯的玫瑰》，1888年。

一众宾客淹没在玫瑰色的潮水里，不知他们是否欣赏皇帝的恶作剧。画面中除了玫瑰汹涌美丽，大理石柱也同样抢眼。正是对大理石的逼真描绘，使塔德玛

获得了“大理石画家”的绰号。这位“大理石画家”，生前画尽各种色泽的大理石不说，死后还给自己的两个女儿留下了一间由大理石覆盖的画室。

◇

罗马人从共和国末期，就开始了长达数百年的暴饮暴食。一场罗马式的宴饮通常要持续十多个小时，美酒佳肴源源不断地供应，只有你吃不下的，没有不够你吃的。主人准备的菜肴如此之多，每个宾客只吃饱一回显然不够诚意，于是罗马人发明了种种消食法，最常见的一招是宾客们吃饱了便用羽毛搔弄喉咙、引发呕吐，将胃部清空之后再一次投入到美食的风暴之中。反反复复，人均吃饱三四回，才算是对主人的赞美。现代餐馆为提升餐桌的翻台率煞费苦心，罗马人为提高胃部的翻台率同样呕心沥血。另有一种消食法，就是蒸桑拿，通过排汗消耗能量，正如科路美拉所说：“我们甚至用蒸汽浴来使自己大量出汗以便消除每天饮食过度所带来的消化不良，在擦干我们汗津津的身体后，又会感到口渴难挨又思饮宴。”不同的消食法各有各的优点，比如催吐比蒸桑拿迅捷，蒸桑拿比催吐保健，要选哪一种方法，悉听尊便。

不过，不管哪种消食法，都为推动历史进程贡献了自己的一份力量，它们协助罗马人在挥霍与腐朽的道路上愈走愈远，直至完全灭亡。在吃吃吐吐、吐吐吃吃，吃吃蒸蒸、蒸蒸吃吃的循环中，帝国的财富消耗殆尽。

◇

公元610年，爱尔兰的阿尔斯特女王率领一干宫廷命妇去见一位尊贵的客人。为了向客人致以最崇高的敬意，女王和命妇们下身穿裙，上身穿着她们最华丽的“衣衫”闪亮登场。而她们最华丽的“衣衫”，正是她们雪白的肌肤，换句话说，她们赤裸着上身面见了客人。下身倒是有裙遮羞，不过待女王一声令下，众女将齐齐撩起裙子，非裙下

[法国]托马斯·库图尔《颓废时期的罗马人》，1847年。

画家可以用沉郁大气的构图和色调美化罗马人的颓废，但历史无法修改，古罗马人颓废奢靡的生活耗尽了他们亲手打造起来的帝国。

风光不能招待贵客。愈野蛮的时代，待客方式渗透着愈多的原始欲望。

◇

北美洲西北沿海的印第安人部族夸扣特尔（Kwakiutl）族，很爱举办一种“损己利人”的宴会——夸富宴。每个村的首领轮番举办宴会，邀请其他村的头领以及竞争者来做客，用铺天盖地的美食填满客人的胃，还要给客人准备多到让他们无法搬回去的礼物，诸如鲜鱼、鱼干、鱼油、果品、毯子、兽皮、独木舟、奴隶、装饰用的铜片等。但对于主人的恩赐，没有一个客人因感激而涕零或是因幸福而大笑，他们黑着脸，默默接受侮辱。没错，这就是实实在在的侮辱，主人拼命炫耀自己的财富，以证明所有来宾都是不如他的穷鬼。夸富宴不但食物浮夸、礼物浮夸，连主人的台词都浮夸：“我是唯一的大树，把你们会算数的人都带来，也数不清我赠与的礼物。”之后他的追随者还要添油加醋，冲来宾们嚷嚷：“你们别作声，我们的头领是一座雄伟的大山，将带给你们山崩似的财富。”受此大辱的宾客，只有在心里默默盘算着复仇，复仇的手段就是准备更昂贵的佳肴和礼物，举办一个更璀璨的宴会，以证明自己才是最了不起的那个，其他人的富贵不过是浮云。大概，这是世界上最甜蜜的复仇。

◇

9世纪时，日本嵯峨天皇之子——河原左大臣颇会玩乐。他对日本东北海岸黄昏时分熬制海盐的场面情有独钟，心向往之。平民看此景看到的是艰辛，贵族看此景看到的却是浪漫。为了能时常欣赏此景，他耗费巨资在京都的宅邸中挖出一片人工海，并命人用牛车从大阪湾运海水回来灌满人工海，每月如是，乐此不疲。为了使效果更加逼近真海，他还在人工海里养殖了许多鱼虾贝类。每当夜色渐浓、华灯初上，河原左大臣家的大戏便拉开了帷幕，他命家中的仆役穿上渔夫的装备，在人工海的海滩上表演点火熬盐。风过也，海水独有的腥味阵阵袭来，再加上渔火摇曳、海盐雪白、鱼虾跳跃，观者恍恍惚惚间，不知身在何处、今夕何夕。

◇

詹姆斯四世——苏格兰斯图亚特王朝第六任君主，在一个冬天于苏格兰边界接待了法国使团。那时候的法国人可不像今天这么优雅有礼，主人热情的招待感动不了他们像苏格兰冬天一般寒冷的心，他们嘲讽詹姆斯四世，断言他绝不可能用当地的土特产举办一场炫酷豪华上档次的宴会。苏格兰本非物产丰饶之地，再加上时值严冬，愈加荒芜，法国人的嘲讽一半是挑衅，一半也是大实话。

但第二天晚上，詹姆斯四世以一场盛宴叫法国人哑口无言：主菜有从冰冷河水里打捞出来的肥美鲑鱼，有从海岸采集而来的新鲜贝类，还有来自苏格兰群山间的牛、羊及各种野味。主菜上桌后真正的挑战才开始，宴会上必不可少的主角还有甜点，而冬季的苏格兰可找不到什么做甜点的原材料。该上甜点了，仆人们捧着盖了盖子的点心盘子闪亮登场，待客人的期待攀至顶点，仆人们齐刷刷揭开盖子，露出了史上最霸气的甜点——那是从苏格兰当地的河里淘来的天然金块，它们灿烂的色彩、融化的形状看起来比真实的甜点更美味。这是作弊，但所有客人都给出了五星好评。

不知詹姆斯四世这个创意是不是受到了古罗马皇帝卡里古拉的启发，卡里古拉曾在宴会上命人给宾客呈上黄金制成的面包与肉块。

◇

1454年勃艮第公爵菲利普三世为了发起又一次十字军东征，举办了一场威风八面的宴会，“桌上搭了小礼拜堂，内有唱诗班，有个大馅饼，上面站满了长笛手，还有座角楼，自内传出风琴声和其他乐声”。餐桌不再只是餐桌，馅饼也不再只是馅饼，这一刻，它们化身为小型音乐会现场。如此庞大的餐桌和馅饼，上面还有礼拜堂和角楼如此庞大的装饰，客人们用起餐颇为不便，不过有了如斯磅礴的创意，方便还重要吗？

15世纪一位贵族想要解决关于布雷沙赫镇的争端，他没有带兵气势汹汹地出征，而是组织了一次其乐融融的聚餐，邀请冲突各方赴宴。政治谈判不是温馨的请客吃饭，吃饭也要吃成一场权力的游戏，宴会上的菜肴俨然是一篇篇无声的外交官发言，这次聚餐也不例外。宴会的主菜看似简单，两个用杏仁蛋白软糖做成的士兵傲然挺立在鲜美的熏火腿上，但要知道，熏火腿是布雷沙赫镇的地方特产。将这道菜“翻译”过来，主人分明在说“我才是布雷沙赫镇的老大”。

1581年曼多瓦公爵的婚宴，用鹿肉饼做成镀金狮子的模样，将馅饼捏塑成傲然挺立的黑鹰，把雉鸡饼做得像一只真正的雉鸡，还用杏仁蛋白糖塑造了大力士赫拉克勒斯与独角兽的雕像，用食材玩了一次高水平的超级模仿秀。而全场最华丽的是一道孔雀菜，熟透变软的孔雀却被做出了挺拔的直立造型，那么活灵活现，仿若随时要起身向东南飞去。孔雀身上粘着五彩斑斓的孔雀毛，缠满缤纷的缎带，腿间还放着情诗笺。随后人们点燃孔雀嘴里填充的香料，宴会霎时沉浸在一片馥郁之中。

文艺复兴时期佛罗伦萨有个叫作大锅会的艺术团体，成员们定期聚餐，要求每人都要带上一道与众不同、最好能震古烁今的菜。艺术家们本就感情充沛、创意无限，只恨画布不够施展，这下能在桌布上施展，每个人都乐得下工夫。丹纳就在《艺术哲学》中详细描述了大锅会的惊世之作："有一次，吉安·弗朗切斯科用一只硕大无朋的酒桶做饭桌，叫客人坐在里头。乐师在桶底下奏乐。桶中央伸出一株树，树枝上放着菜肴。弗朗切斯科做的菜是一个大肉包，'尤利斯在包子里用开水煮他的父亲，使他返老还童'，两个人物都用白煮阉鸡装成。另外还有许多好吃的东西。安德烈亚·德尔·萨尔托带来一座八角神庙——底下是一列柱子，一大盆肉冻做成的地面上，仿照宝石镶嵌的款式划出许多小格；肥大的香肠做成像云斑石一样的柱子，帕尔梅森的奶饼做柱头和础石，各式糖果做楣梁，杏仁饼干做骑楼；神庙中央是冷肉做的一张圣书桌，书桌上用细面条排成一本弥撒经，胡椒代表文字与音符；周围的唱诗童子是许多油炸画眉，张开着嘴；后面两只肥鸽代表低音歌手，六只莴雀代表高音歌手。多梅尼科·普利谷用一只乳猪装成一个乡下女人，一边纺纱一边看守小鸡。斯皮洛用大鹅装成一个铜匠。便是今日，我们仿佛还能听到他们滑稽古怪、哄堂大笑的声音。"

以上菜式，只是文艺复兴时期创意菜式的沧海一粟。哪怕没有达·芬奇的《蒙娜丽莎的微笑》，没有米开朗基罗的《圣母怜子》，没有布鲁内莱斯基设计的佛罗伦萨大教堂，仅凭这些充满想象力和设计感的菜式，也能够证明文艺复兴的伟大，证明那个时期实现了人类历史上最卓越的艺术大爆炸。

[日本] 月冈芳年《月百姿·夕颜的夕凉》，江户末期到明治初年。

日本人好风雅，不唯平安时代如此。日本人不仅在飞花、残叶、月落、乌啼等雅处见雅，还擅长在最日常、最俚俗、最底层的地方挖掘出雅意来。看到小店里皱巴巴的萝卜干，俳人桐叶能诗兴勃发，当下咏成俳句一首："还有那干皱了的大萝卜呵！"看到丑陋肮脏的苍蝇，小林一茶能童心不泯，发现苍蝇的生活乐趣："不要打啊，苍蝇搓他的手，搓他的脚呢！"松尾芭蕉赏樱，无需精致的赏花便当，反而认为俗不可耐的黄豆粉配饭与粉雪般的樱花最相宜："真是太搭了，吃着黄豆粉配饭，一边赏樱花。"……这样的例子不胜枚举。芳年的浮世绘，也体现了日本人在下里巴人中发现阳春白雪的精神：草席上，瓜棚下，一壶粗茶，两个乡下人，看看月亮，聊聊农事，就是一段风雅好时光。

[日本]水野年方《三十六佳撰·萤狩，天明时期的妇女》，1893年。

捕捉流萤是古代日本人夏季里最爱的游戏。水野年方这幅作品，简直像是唐代诗人杜牧《秋夕》一诗的诗意图："银烛秋光冷画屏，轻罗小扇扑流萤。天阶夜色凉如水，坐看牵牛织女星。"

◇

在中世纪时，酒已是欧洲人餐桌上必不可少的角色。吃饭总需要饮料相佐，而喝水并不是个好选择，因为古代科技落后，无法给水充分消毒。水里细菌极多，只有把水酿成酒，才能杀死水里的细菌，使之变得适宜饮用，酿水成酒也就成了彼时最主流亦最有效的消毒方式。所以别说古代欧洲人滥饮，他们喝的不是酒，而是“消毒水”。

◇

阿兹特克人喜欢一种球类游戏，并常在游戏中疯狂地下注。15世纪时，阿兹特克皇帝阿萨亚卡特尔就曾在某次游戏中用一座集市下注，而对方的赌注也不容小觑，是一座盛美的花园。可惜皇帝运气不佳，在游戏中败下阵来，眼见就要输掉集市，他却尽显王者风范，第二天请士兵向获胜者敬献花环，以示庆贺。当获胜者心满意足地戴上缀满娇嫩花瓣的礼物，皇帝的士兵却突然变脸，冲上前去用花环中隐藏的皮带勒死了获胜者，原来一切都是阴谋，皇帝根本输不起。阿萨亚卡特尔胸襟如此狭小，却也在在位期间干出了一番事业，到底什么才是成功者的必备素质？

◇

日本平安时代的贵族极爱风雅的消遣，河原左大臣不过是其中之一。当时有许多贵族在夏夜里通宵不眠，只为等候黎明来临时杜鹃鸟的第一声鸣叫。子规的啼叫再动听，第一声同第十声又有何分别？这不重要，重要的是在子规一天的第一首歌中欣赏月轮西沉多有禅味。

◇

从千余年前的平安时代开始，东瀛人就颇爱赏流萤。每到夏天，有钱人会买一些萤火虫回家，或装在纱袋中悬挂于室内，或任其在庭院中飞翔，同家人朋友一起玩赏。看小小萤火在夏夜微燠的空气中若隐若现，烦闷一扫而光。江户时代的作家井原西鹤，在《好色一代男》中描述了一位知情识趣的妓女，此女就很懂得用萤火虫制造清凉："正当他（世之介）为流出汗水而烦恼时，女人让一位侍女把许多一直活到秋天的萤火虫包在纸里拿了过来，让它们在蚊帐中飞舞，并且把插着荷花、水桔梗、睡莲的桶也放进蚊帐里，让世之介觉得凉爽。"有如此美好的心思，难怪阅人无数的世之介也对她另眼相看。

日本人为何对萤火格外青睐？喜欢萤火的原因当同喜欢樱花的理由一样：只有五天生命的萤火虫和转瞬即逝的樱花，都证明了生命的绚烂，也证明了世事的无常。让人看到美，也让人体会绝望。其他民族大都喜欢长久和永恒，唯有日本人偏爱虚无缥缈的事物。而这个民族的坚强正来源于此：琉璃易碎，彩云易散，真正明白世间一切皆无法常驻之后，才能珍惜琉璃与彩云短暂的存在，同时坦然接纳失去时的悲伤。向死而生，就是这个道理吧。

◇

1674年一部介绍法国大餐的书《高级享受的艺术》对香槟推崇备至，说"香槟味道诱人，芳香甜美，甚至可令亡者还魂"。不知道香槟能使死人复生可有什么例证？

[意大利] 米开朗基罗 · 梅里西 · 达 · 卡拉瓦乔《酒神》，1597年。

酒神及饮酒场面一直是欧洲人最青睐的作画题材之一。这幅画中有个值得注意的细节：酒神巴克斯是用左手举起酒杯的。左撇子毕竟是少数，于是有人以此推测画家出于绘画时的某种需要，选择了透过镜子观察模特，所以画面中酒神的左手，实际上是模特儿的右手。而据卡拉瓦乔的传记作家乔万尼 · 巴格罗奈记载，卡拉瓦乔确实曾利用镜子来创作。

◇

赌博并不一直都被视为万恶之源，倒退几个世纪，欧洲人甚至让儿童也玩赌博。17世纪的欧洲人对赌博持有广泛的赞赏，理由有二：

第一，参与赌博并非人生堕落的开始，而是进入上流社会的敲门砖。如梅雷骑士在《世界贸易续篇》中所说：“不管你有多大功绩，如果你没有进入上流社会，就难以赢得很高的声誉，而博彩游戏就非常容易为你打开大门。这甚至是一种不用说什么话就能经常加入上流社会聚会的有效方式，尤其如果你玩起来就像是一位高尚文雅之士的话。”哪怕财富眼界学问皆有限的你聊不出什么上档次的话题，只要赌博时你姿态大方、输赢不惊、技术精湛，同桌的贵族玩家自然欣赏你。想挤进上流社会吗？挽起袖子苦练牌技和牌品吧。

第二，参与赌博并非投机取巧，而是一项正经又体面的营生。在牌桌上，你能运用你的聪明才智，为自己赚到体面的生活、足够的财富。时人还有一种奇妙的逻辑，认为赌博对富人来说很危险，对穷人来说却是百利无一害。为什么呢？因为无论贫富贵贱，在牌桌上赚钱的机会是同等的，然而输钱的风险却不一样：富人有钱可输，所以风险高；穷人无钱可输，所以风险低。一句话，你是穷人你怕谁，反正你又没钱可损失，光脚不怕穿鞋的，且甩开膀子去赌博，牌桌上自有黄金屋，牌桌上自有颜如玉。乍一看，这逻辑很强悍吧？其实就是一豆腐渣工程。牌桌上赚钱机会同等，输钱的机会也是同等，富人有钱，输又何妨？轻轻松松重来就是。穷人家底薄，输一次就倾家荡产，人生还能翻盘吗？

[弗莱芒] 小大卫·特尔尼斯《酒馆里的赌徒》，1670年。

画中人正在用扑克牌赌博。因为《圣经》说“贪财是万恶之根”，在西方传统观念中有禁赌倾向，近代以前绝大多数西方国家都有过禁赌法令。但近代风气为之一转，西方各国都有合法化的赌场。

◇

克劳德·杜瓦尔是17世纪时一位法国籍的公路大盗。杜瓦尔很有幽默感，某一次他邀请被他打劫的女士一起吹奏乐曲，这位女士倒也是豁达之人，欣然接受了来自大盗的橄榄枝。盗亦有道，在合力开了一场微型音乐会之后，杜瓦尔只抢了这位女士一半的财产便放走了她。英王查理二世相当欣赏杜瓦尔的幽默感，抓捕他之后又设法释放他，但最终在各方压力之下还是绞死了杜瓦尔。

相比起来，同为大盗的托马斯·布罗德就幸运多了。布罗德曾潜入伦敦塔偷盗查理二世的御宝，但行动败露，布罗德被抓捕，查理二世亲自审问。国王对布罗德的偷盗手法十分好奇，问布罗德如何带走了那么多御宝，布罗德答说自己是将各种宝贝藏在衣服下带走的。现在问题来了：皇冠硕大，主权之球浑圆，权杖与圣十字架修长，如此多的“大个子”怎能安放在一两件薄薄的衣衫下呢？布罗德掏心掏肺，坦承了自己化大为小的独门秘笈，那就是把皇冠和主权之球锤扁，将权杖与圣十字架掰成两截，问题迎刃而解。损坏御宝乃重罪，但瑕不掩瑜——虽然这样的大错已经不能称之为“瑕”，布罗德的“小调皮”还是给了查理二世更深的触动。最后，查理二世不仅没有斩布罗德的首，反而赐给他一栋位于爱尔兰的豪华别墅，以奖励他的可爱。

如果你不明白为何一位国王总是想方设法赦免大盗，那你看看查理二世的生平就理解了。查理二世为趣味而生，一生最大的爱好就是聚会，英国人叫他“快活王”不是白叫的。

在查理二世之前，清教徒禁止女性登台表演，因此英国所有剧院的舞台皆被男性霸占。想想那场景还真是香艳，无论是柔美深情的朱丽叶、俏皮可爱的仙后，还是温莎的风流娘们儿，所有的女性角色都由五大三粗的男演员饰演。但查理二世为了让戏剧更悦目，全力支持女性登台表演，从此，再也没有腮上还隐隐留着胡茬的男演员捏着嗓子朗诵：“啊！不要指着月亮起誓，它是变化无常的，每个月都有盈亏圆缺。”

查理二世用龙涎香做早餐，午餐和晚餐也有不少精彩，一人独享太可惜，于是查理允许平民在每周一三五来参观自己用餐。就像录制某种真人秀节目，查理穿着锦绣华服为民众们表演如何享用美食，凑得够近的平民甚至能够从他的餐桌上顺手牵羊一两样点心。查理二世的初衷是与民同乐，不过不知道他是否担心过：当平民发现金字塔尖与金字塔底的生活如斯悬殊，会不会生出“王侯将相宁有种乎”的念头？

那时候的英国人笃信乌鸦与王国的命运息息相关，若乌鸦离开了伦敦塔，整个王国就会陷落。这个时候国王又挺身而出了，查理二世下令伦敦塔上至少要有六只乌鸦，而挽留乌鸦的全部费用则由英国政府一力承担。伦敦塔上有了乌鸦，国王及所有英国人就不必担忧王国覆灭，又可以安心寻欢了。

查理二世在他的一生中曾两度下令关闭咖啡馆。第一次下令还算是有个不错的理由，当时瘟疫肆虐，为阻截疫情蔓延，所有人头攒动的公共场合都被关闭了，咖啡馆也不能例外。第二次下令就离奇了，查理认为人们聚在咖啡馆也许会说他的坏话、谋他的反，索性关了咖啡馆，让谋逆者找不到地方做策划。乐观的查理相信，关闭咖啡馆就能对种种谋逆行动釜底抽薪。他才懒得去考虑，绝大多数谋逆者并无小资情调，非得在星巴克才能干好工作，人家若当真想造反，随便到哪儿去策划都可以。关闭咖啡馆后，他继续他的快乐人生。

看出来了吗？查理二世就是一个古灵精怪的欢乐神仙，脑子里尽是奇思怪想。所以，他想赦免克劳德·杜瓦尔、托马斯·布罗德等人，与其说是缘于一位仁慈国王对江洋大盗深切的同情，不如说是一个鬼灵精对另一些鬼灵精出于本能的欣赏。

◇

18世纪，可存储电荷的莱顿瓶发明之后，巴黎的贵族们又多了一项新娱乐，就是用莱顿瓶给一排人通电，看一排人在电击下同时激烈反应，贵族们笑得前俯后仰。有一次，在巴黎的一所学校中给六十位青年男子通电时，奇迹出现了，电震到第六人就消失了。时人百思不得其解，最后终于想出了一个比离奇的现象更离奇的答案：因为这些男人有性功能障碍，所以无法导电。就在此说甚嚣尘上之时，六十位青年的男性尊严被三个阉人拯救了。国王想再欣赏一次性功能障碍者无法导电的表演，于是用三个阉人乐师做通电实验，结果表明，阉人的导电性能与健全男性一样好。所以能否导电，和性功能没有一点关系。

◇

18世纪的欧洲人将疯人院当作游乐园，买票便可入内参观，美其名曰“慰问活动”。仅1814年一年，就有九万六千个英国人涌向疯人院，去参观各式各样的精神病患，在嘲笑不幸者的过程中获取快感。医院方面为了增加娱乐性，甚至允许参观者携带小棍和杜松子酒入场，参观者可用小棍逗弄病患的肢体，用酒精刺激病患的神经，使他们愈加丑态百出。

除了英国，德国、法国、西班牙等国皆有疯人院向公众开放。现代人花钱进电影院，18世纪的欧洲人花钱进疯人院，都是去看好戏，但前者健康，后者残忍至极。

生意

『金黄色的蜂蜜呀，诸神赐给您健康。』

古希腊各城邦发行各自的货币，上面印有不同的图案，且图案经常变换。这些货币不止是钱那么简单，还有别的用处。有的城邦盛产葡萄酒，有的城邦盛产橄榄油灯，有的城邦盛产马匹，不一而足，各城邦就将自己的特产印在货币上，当一枚货币辗转于各人之手，也就帮助本城邦完成了土特产的宣传。所以古希腊的货币都是身兼两职的，兼任交易媒介和宣传单页。这样的广告好处有二：一是润物细无声，特别自然，堪称植入广告的最高境界；二是人人都爱钱，看着钱心情总是愉悦，若在钱上印制某土特产，那么当你看到某土特产的实物时，就会联想起那种愉悦。你的大脑无法理智分析出那愉悦最根本的来源其实是钱，而非土特产本身。你只是在看到土特产时，有种条件反射式的美好心情，这在心理学上有个专业名词，叫作“交互抑制”。只要你一见某物就开心，那么离你下手购买也就不远了。所以钱上印的广告与纸上印的广告相比，效用呈几何倍数增长。

古罗马的蜘蛛戒酒法也是心理学上“交互抑制”的一个例子。罗马人认为，只要在滥饮者杯中放上几只蜘蛛，酒瘾自然去无踪。想想便知，酒徒从此以后看到酒便会联想起丑陋又恶心的蜘蛛。饮酒本是为了作乐，当酒与一种不好的感受相联结，谁还想饮酒？

◇

“他买胡桃、桃金娘、栗子，在人数众多的市场上，在众目睽睽之下，得意洋洋地一边吃着美味，一边和商人交谈。他叫着过路人的名字，对他不十分熟悉的那些人也大声地打招呼，而且如果发现谁在奔忙，就偏要叫他停下。他在理发师或香水贩的小铺前停留，扬言自己一定要马上大吃大喝，一醉方休。”此段文字出自古希腊哲学家提奥弗拉斯托。你以为这是在写一个生机勃勃、坦率又热心的人？不，这写的是在古希腊人看来最没有教养的一类人。比起快人快语，希腊人更喜欢人行为稳重、说话平缓、遇事淡定。

◇

在古希腊雅典，常有人走街串巷叫卖化妆品，而叫卖的广告词往往是一首极富煽动力的诗。比如：“为了双眸晶莹，为了两颊绯红 / 为了人老珠不黄，也为了合理的价钱 / 每一个在行的女人都会——购买埃斯克里普托制造的化妆品。”

[波兰]亨德里克·希米拉德斯基《兜售花瓶》，1880年。

画中的小贩正竭力向两位年轻的女性推销花瓶，从女子脸上的微笑可以看出小贩的游说正在起效。

◇

往酒里掺水，乃是古往今来最常见的食物作假手段，属于消费者协会重点打击的现象。不过在古希腊，未掺水的酒只有神灵能消受，人类喝的酒多少都掺了些许水分。掺水并非无良商家为坑人钱财想出来的损招，而是出于希腊全社会对人的不信任：酒性至烈，人饮下纯酒会陷入疯狂，那种疯狂唯有神可驾驭，所以让神享用纯酒吧，人不能在酒醉中控制自己的行为，就只能乖乖喝被稀释的酒。

那么，接下来的问题是，酒要被稀释到何种程度才算达到希腊人的安全标准呢？阿尔凯俄斯在一首诗中写道："让我们饮酒吧，何必等到点灯？一天的光阴眼看就要逝去。朋友，从架上取下彩绘的大酒杯，宙斯的儿子赐予人类以酒，使我们忘却忧愁。一成酒掺两成水，倒满酒，让我们循环痛饮，彼此传杯。"狄奥克莱斯则在一篇文章中记载："A：我应该喝怎样浓度的酒？ B：喝酒，要喝五份水或者三份水的酒，这里五份水的酒是指酒和水的比例是二比五，而三份水的酒是指酒和水的比例是一比三。"掺水没有固定比例，但掺的水可不少，在希腊人看来，酒与水一比一调兑在一起就算是烈酒了。

除了往酒中掺水，希腊人还会给酒加点别的料，你想得到、想不到的料，希腊人都往杯中倾倒：蜂蜜、乳酪是你能想到的，但你能想到松脂、苦艾、海水吗？希腊人甚至还加过橄榄油和小麦粉，一杯酒活像一间小型杂货铺。

[法国] 让 · 莱昂 · 杰罗姆《罗马的奴隶市场》，约1884年。

画面中央被拍卖的女奴身材匀称、肌肤健康，可见她在沦为奴隶之前有着良好的生活条件，大约是个贵族。想想背后的故事，便觉画面又美又残酷。

◇

古罗马常年频繁征战，战俘越来越多，而战俘越多，就意味着奴隶越多，精明的罗马商人很快察觉到这是一桩绝佳的生意。所以罗马军队出征时，后面总尾随着一队商人，商人们在战场上批量收购新鲜出炉的奴隶后，再带回本国卖个好价钱。君子爱财，取之有道。人家罗马商人做的都是良心生意，在市场上奴隶皆是全裸出售，伤病残疾一目了然，童叟无欺。每个奴隶还有六个月的退换期，在这六个月间，无论奴隶发生疾病还是偷盗，自杀还是逃跑，卖家都包退包换，绝不耍赖或推诿。其对顾客负责到底的精神，值得商家们好好学习。

◇

从商业出现开始，就有了叫卖声，商贩们在资讯传播不便的年代里，凭借自己或洪亮或清脆的吆喝招揽顾客。慢慢地，某些商贩与叫卖声发生了分离，街头出现了职业叫喊人。这些职业叫喊人没有自己的货品，专门负责替别人叫卖，是真正意义上的“赚的就是吆喝”。只要愿意出钱，商贩们不必再磨损自己的声带。从古希腊便有了职业叫喊人，但入行门槛极高，你必须嗓音动听、吐字清晰，还得具备演讲才能。到了中世纪职业叫喊人就更多了，12世纪的法国成立了叫卖人行会，1258年法国政府还为他们单独颁布了《叫卖人法则》。

◇

沿街叫卖是古代欧洲商贩很主流的一种销售方式，于是发展出各种叫卖词，有的叫卖词甚至被谱成歌曲在几代人中传唱。卖篦梳的有卖篦梳的小调：“黄杨篦梳，抓头虱之宝；包你头发，干净完好。”——这是着力宣传产品功效。卖扁桃的有卖扁桃的小调：“生活艰难，道路坎坷！好心人啊，你在何方？发发善心，行行好吧！甜美扁桃，扁桃甜美！”——这是在介绍产品以外还添加了煽情因素，强调生活不易，拉同情票。

因为人们的叫卖声是如此丰富，所以1545年法国出版了《每日巴黎之107种叫卖声》，17世纪马塞斯·洛伦又创作了《伦敦的叫卖》铜版画集，以记录这些精彩的叫卖。当时巴黎的叫卖声有“木炭，嫩树苗做的木炭，一袋三铜板”“上等劈柴哟，几个铜板就卖”“看啦，奥尔良的上等水田芥”“金黄色的蜂蜜呀，诸神赐给您健康”等，伦敦的叫卖声有“像百合一样洁白的醋，一夸脱三便士”等。每一声叫卖都是一张那个时代的生活快照，从这些“快照”我们知道：16世纪的巴黎人认为木炭的质量取决于树苗嫩不嫩，柴火也要分三六九等；他们购物已有选择产地的意识，所以卖水田芥的人才需要在叫卖声中强调产品出自奥尔良；彼时天主教在欧洲不再一统江湖，文艺复兴与宗教改革在教会的绝对统治上撕开了口子，因此卖蜂蜜的人说“诸神赐给您健康”而非“上帝赐给您健康”……而17世纪的伦敦人，他们食用的醋有着百合与雪花一般的色泽，美感满分。

近代中国亦有专门记录叫卖声的书，清朝光绪年间的抄本《一岁货声》，记一年之中北京市集上的叫卖词句。日本作家永井荷风写有《巷之声》一文，记日本明治、昭和年间的叫卖声，并总结说：“每日穿街走小巷的吆喝声不自觉地讲述着时代变迁。”各国人民不约而同地对商贩的叫卖大感兴趣，细想来，大约是因为这些声音最具活力，听闻各式各样的叫卖声，就感觉自己生活在一个丰富的世界里，每一天都充满了新的可能。

[弗兰德斯] 弗朗斯 · 哈尔斯《果蔬商贩》，1630年。

商贩琳琅满目的货品已足够引人注目，但他们通常会利用叫卖词进一步激发来往行人的购买欲。

◇

在西欧封建社会时期，封建领主们各自拥有各自的庄园，这座庄园内的一切经济活动——无论是畜牧种植，还是养鸡养鱼，乃至酿酒造蜜——都是为了给封建领主提供生活费，封建领主的吃穿用度以及国防支出全部来自庄园。一言以蔽之，只要你有座庄园，你就能自给自足，在自己的小天地里随心所欲，上帝也奈何不了你。

庄园是领主的命脉，替领主打理庄园事务的管理人得不得力就很关键了。当然，所有的领主都希望庄园管理人严于律己、廉洁奉公、不拿庄园一针一线，但他们也明白，无论如何崇高的信仰与誓言，都无法完全克服人性的弱点。所以有些庄园主倒也豁达，干脆给管理人预留了一丁点贪污的空间，比如公元800年法兰克王国的查理大帝就在关于庄园的诏令中规定："管理人不得使用朕的臣民为自己服务，要求他们为自己担任劳役，采伐（树林的）物料，及其他工作；也不得收受他们的任何礼物——不得收受马匹、公牛、母牛、猪、绵羊、小猪、小羊及任何其他东西，唯南瓜、园艺产品、苹果、母鸡和鸡蛋不在此限。"定规矩的人思路很清晰：贪污受贿决不允许，但管理人与农户天天打交道，农户偶然送管理人一点不甚值钱的农副产品也是正常的人际往来，若连这些也一并严惩，未免不近人情。毕竟，像中国汉代羊续那样毫无瑕疵的君子，只是极少数。

◇

接着说说欧洲中世纪封建领主的庄园。当时的庄园究竟是怎样运作的？这是个复杂的问题，十数本书也未必能讲清。不过，我们只需要读查理大帝颁布的关于管理庄园的诸多诏令中的一条，便能成为庄园经济的半个达人。庄园经营什么业务，有哪些产出，存在多少工种，能做哪些副产品，怎样创收，有哪些收入来源，尽在这条诏令中：

“朕的管理人每年到圣诞节时应把朕所有的收入分门别类，并按照次序，明明白白向朕禀告，使朕得以按照各个项目知道究竟有多少，即：有多少耕地由朕的牧人的牛来（耕种），有多少附有田宅的耕地由佃农开种；（收入了）多少小猪，多少租款，多少债款和法院罚款，多少没有朕的允许擅自在朕的禁林中捕捉的野鸟，多少由于各种犯罪而收取的罚款；多少（收入）从磨坊，多少从森林，多少从田地，多少从桥头和船舶，多少从供应我们田庄需要的自由人和地区，多少从市场，多少从葡萄园和缴纳酒的人，多少从干草、木柴和火把，多少从薄板及其他（树林）材料，多少从荒地，多少从蔬菜、黍米和稷，多少从羊毛、亚麻和大麻，多少从树木采下的果实，多少从榛果和榛树，多少从各种嫁接木，多少从花园、萝卜垅和鱼池，多少从皮革、毛皮和兽角，多少从蜂蜜和蜜腊，多少从脂油、植物油和肥皂，多少从野果酒、熟酒、蜜制饮料和醋，多少从啤酒和葡萄酒——新的和陈的，多少从新谷和陈谷，多少从鸡、鸡蛋和鹅，多少从渔夫、铁匠、武器匠和鞋匠，多少从捏粉槽加工人和制箱者，多少从旋盘工和鞍师，多少从钳工，多少从铁铅矿场，多少从纳税人，多少从牡马和小牡马。”

吃透这条诏令，我们甚至能成为一个合格的中世纪财务人员，因为比照它就能做出一个庄园的账目表来。话说回来，领主要求管理人做出如此复杂精细的账目，证明当时的领主已有不错的理财意识，这样做不仅可避免被管理人糊弄，还能厘清各个产业的利润比例，接下来才知道哪些产业当重点发展。说得官方一点，就是这样的账目对庄园的未来发展具有重要的指导意义。

◇

欧洲中世纪早期，有大量职业受到鄙视。如鞋匠、园丁、画家、渔夫、厨师、剃须匠、乡村警察、关税员、执法大法官、游吟诗人、魔法师、炼金术士、客栈老板、屠夫、丑角、医生、外科医生、士兵、妓院老板、妓女、公证人、批发商、织布工、马具皮件商、洗染商、糕点商、货币兑换商、裁缝、化妆品商人、家畜内脏贩卖者、磨坊主等，统统都在被鄙视之列，教会认为这些职业容易引发罪孽。鄙视具体表现为禁止高贵的神职人员从事这些职业，到后来连世俗人士从事这些职业都遭嫌弃。

魔法师、丑角之类的职业跟罪孽挂钩的原因尚可揣测，但裁缝、园丁、织布工等老老实实靠正经营生吃饭的人犯的又是什么罪，今人已难以理解。当时备受歧视的法官、警察、外科医生（他们被歧视缘于基督教对血的忌讳，《圣经》再三强调，基督教不仅禁止触碰、食用血液，亦禁止杀人、流血。外科医生需触碰血液，是为不洁；而警察与法官，他们抓捕、审判犯人后，虽是为了正义而处死有罪之人，那也是杀人，亦犯了血罪），同样想不到一千多年之后，他们的职业能翻身成为最抢手的职业。纵观历史，这样的事情反复上演：昨天的荣耀也许会成为今天的罪孽，而今天的道德模范，放在明天也许就是个反社会的败类。人类从来不曾拥有过绝对真理，亦没有亘古不变的道德准则，但我们评价人与事，仍是千年不变的自以为是、斩钉截铁。

佚名《中世纪卫生手册》插图，1400年之前。

此图为中世纪裁缝工作的情景。不清楚如此朴实的职业为何在中世纪早期会被教会鄙视，但裁缝在1813年被美国海军鄙视的理由是清楚的。那一年美国海军的征募令上强调，他们要招募那些“身强体壮的干练之士，缺乏经验的人可以充当海员，但是绝不招收裁缝、鞋匠或黑人，因为这些人惯常从事的职业很少会让他们具备强健的体魄”。

◇

中世纪时，威尼斯以出产高质量的玻璃制品而闻名，而玻璃厂又都集中在威尼斯以北的慕拉诺岛上。出口玻璃为威尼斯换来了数不清的财富，经济决定地位，所以在14世纪以前，慕拉诺岛的玻璃工匠能像贵族一样生活：可佩剑，享有豁免权，儿女可与豪门望族联姻。玻璃工匠唯一需要付出的代价是永远不能出国旅游，威尼斯共和国禁止手艺精湛的他们离开本国。那时候的威尼斯人已经明白一个道理：千金散尽还复来，物质都不用顾惜，人才才是第一生产力。

◇

中世纪时，行商们在不同的城市间奔波，四处兜售自己的货品，哪里有生意就往哪里去。行商贩卖的货品以食物居多，每天清晨，他们便推着满载葡萄酒、奶酪、面包的小车上路了。不过有钱人与美食家通常不会购买行商的货品，因为行商的货品经过了长途辗转，在大大小小的城市间来回颠簸，葡萄酒早已泛酸，奶酪也已变质——只是你看不出端倪，精明的商人会在奶酪表面刷上一层浓浓的鸡汤作掩盖。

◇

中世纪的欧洲面包师在制作黑面包时，常会往麦粉和麸皮里添加小石子、木屑等杂物来充数，以节省原材料。那时候的面包里甚至能找出蜘蛛网和骨灰。

◇

在中世纪的欧洲，所有跟黑胡椒打交道的工人都被禁止穿着带翻边或口袋的衣裤，以防他们偷走黑胡椒。因为在当时，黑胡椒一类的香料非常昂贵，若你能偷走一小把黑胡椒，不夸张地说，所得的利润能彻底改写你的命运，农奴翻身做主人。

17世纪荷兰的静物画或是风俗画中，荷兰人的餐桌上经常出现盛装着胡椒的小纸卷。胡椒，这黑漆漆的微小颗粒，既不像龙虾、橙子一般色泽艳丽，有助于画面的美观，亦不如玻璃杯、牡蛎之类质感特殊，能让画家充分炫技——描绘玻璃的透明感、贝类的特殊反光都是画家展现高超技巧的好机会。但荷兰画家依然对胡椒情有独钟，毋宁说，这是出于荷兰人的自豪感。荷兰在17世纪取得了独立，且商贸极其发达，不夸张地讲，那片“联合的沼泽地”当时可是富得流油。可以想见，当时的荷兰人多么想向世人展现自己好不容易争取到的富足生活，但艺术家不能直接画一家子荷兰人数钱，太露骨，也不美，于是，荷兰画家纷纷给荷兰人的餐桌“放上”一小包昂贵的东方香料。这包胡椒就是荷兰人对全世界无声的咆哮：“我们有的是钱，瞧我们过得多好！”

◇

12世纪到14世纪，西欧各乡村的农民喜欢到城里去参加周六的市集，届时，市民们会把要出售的豌豆、小麦等，抓一撮放在小碗、小碟或小口袋里作样品，携带到市集去推销。若一个乡下人对那些样品表现出兴趣，并打算购买，这时卖主将热情地邀约乡下人：“跟我到我家去吧，在那里你可看看我所要出售东西的数量，你还可以选购你所看到的其他商品。”乡下人就跟着卖主往家里去，一路上暗暗期待，不知那一家有怎样琳琅满目的商品，推开门也许会袭来丰收的气息。就这样，到了卖主家里，一脸诚恳的卖主打开盛着粮食的柜子，请乡下人将头和手伸到柜子里检查，以便确定货品与卖主在市集上展示的

[荷兰] 扬 · 斯蒂恩《吃牡蛎的女孩》，1658年。

桌上面包的旁边就有一小包黑胡椒，画得并不显眼，其实是低调的奢华。除了黑胡椒，值得注意的还有牡蛎，古代西方人认为牡蛎能够催情，一位妙龄女子正在吃牡蛎，这样的画面充满了暗示。

样品质量无异。到目前为止，这些卖家都堪称良心卖家，他们推销技巧满分，用一点样品吸引买家去自己家选购更丰富的产品，同时还诚信经营，不等顾客要求便主动请顾客验货，且提醒客人验货要手头并用，不但要用眼观察形态，还要用手触摸质感。不过，良心卖家的戏份也就到此为止——当乡下人俯身到柜子里面检查货品时，站在他背后的卖主，忽地收起亲切的笑容，一脚将乡下人踹进箱子里牢牢锁住。接下来卖主才开始做真正的生意，那就是狠敲乡下人一笔赎金。这是彼时西欧颇流行的一种骗局，多少淳朴无知的乡下人栽倒在城里人黑漆漆的粮食柜子里。

◇

哥伦布发现通往美洲之路后，西班牙人就开始同美洲印第安人做生意。在这过程中，不但那些贩卖铁器、马匹、日用品、纺织品、橄榄油、葡萄酒的商人挣了大钱，连西班牙的神职人员都跟着狠赚了一笔，他们将念珠等宗教周边产品运往美洲销售。不过，神职人员不管这叫作生意，而叫“拯救印第安人的灵魂”。

文艺复兴时期了不起的艺术大爆炸，并非只靠安吉利科、吉贝尔蒂、拉斐尔、米开朗基罗等艺术巨星实现，勋章至少也该有委托人们的一半。

彼时的艺术家，都是在某个艺术作坊工作。艺术作坊并不比其他手工作坊高贵些，它们没什么两样，都开在人流量大的地段，大门面朝街道，便于招揽生意。画作和雕塑就像猪肉、红薯、白菜一般摆在门前展示，任顾客挑挑拣拣。在这里，鲜有顾客因欣赏作品而高叫“Bravo”，倒是讨价还价声源源不断、滔滔不绝。出售现成的作品，只是艺术家们的谋生手段之一，而他们最主要的生意，乃是接受某位顾客的委托，按照顾客的意图创作一幅作品。事实上，几乎所有文艺复兴时期的佳作，全部出自私人定制。

委托人的要求绝不会像“我要你画一幅关于《旧约·创世记》的巨型油画”或是“画几个天使在丛林里玩耍”这般粗略。我们甚至可以说，许多伟大作品的设计稿并非出自画家本人，而是由委托人用语言和文字描绘出来的。画家不过是用自己的技艺，将委托人脑海中的设计实现而已，好比建筑工人与建筑家的关系。

1503年，伊莎贝拉·伊斯特委托画家佩鲁吉诺——单提这个名字，读者大概会感到陌生，但只要说出他另一个身份，大家就明白他的分量了，他是拉斐尔的老师，拉斐尔伟大的绘画技巧很多都来自在佩鲁吉诺工作室的训练——为她在曼图瓦的小书房绘制《爱欲和纯洁的战斗》的壁画时，在信件中提出了她对此画的要求，列举了几十上百个细节，不再需要画家自己动脑设想任何东西：“我们诗意的创作希望由你来绘制。它是贞节反抗淫荡的斗争，也就是说是雅典娜和戴安娜同维纳斯和丘比特之间的激烈斗争。雅典娜似乎已经击败丘比特了（折断了他的金箭，把他的银弓抛在脚下）。她一手抓住瞎眼丘比特眼上的绷带，另一只手拿着她的长矛，打算杀死他。戴安娜似乎在同维纳斯进行着一场势均力敌的战斗。维纳斯被戴安娜的箭伤到了身体的表面、皇冠和花环，或是她脸上的面纱，戴安娜的部分衣服将要被维纳斯的火把烧焦，但她们两人哪儿都没有受伤……我把所有这些细节以一张小画的形式寄给你，这样一来，你有了书面的说明和画就可以考虑画面了。”

这些要求中有个细节值得注意：委托人希望画面中维纳斯的火把即将烧焦戴安娜的衣裳，显而易见，场面十分危急，“但她们两人哪儿都没有受伤”。就像是古往今来没有任何一位画家在描绘亚马逊妇女时会尊重传说中的事实，给她们安上残缺不全的乳房，佩鲁吉诺的委托人也不希望在这小型火灾现场出现任何影响美感的因素。戴安娜亦好，维纳斯也罢，两人都要美不胜收才好。艺术不是新闻报道，真实不是第一位的要求，美才是。

安尼保·卡罗委托吉奥尔吉奥·瓦萨里创作《维纳斯与阿多尼斯》也是如此。1548年的某一天，对作品放心不下的委托人给艺术家捎去一封情词恳切的信。卡罗情商很高，一开始客气得很到位："只要是您选择的，我都会满意。"正当画家感到说不出的温暖与妥帖，卡罗便开始了他冗长的艺术指导："我会简简单单地只是让维纳斯以一种看着自己最爱的事物将要逝去的感情拥抱和爱慕着阿多尼斯。阿多尼斯披着紫色的斗篷，大腿上带着伤，身上还流着几道血，打猎用的衣服丢在地上——如果这不会占用太多的空间的话，那就再来一条优良的猎犬。我会略去山林水泽女神、美丽快乐的三女神。那些有助于阿多尼斯并看着他，还用自己的翅膀为他遮阴的丘比特也都省去。我只会为远处的那些丘比特留些空间，他们正从森林里往外拖一条猪，有些拿弓敲打它，另一些拿箭戳它，第三拨则用细绳把它捆起来，好带来给维纳斯。"不但近景的内容规定得结结实实，全无发挥余地，比如斗篷要紫色、血痕要几道，就连远景那模糊不堪且难以引人注目的内容都由不得画家做主，必须得画丘比特拖猪。

就算委托人性格爽快，从不唠唠叨叨，艺术家创作时也多半会主动征询委托人的意见，和委托人有来有往有商有量，仿佛开一场没完没了的艺术座谈会。当然，谁都希望甩掉创作的桎梏，但文艺复兴时期的艺术家担心的是更现实的问题：如果你想恣意发挥艺术才华，想下笔或下刀时洋洋洒洒，懒得听任何人的话，你就要做好被退货的准备。艺术很伟大，但这世道就是出钱的人才是老大。

所以，当时许多画家在创作时不但不会避开委托人的干涉，反而会把自己送上门去聆听教诲，恨不能一滴泪的光线折射、一串脚印的大小深浅、一个发卷的蓬松度都按照客户的指示来办，以免将来返工。朱利奥·罗马诺写信向曼图瓦的费代里戈公爵报告城堡的工程进展，信中可怜巴巴地请示道："如果建议和指示应当画哪些马匹和哪些鹰隼会令阁下高兴的话，他们很快会完成。"马泰奥·德·帕斯蒂在写给皮耶罗的信中，谈到皮耶罗委托绘制的《彼特拉克凯旋仪式》时如此恳求："我已经收到了您关于'传闻的凯旋'的指示，但我不知道您想让坐在车里的那位女子穿简朴的衣服，还是像我打算的那样，让她披斗篷。其他的我都知道，要画四只大象，给她拉车，但是请告诉我，您是想要她的随从中只有年轻人和女子呢，还是想同时画几个有名望的老头呢。"

文艺复兴时期，委托人对艺术家的干预如此之深，不免给艺术家戴上了沉重的镣铐。但镣铐并未阻止文艺复兴的艺术家们献上一场震古烁今的表演，这一方面要归功于艺术家的盖世才华，另一方面，也要归功于委托人不俗的品位。定制一件艺术品价格不菲，这决定了绝大多数委托人非富即贵，身份以君王、教皇、贵族居多，总之都是精英。他们腐朽不腐朽、道德不道德另说，但不可否认的是，这些在社会顶端的人，受过最先进的教育、有过最丰富的享乐、看过最辽阔的风景，精致的日常生活顺理成章地会将他们塑造成高品位的一群，在他们指点下打造出来的艺术品，可想而知不会太糟。

所以被委托人束缚并非都是灾难。17世纪荷兰艺术家就从贵族的赞助中解脱了出来，但华丽转身之后，面对的是更为糟糕的主顾，那便是品位欠奉的平民大众。多少荷兰画家跌跌撞撞，挣扎在市场需求的旋涡里无法自拔。

[意大利]提香·韦切利奥《维纳斯与阿多尼斯》，1554年。

维纳斯是希腊神话中的女神阿佛洛狄忒的罗马名。阿佛洛狄忒与阿多尼斯的故事是最著名的希腊神话之一。阿佛洛狄忒爱上了俊美绝伦的阿多尼斯，而阿多尼斯不爱美人爱打猎。因为预见到将有可怕的事情发生，阿佛洛狄忒苦劝阿多尼斯放弃打猎这一危险的爱好。但阿多尼斯一意孤行，终于在一次狩猎的过程中被战神阿瑞斯变身的野猪杀害。历代画家最爱表现两个场景，一是阿佛洛狄忒挽留阿多尼斯，一是阿多尼斯之死。前文提到的安尼保·卡罗，就是想委托吉奥尔吉奥·瓦萨里创作挽留阿多尼斯的场景，主要内容跟提香这幅画很近似。

［荷兰］威廉·克莱兹·海达《有牡蛎、高脚杯、柠檬和银碗的静物画》，1634年。

17世纪时，静物画颇受荷兰大众的喜爱，它们所象征的宁静而美好的生活叫平民心折，但欧洲学院派一直将静物画视为艺术的最低形式。的确，几颗水果几把蔬菜怎能与耶稣诞生、普罗米修斯被缚、苏格拉底之死这样荡气回肠的题材相比？静物画要真正扬眉吐气，得等到19世纪，“为艺术而艺术”运动提出了一句口号：“画得好的萝卜比画得不好的圣母好。”从此以后，绘画不以题材论高下，当以画艺分英雄。

◇

1485年佛罗伦萨奥斯佩达勒·德格利·伊诺森提修道院院长与画家多米尼克签订了一份合同："1485年10月23日，弗兰西斯科同意由多米尼克绘制由弗兰西斯科完成并提供的面板。这块面板多米尼克要画好，还要归还。多米尼克要按照草图中人物的画法和我与博纳多认为的最好方法，亲手给面板上色，不能违背草图的画法和布局。他必须自己出钱买好的颜料以及金粉给需要的装饰上色。其他的费用也是他出。蓝色颜料必须是天青石做成的，一盎司四弗罗林。他必须在三个月后的今天提交完成了的面板。他将得到一百一十五弗罗林作为面板的价格……如果多米尼克未能在上述期限内完成绘制，将被罚款十五弗罗林。"

这份委托人与艺术家签订的合同，展现了文艺复兴时期艺术合同的最大特点，那就是事无巨细、不厌其烦。"这块面板多米尼克要画好，还要归还"这种近似于废话的要求，都郑重其事地记录在案。不过，鉴于当时的确发生过艺术家因私人原因而拒绝将成品交给客户的事情，其中最有名的一桩是达·芬奇拒交《蒙娜丽莎的微笑》，所以"还要归还"几个字在合同中就显得不可或缺了。

彼时的艺术合同绝非我给你钱、你给我画那么简单，里面有林林总总的要求，大到作品内容、作品尺寸、创作技法、完成日期、支付条件、违约处罚，小到要不要求艺术家亲手完成作品，作品会用多少颜料和石材、用什么品质的颜料和石材、会用多少金箔这样的珍贵材料，都在合同中逐一约定明晰。画家想钻空子？没门儿。对于作品最终呈现的效果，当然亦有要求。1478年圣安东尼奥教堂同刺绣工贝尔纳多签订的合同就规定，刺绣品必须比贝尔纳多提供的样本美得多。甚至就连交货以后的事，合同都有规定，比如1466年10月17日一位贵族与画家彼得罗・卡尔泽塔签订的合同就规定了作品的保质期："彼得罗师傅允诺确保上述作品将会是高质量的、坚实的，并且能维持至少二十五年。"

合同对颜料、石材、金箔的数量和质量规定得如斯细致，私以为是艺术的价值不好判断之故。委托人自然都希望自己付出的金钱有所值，不愿被画家坑蒙拐骗，那就只好在一些能明确计算价格的部分尽可能约束。伊芙琳・韦尔奇《文艺复兴时期的意大利艺术》一书里有一项统计数据，意大利1285年到1537年间拟定的合同中，木质结构的花费约占整体价格的五分之一，金箔的花费约占三分之一到二分之一。画的价值不好确定，但画框的价格是明确的；雕塑价值几何不能一锤定音，但石材的好坏是有目共睹的。

所以委托人签合同时在这些方面颇下工夫。有了高级画框、贵重颜料、上佳石材保底，作品的实体部分至少是值钱的，自己不至于太亏本。纵观文艺复兴时期的艺术合同，出现频次最高的颜色是蓝色和金色，因为从中世纪开始，便以蓝金两色为贵重。本节一开始画家多米尼克签订的合同就是一出"蓝金交响曲"，彼得罗・卡尔泽塔在1466年签的合同亦不例外："在这个礼拜堂中，彼得罗将用湿壁画画法在天花板上绘制四先知或四福音书作者，背景是蓝色，其中要点缀有用纯金绘制的星星。这个礼拜堂中所有的大理石片如同其中的大理石人物和有雕刻的柱子一样，也应该用纯粹的金色和蓝色绘制。"

蓝色与金色是如此受欢迎，以至于画家中出现了投机取巧之举，达・芬奇对此曾义正词严地批评："我认识一些画家，他们为取悦于俗人，无耻地在他们的图画中涂上黄金色和蔚蓝色，他们还傲然宣告，他们也能同其他大师画得一样好，只要人家付他们更多的钱。呵，我诅咒这些蠢材！谁阻止他们去创作优美的图画呢？去宣布'这幅画值这么多价钱，那幅画则便宜些，另一幅画则是市场货色’，并以此证明各种价钱的图画，他们都能画的？”

最后，我们回过头去说说那个刺绣品合同。“美得多”是个极不恰切的表达，不过文艺复兴时期不比现当代，艺术还未失去标准，随便涂抹几个色块如马克·罗斯科的《橙，红，黄》一般的作品还不可能拍上八千六百八十八万美元这样的天价。正如贡布里希所说，从前那么长久以来，“确实有过各种各样的思想学派在相互争论‘美’到底是什么……但是我们无须由于他们有这些争论就忽视争论者之间有多么大的共同基础，忽视他们心爱的艺术家之间有多么大的共同基础”。虽然不同的人对美有不同的理解，但总的来说，对什么是美、什么是丑，绝大多数人还是能够达成共识的。

不过这种情况从18世纪末开始发生变化，艺术渐渐失去了统一的评判标准，艺术家们彻底放开了手脚，所以出现了野兽派、立体派、未来主义等各种画派，或者换个说法，出现了各种妖魔鬼怪。想怎么画就怎么画，别人若笑你太疯癫，你只用笑别人对画中深意看不穿，便可蒙混过关。从此以后，你恣意在画板上勾几根线、戳几个点，只要想出某个精彩的噱头，也能跻身世界一流。真是咄咄怪事，文艺复兴时艺术家受到种种束缚，却能创作出诸多的伟大与不朽之作，而挣开一切束缚、获得全面解放的现当代艺术家，可以无所禁忌地创作美了，某些人的画却愈来愈丑了。当然，现代亦有许多了不起的艺术家，但对那些一心只想靠着标新立异搏出位的人，我始终想要诚恳地提醒他们一句：别拿丑陋当个性，别用不知所谓的画面掩饰你们的空虚，别以为看官们全都猪油蒙了心。空洞苍白的作品终会被碾成齑粉，或是沦为笑柄。

[美国] 马克·罗斯科《橙，红，黄》，1961年。

◇

以《夜巡》一画闻名于世的伟大荷兰画家伦勃朗，在1656年宣告破产。法院执行人员查封了他的房子与财产之后，在他家找到了大量别人打给他的欠条、已过期的票据和未兑现的支票，价值早就超过了他的债务。也就是说，伦勃朗先生有的是钱，如果他能记得收债和及时兑现支票的话。他的破产，完全是大咧咧的个性造成的。

◇

日本江户时人擅做生意。水流湍急的河边常有赤裸上身的人守候，他们是背人过河的夫役。当有顾客上前询问，夫役们会报出一个较高的价格，并告诉顾客之所以要高价是因为河水颇深。而顾客在过河时也会感觉这钱花得值，因为河水果真不浅，夫役需挣挣扎扎才能破浪而过。待顾客上岸，夫役从河的这边又回去另一边招揽新生意时，顾客才知自己受骗：原来河床有深有浅，夫役背顾客过河时会专门挑拣深处过河，以讨个好价钱；做完生意之后，不必再耍苦肉计，不用再演苦情戏，于是夫役们从浅处轻松返回对岸。

◇

江户时代的日本旅店，除了派俏丽的女子到道路旁游说顾客入住，还常常放出经过训练的鸟雀，鸟雀身系写有店名的小丝带，飞往四周引顾客前来住店。这些小鸟，就是那个年代兼职发传单的大学生。

[日本] 歌川广重《东海道五十三次 · 小田原》，江户时代。

背人过河是项艰难的营生，有时需合数人之力才能涉水而过。

[日本] 歌川广重《东海道五十三次 · 府中》，江户时代。

[日本] 歌川广重《东海道五十三次 · 御油》，江户时代。

由此画可见，女子们揽客的手段并不温柔，可算是生拉硬拽。当时许多旅客都是结伴而行，要拉拽一群人住店可不易，为此她们发展出一整套秘诀：三个女子配合起来工作，在一群客人中拣身形最弱小的人下手，两女抓住此人的双臂，第三个女子强推此人的腰，只要将这个人顺利推进店内，自然而然，他的同伴也只能住进这家店了。

◇

在古代欧洲，纹章并非贵族的专利，许多团体、行会、个人都拥有自己的纹章，所以纹章的数量极其庞大。据统计，中世纪欧洲流传下来的纹章超过了一百万种。

彼时，各行各业、各团体、各人不但有资格设计一个纹章代表自己，到后来，甚至你不肯使用纹章都不行，强买强卖。以法国为例，从17世纪末开始，认证纹章已成为政府一项重要的创收手段：你向纹章管理局提出申请，希望自己的纹章获得官方承认，需要缴纳惊人的费用。为了挣钱，政府肯定希望纹章申请多多益善，若你不愿申请，那就是敬酒不吃吃罚酒，自会有相关人士设计一个纹章强制你使用。而强制使用的纹章，你就别指望能有多漂亮，比如布列塔尼的一名药剂师就被强行授予了由一根针筒和三个尿壶组成的纹章。若想更改这颇具侮辱性的图案，不好意思，请重新缴纳一次申请费。若舍不得钱，就顶着尿壶生活吧。

◇

朱红颜料在北美印第安人中太受欢迎，以至于在1756到1763年间，英国、法国在与印第安人的交往中，把朱红颜料当作报酬支付给印第安人，印第安人也乐于接受。用一种漂亮的颜色作货币，总有种说不出的诗意呢。

◇

18世纪，你若漫步在苏格兰爱丁堡城，时常能见到一个身披黑色大斗篷、手持便壶的人正在卖力推销他的商品。此人叫作约翰尼，他

佚名1908年版《德国大百科全书》插图，约1908年。

图上是欧洲一些手工业行会的纹章。纹章上的图案清楚揭示出它所代表的行业，独特的纹章就是一个行业的名片。

推销的商品不是斗篷也非便壶，而是流动厕所：如果需要方便，只用缴付半便士，就能使用约翰尼提供的便壶，而黑色大斗篷将为顾客提供最严实的遮蔽。

这种特殊的商贩早在中世纪的巴黎就已出现。“巴黎小分队”的装备是斗篷与两只桶，客人小便用一只桶，大便用另一只桶。待桶满载，直接倒进塞纳河——没错，就是那条在近现代孕育出莫泊桑、左拉、巴尔扎克、都德等无数文豪的河流。以《包法利夫人》闻名于世的福楼拜，若了解塞纳河的过去，不知他是否还会特意让书房的窗正对塞纳河翻涌的波浪，并经常用彻夜不息的灯光为河上渔夫做指引呢？

◇

维多利亚时期的英国人最懂气囊的妙用。常年在野外修筑铁路的工人有福了，因为维多利亚时期的发明家设计了一种带有气囊的帽子。白天不充气，帽子还是帽子，为你遮阳避雨；晚上充上气，帽子就成了柔软的枕头，让你能在条件艰苦的环境中好好睡上一觉。胸部贫瘠的女性也有福了，当时的发明家还发明了气囊文胸。现代女性嫌胸小可以选择隆胸，但隆胸的问题在于，随着人生阅历的变化，审美也会发生变化，你未必会永远欣赏一种罩杯和胸型。但维多利亚时期的气囊文胸就不一样了，它不但能满足不同客户个性化的需求，还能满足同一客户不同时期的需求，你想要多大就多大，想调整成什么形状就调整成什么形状，随心而动。

◇

19世纪的英国，商人们可以恣意使用当时在位的维多利亚女王的形象为自家商品做广告。不论产品是丝袜还是肥皂，只要你愿意，你都可以让女王成为产品代言人，将女王的形象放在产品宣传页上，此举无需向女王提交申请或等待有关部门批准。

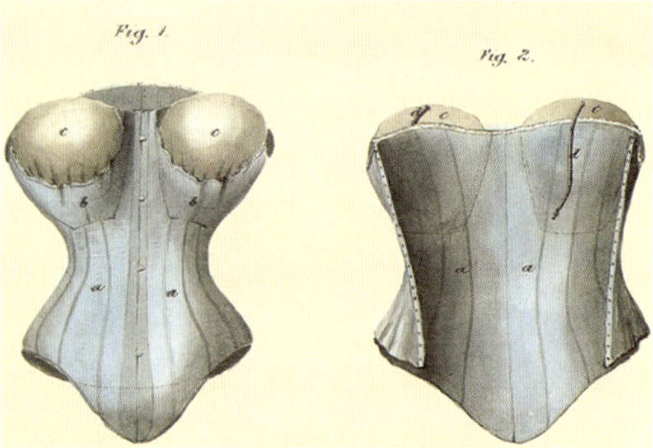

英国维多利亚时期气囊文胸设计图。不知这种文胸可有大量投入生产？但维多利亚人的奇思让人拍案叫绝。

19世纪女王蜂蜜皂广告。画面中身穿黑裙、头披白纱的就是维多利亚女王。女王大概还不知道世界上有这款香皂，就已经为它做了代言人。

达摩克利斯之剑

『只有嫉妒心是永存不灭的天性。』

赫梯国位于小亚细亚，存在于公元前19世纪至公元前8世纪之间。《赫梯法典》第一百九十九条规定：任何人与猪或狗发生性关系，都将被处决。不过具体情况也要具体分析，若是一头发了情的牛主动冲向一个男子，那么这头牛将被处死，男子却可以保命。不要笑，这条法律相当公平：与牲畜苟合有违人伦，但在后一种情况中男子是受害者，法律应予以保护。

◇

古希腊城邦斯巴达有一条法律：禁止斯巴达人反复讨伐同一个敌人。理由不是为着仁慈，而是担心反反复复的攻击就像一种变相的军事训练，将敌人训练得尚武好斗。这是相当明智的法律，多难兴邦，我们不能给敌国制造太多的苦难以助其兴邦。据说，此法的制定者是斯巴达政治家吕库古。

◇

公元前5世纪到公元前4世纪，雅典法律明文禁止独身主义。一个成年的雅典公民，若没有正当且充足的理由而选择过独身生活，立刻会被当成罪犯，要受到相应的责罚。希腊人敬神，禁止独身的原因可能正如柏拉图所说，每个人都有义务提供一个继承人，以接替自己继续侍奉神灵。你可以没后代，但神灵不能没仆人，为了供神也得生一个。

◇

古希腊的集市贩售琳琅满目的商品：面包、鱼、奶酪、蔬果、腊肠、野鸟、橄榄油、木柴……连书籍和结婚用的花冠都能在集市买到。集市竞争激烈，热情洋溢的商贩拉着顾客游说个不停，顾客不胜其烦。不过逛古希腊集市的顾客要牢记，绝不能因为不耐烦就对商贩们表示轻蔑，这种轻蔑为当时的法律所禁止。如果你表情厌恶地挣脱被拉扯的衣袖，对着商贩翻了个白眼，不好意思，你美好的集市之旅大概只能到此为止了。

◇

恺撒成为罗马实际上的独裁者后，曾要求他的保民官起草一个法案，规定当恺撒不在罗马之时，无论他跟谁结婚、结几次婚、跟多少个女人结婚，皆完全合法。恺撒此举，美其名曰为了有更多子嗣，其实大家都明白，醉翁之意不在酒。不过话分两头说，这样的法案虽好笑，但足见罗马人的法制观念已相当成熟，万万人之上的恺撒也需依法办事。否则恺撒只管任性，只管讨老婆，何需为自己的行为找什么法律依据？

[英国] 约翰 · 威廉姆 · 沃特豪斯《卖花摊位》，1880年。

画家描绘的是古希腊集市宁静而美好的一刻，事实上商贩为了招揽生意常常大声吆喝以及用力拉拽顾客。

◇

加图是古罗马监察官中最正直的一员，致力于反对罗马人的不道德行为。加图认定一位名叫罗西鲁斯的贵族行为不端，从而将该贵族驱逐出元老院，而罗西鲁斯的罪行仅仅是他在白昼当着自己女儿的面，亲吻了自己的妻子。由此可见两点，一是加图严于律人，二是不同的时代有不同的道德标准。在古罗马能断送一个男人全部政治生涯的放浪行为，以今人的眼光来看，不就是人家两口子秀了个恩爱吗？罗马人的某些道德标准在两千年后的今天显得荒唐，所以，我们最好也别以为我们现有的道德标准是永恒真理。

◇

公元前5世纪颁布的古罗马《十二铜表法》是西方古代最重要的法典，说它是现代西方律法之母都不为过。此法典以刑罚重而著称：行窃被抓到现行的奴隶、作伪证的人，将被投到塔尔佩欧岩下摔死；故意烧毁房屋和谷物的人，将被烧死；畸形的婴儿什么错都没犯，却连第二天的太阳都无法见到，法律要求立即处死他们……不过，残酷归残酷，在那个时代的大背景下，它却尽可能地帮助人们寻求到了某种公平。

比如在产权方面，法律规定你家的树当然是你的，但是你得保证你的树枝不会越界到邻居家去。不但树枝你得控制，连树荫都得管理起来，若你的树冠投下的阴影，影响了邻居的生活，那么邻居可以索赔——这一点即使放在今天来看仍然十分先进，我誓死捍卫你的权利，但你的权利不能侵害他人的权利，每一个社会动物都应当有节制地生活。再有，如果你用别人家的木料搭了房屋或葡萄架，别人不能随意拆卸你已搭好的成品，但可以要求你双倍赔偿木料。这条法律最厉害之处在于“别人不能随意拆卸你已搭好的成品”，你拿了人家的东西，这个部分是你不对，所以要求你双倍赔偿，但搭好的房屋和葡萄架中已有了你的付出，它们不再是单纯的木料，而是你的作品。木料所有人可以要回自己的财产，却没有资格摧毁你的劳动成果，过错方也有正当权利。

比如在家长权方面，法律规定一个人终身都在家长权的支配下，你爹要监督你、让你做苦力、打你、卖你、杀你，你都得高高兴兴地接受，哪怕你是国家元首，也逃不出你爹的手掌心。但同时又规定如果你爹三次卖掉你，你就可以脱离家长权，从此获得自由。这条法律的潜在逻辑是：三次贩卖自己儿子的父亲，根本没把儿子当自己的骨肉，既然父亲如此残酷，儿子自然不必再尽孝。

再比如在个人犯罪方面，法律规定“以文字诽谤他人，或公然歌唱侮辱他人的歌词者，处死刑”，罗马人大概是世界上最重视荣誉的人，你毁我清誉，我就要你的命，这条法律在罗马社会显得尤为公平。“毁伤他人肢体而不能和解的，他人亦得依同态复仇而毁伤其形体”，什么叫同态复仇？就是如果你切掉了我的耳朵，我死都不碰你的眼睛嘴巴鼻子，不过你的耳朵将被我合法地切掉。这种复仇是“以眼还眼，以牙还牙”的最高境界，既不会过度报复，也绝不会短斤少两，再公平不过。

就连搜查取证方面，此法也尽量向公平靠拢：正式搜查赃物时，搜查人必须裸体登场，仅用亚麻布围住腰部以避免不雅观。彼时无高端的检验手段，若搜查人想栽赃，太多花样可玩，于是才有了这项规定，让搜查人难以做手脚。裸体执法，就是罗马版的透明执法。

◇

严苛的《十二铜表法》，却颇有些人性化的细节。第一表规定，如果被告因为疾病或年老不能出庭，原告有义务为被告提供交通工具，这是为被告着想；在同一条法律里又规定，除非原告自愿，否则不必提供有篷盖的车辆，也就是说，只要原告帮助被告到庭就可以了，不必非要高级轿车，这又是为原告着想，不给原告额外增添经济负担。第三表规定，债务人始终无法还债的，债权人有权将自己家变身为一座临时监狱，把债务人拘禁起来，还要系以皮带或脚镣。这很残酷，但同时又规定了皮带和脚镣的重量最多到十五磅。虽然用脚趾头想想也知道，如果债权人铁了心要虐待欠债的混球，他的办法多了去了，但至少在这一个小环节上限制了债权人，让他不能对债务人太过分。第八表规定，夜里偷窃别人家庄稼的，如果犯人已达适婚年龄，不好意思，犯人必须被处死以祭谷神；但如果犯人还未达适婚年龄，则只需挨打和赔钱就可以了——这算不算是较早的《未成年人保护法》呢？

◇

下面我们来说说《十二铜表法》有趣的方面。后来越过越奔放的罗马人，在立法的当时还是很有节约意识的：法律规定火葬时用的木柴不得用斧头削光滑，就让它以粗糙笨拙的造型陪死者走完最后一程；死者不得有金饰随葬，只有一种例外情况，若死者的牙齿是金镶的，则准许一同火化；死者的葬衣以三件为上限，如果要给死者穿紫色的丧衣，一件就是上限。上述节约令还附带告诉了我们另外三项事实：第一，在社会经济还很落后的时候，一根削顺溜了的柴火就已经能在奢侈品目录上郑重留下一笔了；第二，那时已经有了镶金牙的技术，露着金牙哈哈大笑的暴发户形象至少可以追溯至古罗马；第三，在当时的罗马，紫色比其他颜色更尊贵，需要花费更多钱财，所以紫丧衣一件顶仨——其实，这个逻辑反过来也成立，也许正是因为紫色比其他颜色需要花费更多钱财才能获得，所以它才比其他颜色更尊贵。而《十二铜表法》最有意思的一条规定，莫过于“出丧时妇女不得抓面毁容，也不得无节制地号哭”，之所以出现这条规定，不知道是因为坚强的罗马人拒绝任何软弱行为，还是因为哭丧的妇女凭借她们惊人的肺活量成了罗马人生活中最大的噪音源。

◇

古罗马的暴君们，头上偶尔也会闪现几缕仁慈的光辉。尼禄在给死刑犯的判决书上签字时，经常垂头感叹：“要是我不会写字，那该有多好。”喜欢欣赏拷打之刑、一生杀人如麻的克劳狄乌斯，某次被人告知了一桩惨事：出席宴会的一位客人怕打嗝与放屁会得罪克劳狄乌斯，于是一直憋着，几乎憋死了自己。克劳狄乌斯信以为真，特意颁布一条玩笑似的命令：人们可以随意打嗝放屁，无需顾忌他在场与否。撒旦堕落之前也是天使，世间既无绝对的善，也无绝对的恶。

在古罗马，法庭是女人不可涉足的禁地。女人既不能当原告，也不能当被告，甚至不能当证人。总之女人的一切皆由家里的男人出面代理，法庭的神圣不容女人侵犯。

◇

在古罗马帝国时代，终于有一部分人开始考虑对奴隶好一点了。无论奴隶主们是为了用小恩小惠来提升奴隶的劳动积极性，还是因为社会愈加文明之后人心会逐渐变得柔软，总之，帝国时代的奴隶主有点慈悲为怀的意思了。多米提安皇帝禁止阉割奴隶，亚德里亚皇帝禁止贩卖奴隶给妓院，科鲁美拉甚至为奴隶呼吁起了日照权：“对于不戴镣的奴隶，居住的小屋最好能有春秋分时节正午的阳光；而对于那些戴镣的奴隶，他们的住所则应该是一种地牢，但卫生条件要尽量好些，应当有一些狭小而离地较高的窗子接受阳光。”权利虽不多，却也是奴隶的悲惨世界里一点小小的温暖。

◇

古罗马作家、演说家西塞罗，他成名于对西西里裁判官维勒斯的控告。维勒斯乃是一代巨贪，生活穷奢极欲，对这一点，西塞罗毫不留情地加以控诉。但西塞罗文采斐然，以至于所写的不像是对裁判官欲望与贪婪的控告辞，而像是一篇关于维勒斯精致生活的赞美诗：“但在春天开始的时候，他并不是根据西风或（望见）某些星星来判断春天的到来，而是认为在看到玫瑰花时，春天就开始了——他投身于劳作和旅行。在这个时节，他总表现得吃苦耐劳、不知疲倦，从未有人见过他骑马。实际上，就像比提尼亚的国王所习惯的一样，他坐着八抬的肩舆，背靠用马耳他的布料缝制、装满玫瑰花瓣的透明枕垫；他头上和脖子上各戴一个花冠，鼻子前还放着一个用最精细的亚麻缝制、有着细密网眼、装满玫瑰花瓣的香包。”不是根据西风与星星来判断春天，而是根据玫瑰——还有比这更美的控诉么？若这是桩罪行，芸芸众生将争当罪人。

◇

公元476年，西罗马帝国灰飞烟灭，各蛮族在西罗马帝国的老地盘上建立起许多新国家，同时也立了许多新法律。不过蛮族毕竟是蛮族，他们征服西罗马帝国之前也就是些原始部落，所以蛮族法典也没

[意大利] 切萨雷·马卡里《西塞罗公开指责喀提林》，1889年。

西塞罗口才了得，多次发表演说弹劾国家败类。喀提林企图谋夺政权，公元前63年，执政官西塞罗就在元老院发表了反对喀提林的演说，文采斐然，丝毫不输给对维勒斯的控告：“喀提林，如果黑夜不能用它的黑暗掩盖你们罪恶的集会，如果一家私人的住宅不能用它的墙壁挡住你阴谋的声音，如果它们都昭然若揭，如果一切都暴露在人们的面前，那么在这里再观望下去对你有什么好处？现在放弃你那邪恶的计划吧，听我的劝告，忘掉你那杀人放火的勾当吧……”

啥原则性的规定，尽纠缠小事，琐碎至极，阅读他们的法典几乎像读他们的生活日记。

比如法兰克人就在猪身上操了大心，他们的《萨利克法典》有整整一章用于说明偷猪这件事，对偷猪行为进行了史上最细致的划分。在偷猪过程中，任一环节的差异都可能导致不同程度的刑罚：猪圈锁没锁刑罚有差异，从猪圈里偷一头仔猪，除被盗物品的价值和赔偿费以外，应罚款十五金币，而在上锁的猪圈内偷一头仔猪应罚款四十五金币；猪是一岁还是两岁刑罚有差异，偷一头一岁猪罚款三金币，偷一头两岁猪则要罚款十五金币；猪有无生活自理能力刑罚有差异，偷一头还需要喝奶的仔猪罚款三金币，偷一头离开母猪能独立存活的仔猪只需罚款一金币。另外，就算不是偷猪也可能面临刑罚，打一头孕猪并致其流产，要罚款七金币。关于猪的律令如此之多，关于牛羊的也不少，针对不同牲口发生的不同事件有不同的惩罚，巨细靡遗，你想得到想不到的情况都有列举，简直就是一部《畜牧业犯罪百科》。

西哥特人同样在猪身上操心，只不过操心的事情变成了用橡子喂猪。《列奥维吉尔德法典》有好些关于橡子喂猪的规定，其中一条如下：大家一起用橡子饲养猪时，如若一个人拥有较多的橡子，而另一人拥有较少的橡子，那么每个人就根据自己拥有土地的大小来出橡子。举例说明，A 有五亩地，B 有三亩地，那么当需要出橡子做饲料时，A 出五袋，较贫困的 B 无需勉强，只要出三袋就可以了。法理不外乎人情，人情就是每人都只能量力而行，你若逼穷人捐一座教堂，即使上帝现身，穷人也照样办不到。西哥特人心里明白，“人有多大胆，地有多大产”是不科学的。

勃艮第人则是在砍薪伐柴、葡萄栽种等杂事上下工夫。《勃艮第人法典》规定若某个勃艮第人或是罗马人自己没有森林，那么，当他在别人的森林中那些已经倒地而无果实的树木上砍伐柴火，森林主人无权撵走他；如果某人未通知森林主人，就在人家的森林中砍伐已结果的树木，那么每砍一棵树就要付给森林主人一个金币；此外，这规定不但适用于果树，还适用于松树及云杉。这规定还是相当仁慈，你若自己没森林又需要用柴火，那么赐予你在别人的森林砍伐柴火的正当权利，不过呢，你得等大树自个儿倒下，同时还要祈祷它们身上没结果实。

虽说这些蛮族法典很“野蛮”，不过是解决各种生活纠纷的具体办法，极度缺乏原则，但是细究起来，这些鸡零狗碎的条文却体现了同一种法的精神，那就是追求公平：比如养了两年的猪明显比养了一年的猪耗费了主人更多的精力，所以盗窃两年猪理应受到更多惩罚，这很公平；橡子喂猪一事亦如此，且不论那样的规定是否当真合理，但让各家人按土地财产的多少来提供相应比例的橡子，显然是为了寻求公平；你没有柴火，我让你在我地盘里砍伐柴火，这是为保障穷人的基本生活，是对穷人的公平，但你砍掉我那些正在茁壮成长或结满果实的树木，却是让我蒙受了过分的经济损失，所以此举不被允许，这又是对富人的公平……蛮族法典也向我们再次证明，追求公平是人类的天性，跟人种、民族及文明程度无关，正如熊逸在《我们为什么离正义越来越远》中所述：“只有嫉妒心是永存不灭的天性，它促使人们产生‘平等’的意识并萌发对‘平等’的追求，后者又使人意识到自己的独立与自由，在（无论任何领域里）向强者看齐的过程中博弈出自己的权利。”

公元6世纪的《查士丁尼法典》有一条很温情的法律，规定如果你在道路旁修剪树枝，要大声提醒来往行人留心：“请注意，树枝可能会砸在您身上。”你若偷懒或是马虎，没有明确给予警告，那么当树枝砸到并伤害了行人，你就要承担相应的责任；你若已高声警告，那么即使行人被树枝砸伤，也不能追究你的责任。不知道这一条规定是不是现代法律中告知义务的滥觞？

◇

中世纪拜占庭帝国的《士兵法》规定，士兵在战场上丢了武器也当受罚，“因为他使自己没有了武器并且武装了敌人”，对己方的伤害是双倍的。

◇

穆罕默德二世，奥斯曼帝国的苏丹，在15世纪东讨西伐，灭了已存续千年的拜占庭帝国，创建了庞大的奥斯曼帝国。自己胼手胝足打拼出来的事业，于情于理都须好好守护，为此，牺牲什么都值得。所以在1477年，穆罕默德制定了一条大义灭亲的法律：“朕的儿子中继位的那个人，有权杀死自己的兄弟，以维护王位及国家安宁。”帝王们都清楚，多余的儿子不是儿子，而是帝国潜在的灾祸，但真能自己下狠手剁掉亲骨肉的，毕竟是极少数。

完全无法想象，如此冷硬的穆罕默德，在1453年攻进君士坦丁堡、取得人生最大一项功绩时，庆贺胜利的方式不是屠城也非挥霍，他以凄惶的语气，吟诵了波斯诗人菲尔多西的一段诗歌：“蜘蛛在帝国的宫殿里织下它的丝网，猫头鹰却已在阿弗拉希阿卜的塔上唱完了夜歌。”这是穆罕默德强硬的一生里难得的柔软时刻。

◇

如今犯罪活动多发生在夜间，但欧洲中世纪的情况不太一样。学者克罗德·戈瓦尔统计了法国中世纪的赦免书，发现有百分之四十四的案件发生在白昼，夜间犯罪只占全部案件的百分之二十五。出现如此反常的情况，大概有两个缘故。一是中世纪是名副其实的“黑暗世纪”，照明用品很珍稀，直到13世纪，灯笼也是爱马仕一样的存在，所以入夜之后两眼一抹黑，看不清来者是谁，亦分不出敌我关系，该如何实施犯罪？二是中世纪也是名副其实的“信仰世纪”，夜晚没有光明，正是魔鬼、妖怪、女巫活动的时节，因此中世纪人对夜晚心怀畏惧。

现在，回过头来说说为什么如今夜晚是犯罪活动的高发期，这不仅仅是因为夜色能够帮助罪人们隐藏罪行。更重要的理由，是脑科专家告诉我们的。人的思维活动由大脑的额叶系统和颞叶系统来控制，情绪活动由大脑的边缘系统来控制，两种活动之间会互相抑制。若额叶和颞叶较活跃，则边缘系统受到一定的制约，这时候思维活动就会占上风；反之，思维活动则会处于劣势。在白天，大脑的额叶与颞叶处于兴奋状态，于是理性思维成为你的主宰；而到了夜晚，大脑边缘系统活动加强，因而情绪又翻身成为你的国王。所以在夜间人们常常感情用事，陷入情绪化，容易被感动，也容易冲动犯罪。知道这一事实能帮助我们生活得更幸福——我不是想劝你天黑之后注意控制自己的情绪，我是想劝你最好选择在夜色掩映下向心上人告白，那时候对方的情感活动处于一天的峰值，接受告白的几率远大于白天。

◇

中世纪初期，北方蛮族入侵，西罗马帝国灭亡，先进的文明随之消隐，欧罗巴大地陷入了漫长的“黑暗时期”。日耳曼人的各个分支建立起许多国家，大家各自为政，又彼此斗争，打得不亦乐乎。那时候解决国际争端，可没有太多在友好氛围中进行的圆桌会议，更多时候是直接诉诸武力。根据日尔曼人的观点，有了矛盾直接动手不是野蛮，而是为了鉴别神的旨意。战场就是神主持的法庭，神认为谁占理，就一定会让他们在战争中取胜，换句话说，打仗打输了的那方绝对是非正义的，否则神干吗不让他们获胜？总之，胜利即正义。后来观念又变身了，不再拿神的旨意说事儿，而是认为有了争端敢于诉诸武力是一种理直气壮的表现，如果你不愿动武，说明你自知理亏。不想被误会成理亏的一方，请及时出手。

◇

北方蛮族征服了西罗马帝国，然而他们又被基督教征服，变成了上帝的信徒。所以中世纪时蛮族虽各自为政，但大家都在教会的势力范围内。蛮族人产生矛盾，爱用决斗来判别正义方与非正义方，不过打打杀杀与基督教教义不合，于是教会开发了一些较为“文明”的神意裁判法来替代血腥决斗，从此以后，只用玩几个“小游戏”，就能鉴别出上帝判定谁属正义。

十字架神判法是指当事双方在一个十字架面前站定，俩人同时将双手展开作十字架状，谁先垂下手臂谁便败诉，不过这个方法与其说是鉴别神意，不如说是考验体力。十字架神判法还有另一种玩法，跟玩大乐透似的：牧师事先准备两根一模一样的木棍，一根棍上刻有十字架图案而另一根棍光溜溜，然后用织物将木棍包裹得严严实实，无法泄露任何玄机，之后便将木棍放在圣坛上。随后，牧师走向圣坛，选择任意一根木棍，剥开织物，若木棍上刻有十字架，则证明上帝认为你无罪；反之，则证明你有罪。

火烧神判法有好几个不同的版本，版本一的游戏规则是让被告将手探入沸水之中取物，若上帝保佑你未受伤，则证明你无罪。《殉道者之荣光》一书对此有生动鲜活的描绘："火焰升腾起来，汤釜置于其上，水剧烈地翻滚，一枚小小的戒指投入沸水之中……（被告）挽起袖子，将右手伸入釜中……火焰熊熊燃烧，对他来说，在沸水中抓住这枚小小的戒指真不容易，但他最终把它捞了出来。"版本二是玩障碍穿越，牧师在地面上插满烧红的犁头，被告蒙上双眼，光脚穿过这片地，没有碰到犁头则证明无罪。版本三是直接抓被牧师事先烧红的铁块，接下来神职人员为你包扎好烫伤，三天后打开绷带，烫伤消失无痕则证明你无罪。

没水神判法是将被告双手与双膝捆绑呈弓形，投于江河湖海之中，不过规则恰恰与逃脱大师胡迪尼的魔术相反：你若成功挣脱绳索的束缚，浮上水面，你就输了，这证明你有罪，接下来你得受罚；你若未能从汹涌的波涛中逃脱，沉入水底，则证明你无罪，但这个无罪证明对你一点意义也无，因为你多半已被淹死了。同样是没水神判，公元前18世纪《汉谟拉比法典》的逻辑就合理多了："设若某人控告他人行妖术，又不能证实此事，则被告应走近河边，跳入河中。如果他被河水制服，则揭发者可以取得被告的房产；反之，如果河水为被告剖白，使他安然无恙，则控告他行妖术的人应被处死，而被告可取得揭发者的房产。"相比起来，中世纪教会的没水神判法简直是恶意昭彰。

蛋糕神判法是在圣坛上摆上蛋糕或奶酪，祷告之后，被告吃下这块蛋糕或奶酪，若喉咙没被噎住，则证明无罪，反之则有罪。

对中世纪的被告而言，几种神判法孰好孰歹一目了然。蛋糕神判法显然最优，胜率无限接近于百分百，连幼儿吃点心都不易被噎住，何况成年人？十字架神判法和火烧神判法看上去是赌运气，但显然有作弊的余地。你若留心细节便会发现，替被告选择木棍的是牧师，替被告在地面插上烧红犁头的也是牧师，检查伤口的还是牧师。牧师把控着一切，若牧师有心帮被告脱罪，只需不动声色地替被告选择刻有十字架的木棍、在地面上稀稀拉拉地插上几个犁头以及放宽伤口鉴定的标准即可。最危险的是没水神判法，十有八九是死。

照人之常情，每个被告都会选择蛋糕神判法，可惜事实并非如此，不过这倒不是因为被告们不愿意，而是他们并无选择的权利。那时候的教会可不是电信营业厅，你想选什么套餐就选什么套餐，教会根据你不同的身份和社会地位，早给你安排好了相应的业务套餐。若你出身高贵，有十字架神判法和火烧神判法供你选择；若你生活在社会底层，不用担心，教会为你量身定制没水神判法；若你是教会内部成员，那么你该在神前起誓吃蛋糕了。

看出门道了吗？神职人员为自己选择了安全系数百分百的蛋糕神判法，因为此法，任何一位神职人员都不会被判有罪，且受审过程体面而尊贵，教士们只需当众享用一份甜美点心，便证明了灵魂的洁净。对社会的中上层人士采用十字架和火烧法——只要他们愿意，大可动用钱财或权力请牧师为自己作弊，反过来说，这两种专为上流社会设计的神判法，也为教士敛财以及争取上层社会的势力开辟了新途径。而那些贫苦无依的人，只能采用没水神判法，感受来自世界的深深恶意，那就是这个世界无论如何都要将他们除去，就像除去一堆垃圾——如果说教会一开始用神意裁判来替代决斗是出于慈悲和仁心，那么，后来他们对不同阶层的区别对待则证明，伟大的信仰很难打败自私的人性，一万个上帝也抵挡不过一颗想要自利的心。

◇

不止欧洲人倚赖神判法，古代世界各地的人民都笃信这一套。譬如古代日本就有毒审制度：在一口壶中放入毒蛇，让嫌疑人探手入壶，如果他为毒蛇所咬，但神明保佑毒液不在他体内发作，那样嫌疑人就被视为无罪。可想而知，除非你的身体素质堪比圣斗士，否则在这种神判法中都是死路一条。死亡率极高的毒审，与其说它是神判法，不如说是极刑的一种。

◇

只有极少数天赋异禀的人能直接“听”到神说话，绝大多数人都不明白神在想些什么，不得不通过一些方式来搞清楚神的小心思。日耳曼人用战争来鉴别神意，中世纪的教会用铁块或蛋糕，16世纪的清教徒就用赚钱。

按理说，一位虔诚的基督徒不应当为尘世的财宝所迷惑，但清教徒捞钱却捞得理直气壮。他们拼命工作和做生意，过劳死几乎成为清教徒最主流的死法，看银行存款数蹭蹭往上涨，清教徒心里乐开了花。但他们乐开花不是因为可以过上奢侈的生活，清教徒的一生可用杜甫的名句来概括——“富贵于我如浮云”，亦可用豆腐西施的名言来概括——“阿呀阿呀，真是愈有钱，便愈是一毫不肯放松；愈是一毫不肯放松，便愈有钱”，他们的生活简朴到了病态的地步。清教徒之所以为财富乐开花，是因为他们认为通过努力工作就能挣到钱，这是蒙神拣选的标志，他们的理论是“在我们的工作中，我们撒网，但把那一切带进网中的是神”，以及“这是一种恩典的伦理观，任何从工作而来可见的赏赐，它们都是神恩典的赐予”。如果你挣不到钱，说明神没有站在你这边，贫穷的人不仅该为贫穷而哭泣，更该为被神抛弃而哭泣。

◇

中世纪是信仰的狂热世纪，但这并不代表当时的人们对天国和地狱以外的任何生活都不感兴趣。一本12世纪的生活指南里，提倡由那些聪明的、上了年纪的妇女担任检查员，给男子们做身体检查，以判断男子们是否有繁衍后代的能力。坎特伯雷的一位男性居民沃特·德方特就在1292年遭遇了这样的检查，他的妻子投诉他不举，于是十二个品行端正的女人来到他家中，为他进行了一次公平公正公开的检查。最后十二个检查员一致通过以下判决：德方特是如假包换的性无能。拿到这般检查结果，德方特的妻子就能够正大光明地外出寻欢了，不得不说，其实这挺人性化的。

◇

中世纪的手工业生产繁荣起来之后，各行各业都成立了自己的行会。从此，每个小手工业者都找到了属于自己的组织，或者更准确地说，是找到了自己的第二个家。说行会如家可不是夸张，以早期丹麦某行会的规章制度为代表，看看当时的行会可以温暖到何种地步。

该行会规章规定，当一个会员利益受损——无论是房子被烧还是船只遇难，此行会的其他会友都必须伸出援手；反过来，别人遭殃时你也不能逃避付出。加入行会之后，不但经济上的意外有行会成员同你一道分担，连生老病死都有了照应：一个会员患了重病，必须有两个会友在病榻旁日夜照顾他，不离不弃，直至他脱离生命危险；如果救治无效，会员最终病逝，行会其他成员必须负责将他安葬；若会员死后留下了孤苦的妻儿，而妻儿无力养活自身，行会还必须承担子女

[弗兰德斯] 昆丁 · 马希斯《放贷者和他的妻子》，1514年。

画中的丈夫称量钱币，妻子就在一旁翻阅祈祷书。从前放高利贷为教会所不容，现在赚钱和信仰却能够兼顾。中世纪末期，信仰世界开始向世俗化过渡，教徒甚至用赚钱的多少来判断神有无拣选自己。

的抚养费用，并让妻子成为行会的一个姊妹。一言以蔽之，加入行会就好比买了五险一金外加商业保险，你再也不用担心命运突如其来的重拳，生前身后事皆有了保障。在那个灾祸频仍、瘟疫肆虐的年代，行会为手工业者们提供了一小块风雨中的磐石。

◇

毫无疑问，勤劳是无上的美德。不过这桩美德并非在每个时代、每种体制下都受欢迎，比如在中世纪的行会制度下。13世纪《巴黎羊毛织工行会章程》就严格限制了羊毛织工的工作时间："在黄昏第一次钟声发出之时，就应停止工作。无论他们的工作进行到什么程度，在黄昏钟声响后，他们必须放下工作。"这可不是为了防止职工过劳死，行会不允许职工夜间加班，除了预防火灾、担心在夜间昏暗的光线下作业会影响产品质量外，更重要的是为了阻截职工抢夺同一行会其他兄弟姊妹的饭碗。另外还有一点供求关系方面的考虑，就是要控制产量，只恨不能做成限量版。手工业者并不知道市场经济中的供求理论，不过凭借经验就能明白，物以稀为贵，供不应求才能卖个好价钱。

关于这点，1345年《法兰克福呢绒业行会章程》表现得更明显："如果有人在两台以上的织布机上工作，应缴付同样的罚款……如果有人强迫做夜工，应缴付一马克。"加班加点赶工以及多使用一台生产工具，都将面临罚款，你抢夺同行的机会，你就要付出代价。

如果说限定工作时间之后，那些高效率的劳动者还是能生产出更多的产品、挣得更多的利益，那么1454年《律伯克皮革匠章程》则扼杀了这种可能性。它直接规定了工作量的上限：匠师在整个一年中所处理的老牛皮不得超过四百一十五张，小牛皮不得超过五百二十张，山羊皮不得超过三百张。凡违反规定，多处理了皮革的，每张皮革要缴付三个银马克的罚款。而那些新加入行会的单身人士，有权处理的皮革量就更少了，直到他结婚成家，才有资格获得全部工作权利，才有资格与行会中的其他成员一样勤劳。

行会为了避免同行之间的竞争、保证产品的价格，最终是为了保障所有从业者的福利，可谓煞费苦心。如果让行会来制定七宗罪，“勤劳”将替代“懒惰”上榜。只可惜，一个美好的出发点未必能通向美好的未来，打压勤劳显然不是长久之计。

◇

西欧封建社会的农民常常因生活所迫而逐步出售自己的土地，直至一无所有，只剩下面黄肌瘦的自己。到最后，连自己都出售，化身为奴，终生匍匐在封建主脚下生活。贩卖自己时内心该多么受折磨，但中世纪农民与封建主签订的委身文书简直比婚书还甜蜜。

下面，我们就来欣赏欣赏法兰克王国委身文书的标准格式：“我某某立委身文书于某某大人阁下。大家都知道，我没有任何衣食来源。因此，我请求你的恩惠，而你准许我委身于你的保护之下。所以我提出下列条件：你帮助我并供给我衣食，依此，我将服务于你并使你满意，并在我有生之年，我将许给你自由人的服务与服从，且无权脱离你的权力与保护，我的一生将永远留在你的权力与保护之下。我们彼此约定：倘使我们其中一方要破坏本合同，应付给对方若干苏里德（苏里德为货币单位）。本合同永不变更。又规定：本合同缮写、核对、签字一式两份。”

明明即将终生为奴，却绝口不提“奴役”之类的惨烈词汇，“我给你做奴隶”的残酷，被“我请求你的恩惠”以及“我的一生将永远留在你的权力与保护之下”的温情脉脉所代替。委身文书如此写，顾全了签订合同双方的心情，一来农民对封建主表达了感恩的心，封建主开心；二来农民对自己说“我不是出卖自己，而是寻求庇护”，也能自洽。另，彼时合同写作的要求与近世殊为不同，不止要求事实清楚，还需要华丽的文采与丰沛的情感。

◇

从15世纪开始，欧洲进行了整整三个世纪的“猎巫行动”，烧死了成千上万的巫师（受害者的具体数目尚无定论，从几万到一百多万的说法皆有之），其中百分之八十以上是女巫。明知承认自己是巫师会被杀，当然无人主动招供，那么官方如何鉴定谁通巫术、谁是无辜呢？不劳担心，人家自有高招。

17世纪，耶稣会的一位教士“采访”了从维尔茨堡宗教裁判所拷问室出来的数百位女巫，搜集足够多的材料之后，在1631年写了一篇关于女巫审判的“新闻观察”：“如果被告过着不道德的生活，那么这当然证明她同魔鬼有来往；而如果她虔诚且举止端庄，那么她显然是伪装，以便用自己的虔诚来转移人们对她同魔鬼来往和晚上参加狂欢会的怀疑。如果她在审问时显得害怕，那么她显然是有罪的——良心使她露出马脚；如果她相信自己无罪，保持镇静，那么她无疑是有罪的，因为法官认为，巫女惯于恬不知耻地撒谎。如果她对向她提出的控告辩白，这证明她有罪；而如果她由于对她提出的诬告极端害怕且恐惧绝望、垂头丧气、缄默不语，这已经是她有罪的直接证据。如果一个不幸的妇女在受刑时因痛苦不堪而骨碌碌地转眼睛，这意味着她正用眼睛来寻找她的魔鬼；而如果她眼神呆滞、木然不动，这意味着她看见了自己的魔鬼，并正看着他。如果她发现有力量挺得住酷刑，这意味着魔鬼使她支撑得住，因此必须更严厉地折磨她；如果她忍受不住，在刑罚下断了气，则意味着魔鬼让她死去，以使她不招认，不泄露秘密。”

把女巫审讯总结成一首诗，就是：“你虔诚，或者不虔诚，审判就在那里，不悲不喜；你认，或者不认，罪名就在那里，不增不减；你转眼珠，或者不转眼珠，魔鬼就在那里，不来不去；你挺住，或者挺不住，刑罚就在那里，不舍不弃；主动认罪，或者，让我冤枉你，进了宗教裁判所，你就是巫女。”基本上，只要你性别为女，同时又有人向宗教裁判所投诉了你，你就是女巫了，审讯只是个过场。

女巫审讯的神奇逻辑并非突如其来的疯狂，它堪称源远流长。早在公元4世纪或5世纪时，基督教神学巨擘奥古斯丁就有了与女巫审讯法异曲同工的逻辑：“我们与女人讲话必须要粗略、简洁和不动情感，就是那些圣女也不是没有危险。因为她们表现得越神圣，就越能诱惑我们，（使我们）在表面平静流畅的言语之下爬行于淫欲的泥淖之中。”连圣女都能将男人引向罪恶，何况其他女人？正如夏娃诱使亚当犯罪一般，世间的女人也会引发男人的淫欲，使男人耽于肉体享乐，从而引起罪恶，所以女人是撒旦。威廉·莱基在《欧洲道德史》中高度概括了神父们的论点：“女人被视为地狱之门和人类罪恶之本。她只要想到自己是一个女人，就应当感到有愧。她应当在不断的忏悔中生活，因为她给这个世界带来了灾祸。她应当为自己的服饰而羞愧，因为这是她堕落的象征。她尤其应当为自己的美貌而内疚，因为这是魔鬼最有威力的武器。”

在那个时代，不知道有多少无辜的女性，只因跟邻居拌了两句嘴，或是在人群中多看了某人一眼，就被人诬告成女巫。至于那些长相独特的女性，被诬陷的概率就更高了，一位中世纪的牧师认为：“如果一个老女人长着一张有皱纹的脸，眉毛处看起来像羊皮，长着有软毛的嘴唇，尖牙，眼睛斜视，具有尖利的嗓音或者如同责骂人一样的音调，并且有一只狗或者猫在她旁边，那么她就不仅仅是被怀疑，而是要被宣布为女巫了。”不过，生在一个如此疯狂的社会，早点离开人世也算解脱，反正遍街都没有人情味，只有成群结队的魔鬼。

◇

在16世纪的意大利，任何人都不得身兼两职，每人只被允许做一个行当。

请注意，这个限制远比你想象的更为严格。比如屠夫不能出售新鲜猪肉和牛肉，尽管屠宰牲畜之后顺手就能卖肉，但卖肉是肉店的工作，屠夫不能夺了肉店老板的势力；同理，肉店老板亦不能抢屠夫的生意。旧衣商人不得贩卖新衣，很公平地，新衣商人也没有贩卖旧衣的权利。旧衣新衣都是衣，出售它们却分属两个行业。丝商不得贩卖亚麻和羊毛制品，亚麻商和羊毛商也不能染指丝的生意。丝麻毛本是近亲，此刻却邈若河山。

彼时意大利的商业竞争太过激烈，于是才制定出如此神经质的规定，以保护各行各业的饭碗。每次看到这条规定，看到在16世纪的意大利新衣旧衣、丝麻毛彼此的距离，总会莫名地想起法国诗人普吕多姆的《银河》：“你看到繁星的夜晚，星与星近在呼吸之间，却不知我们彼此的视线，其实远隔着亿万光年。”

佚名《中世纪卫生手册》插图，1400年之前。

此图为中世纪的屠夫和肉铺。

◇

德国大作家歌德，年轻时候曾做过律师，以下是他的法庭辩词摘录：“啊！如果喋喋不休和自负竟能预先决定明智的法院的判决，而大胆和愚蠢竟能推翻业经得到证明的真理！简直难以相信，对方胆敢向你提出这样的文件，它们不过是无限的仇恨和最下流的谩骂热情下的产物……啊，在最无耻的谎言，最不知节制的仇恨和最肮脏的诽谤的角逐中受孕的丑陋而发育不全的低能儿……”“我不能再继续我的发言，我不能用这种类似渎神的话玷污自己的嘴……对这样的对手还能希冀什么呢……需要一种超人的力量，才能使生下来就瞎眼的人复明，而制止疯子的疯狂——这是警察的事。”看出来了吧？歌德改行做作家是明智的。他用飞扬的文采，把严肃的法庭辩论变成了诗歌朗诵会，只可惜，夸张而丰美的言辞无法救委托人于水火，法庭终究要靠逻辑和事实来说话。

神明在上

『我从黑暗的地下
升入阳光世界，在田野开花。』

古埃及很流行一种甲虫形的护身符：甲虫滚着一个粪球，粪球中有它自己的卵。古埃及人认为这象征了太阳走过天空之路以及重生。甲虫推粪球，今人看来多腌臜，古埃及人却从它联想到辽阔的天空与辉煌的太阳。

◇

古埃及人相信人死后灵魂是不灭的，灵魂将经由瀑布进入到太阳在夜间的隐匿之处——下界，接下来灵魂要游历下界十二国。不过这可不是什么“欧洲十二国三十日奢华游”，游历中充满考验。闯过五花八门的考验后，灵魂还要接受神的拷问。把一切都搞定，灵魂才能重返遗体，死者才能复活。

想复活，两项工作最重要。一是保存好遗体以待灵魂归来，否则灵魂回来一瞧，肉都绿了臭了，这还怎么复活？所以埃及人对尸体的保存高度重视，这就有了木乃伊。第二项工作是给灵魂准备一份在下界闯关打怪的游戏攻略，即埃及古老的诗歌总集《亡灵书》，内里包括了面对鬼神时的面试技巧、标准答案以及各种护身咒语。比如《亡灵书》中有一整章教死者如何向鬼神表达自己生前没有作恶，套路如下：“我没有对人作恶，我没有虐待牲畜，我没有在圣地犯罪。我没有知道不应知道的事情，我没有危害过任何人……我没有亵渎神明，我没有抢劫穷人……我没有杀人，我没有指使人杀人。”富人用彩墨抄写全文做成豪华版放进陵墓中；穷人无力置办全集，就挑选抄写一些历年重点考题做成简明版跟自己埋一起，而猜题猜得准不准，也无从求证。

《亡灵书》至今不乏拥趸，不过拥趸们不再着力于猜测神会出什么考题，而是用心欣赏诸如“我从黑暗的地下/升入阳光世界/在田野开花”这般美丽的诗句。

至于木乃伊，他们没能等到复活日的来临，在许多个世纪以后，承载着重生愿望的他们，要么为保健业做了贡献（埃及人相信将木乃伊磨成粉涂抹在身上能够保持身心健康，后来连英王查理二世都笃信木乃伊的效力，常年使用木乃伊粉，如同现代白领常年服用维生素药丸），要么在家装业中大放异彩（19世纪时埃及遍地都能发掘出木乃伊，数量多到不知如何是好，闲放着也是浪费，于是埃及人将木乃伊碾成粉末、制成涂料用来刷墙，修补墙体的裂痕，拯救了无数“破碎”的家庭），要么为能源业添砖加瓦（后来的埃及人发现木乃伊是极好的燃料，用来煮饭取暖再合适不过，于是多少木乃伊被扔进灶头，最后化作一缕轻烟消失在远方），要么为娱乐业尽了绵薄之力（19世纪许多木乃伊被卖到英国做表演，表演者一边讲解神秘的埃及文化，一边逐层打开已沉睡几千年的木乃伊，还将裹布碎片递给观众传阅，让观众近距离触摸古埃及之谜……解封木乃伊的表演是如此受欢迎，一次表演能招揽数千名观众，表演者赚得盆满钵满，观众也获得了前所未有的快感）。

说来说去，还是埃及人实际。逝者已逝，活着的人还要继续活，留着那么多干尸也无用，不如为活人做点贡献。

[古埃及]佚名《亡灵书》。

在画家笔下，冥界跟恐怖无关，白、青、棕几色的搭配亦叫人感觉清爽舒适，不像是灵魂闯荡冥界的场面，倒像是贵族游览花园的景象。

◇

古巴比伦人侍奉神灵如同照顾孩子，神庙里有给神洗澡的人，有为神烹调美食的人，有弹奏音乐以安慰神心的人，还有陪伴神像在卧室睡觉的人……乍一看，神庙活像一间育婴室。不过这种敬神的方式在古代世界并不稀奇，同样如此的还有笈多王朝（公元320年—540年）的印度教徒。教徒们会首先请神灵进入一尊神像，然后就开始细心照顾这座神像：晚上把神放在温暖柔软的床榻上休息，清晨用芳醇的食品将神唤醒，待神起床之后，用掺入了酸奶、蜂蜜和酥油的温水给神洗澡，接着替神戴上花环、穿上丝衣，把神的生活起居照顾得妥妥帖帖，之后才开始敬拜。日复一日，年复一年，皆是如此。就是略略好奇，信徒每天如斯摆弄神像，又是洗澡又是穿衣，神像会不会很快就被玩坏呢?

◇

古代希腊人的公共食堂，尤其是斯巴达人的公共食堂，常给人以这样的印象：所有男性公民齐聚食堂，坐同样的板凳，用同样的餐具，吃同样的食品，公民们和睦地用餐，进入食堂就像是进入了人人平等的乌托邦。但这样的印象与历史不符，事实上希腊的公共食堂比起食堂来更像是一座庙宇——平等又和睦的公餐，其意义不在于让希腊公民享受甜蜜，而在于取悦神明。希腊人坚信，神明想要看到公民们其乐融融的聚餐画面，那么团结一心，那么众志成城，一起敬奉神明与祖先，若不然，神明将不再怜爱希腊人。

所以，在雅典没有人民代表，却有公餐代表，众人抽签决定到底由谁做代表去参加公餐。这并非欢乐的权利，而是一项严肃的义务，不可缺席。若该去参加公费吃喝你却没去，对不起，你辜负的不是一顿午餐或晚餐，你辜负的是守护雅典的神明，天网恢恢，疏而不漏，届时你将面临法律的制裁。不单雅典如此，希腊其他城邦大多也如此。不过除去公餐代表，大多数希腊人到了饭点都会踱回自己的小家，和三五位家人坐在一起分享鱼头、洋葱、橄榄、莴苣色拉、麦片粥和掺了水的葡萄酒。

◇

1858年在小亚细亚的德墨忒尔神庙考古发现了大量古希腊的铅板，铅板上密密麻麻，刻满了希腊人对神明说的悄悄话。不过这些悄悄话既不甜蜜亦不温馨，既非祈祷个人幸福也非祝愿祖国强盛，铅板上刻满了诅咒。这是希腊人的风俗，当自己被侮辱与被损害，就在铅板上刻下诅咒敌人的言语，然后恭恭敬敬地送到神庙去，请神灵为自己报仇雪恨。这些铅板，其实就是希腊人对众神打的小报告。

◇

古希腊人认为神知晓世间的一切，所以万事向神请教。而在神庙里求神给予自己的指示，就是神谕。其中，德尔斐神谕最负盛名。由于期望在德尔斐的阿波罗神庙求得神谕的人太多，所以神庙启动了预约服务，求问者通常需要提前一个月预订，除非求问者具有优先权。那么哪些人具有优先权呢？德尔斐城市的公民拥有最高等级的优先权，这一点与近世殊为不同，外宾并没有高人一等，无法享受各种特供；相反，在德尔斐的等级序列里他们属于二等公民。另外，与德尔斐关系热络的某些城市或个人，德尔斐亦会授予他们优先权。

经过漫长的排队后，求问者头戴月桂花环进入阿波罗神庙的内殿，殿内有女祭司等待他的提问。女祭司坐在一只架在裂缝上的三脚凳上——请注意，裂缝是个重要角色——接着从圣泉里用手捧起圣水啜饮，并手摇月桂树枝、口嚼月桂树叶，然后俯身向裂缝，吸入从裂缝逸出的气体，这样一来，女祭司就可以传达神谕了。

裂缝中的神秘气体就像是光纤，帮女祭司与神明联通讯号。吸入神秘气体之后，女祭司就能接到神明递送的小抄，从而帮助求问者在人生的考场上找到正确答案。什么气体能帮人心通达上天？现代考古发现，裂缝逸出的气体不过就是乙烯而已。人吸入乙烯后，会产生幻觉与癫狂，这种幻觉与癫狂就是神谕的真相。说穿了，德尔斐女祭司们从事的神圣而伟大的工作，就是乙烯中毒。

◇

日本人自古崇拜富士山，甚至在战国时期成立了一个叫作“富士讲”的宗教组织，时常组织集体登山，好似现代的登山同好会。到了江户时代，攀登富士山成了所有老百姓一生的梦想。每年六月初一到七月二十日之间，富士山开山，信众可上山参拜。

但那些因工作缠身而无法前往富士山的信众该如何是好呢？没关系，参拜不了真富士山，便参拜富士山的替代品。江户人在城区内用泥石堆起许多人工小山，美其名曰“富士冢”，小小的山下有鸟居，山顶有神社，一切与真富士无异，只是尺寸缩小了而已。信徒们攀爬并参拜这些“假货”，虔诚不减。

◇

古印度有种独特的祭祀仪式，所用的牺牲是一匹公马，祭祀时由国王当众用金刀杀死。这些环节和古代世界绝大多数的祭祀大同小异，没什么奇处，但若了解了这匹公马生前最后一年的生活，你就能明白为什么这种祭祀是独一无二的。国王先挑中一匹公马，这匹马在经历一场盛大的净身仪式之后，就开始为期一年的旅行。旅行团由公马、王子、仆人、信使组成，不过旅行路线完全由公马制定，换句话说，就是马愿意往哪儿走就往哪儿走，高贵的王子领着仆从尾随其后，不作任何干涉——除了阻止公马交配。公马在这一年里，自由徜徉于碧水青山花红柳绿间，只要不过性生活，其他一切全凭它高兴。但一年时间一到，就像灰姑娘听到了十二点的钟声，公马的幸福戛然而止，即时被押送回宫，然后被国王杀死祭祀。大概对这匹公马而言，能享受一个自在的间隔年再死，也算是幸福，总比那些一生不曾自由过的同类来得快乐。

[波兰] 亨德里克·希米拉德斯基《扮演德姬的女基督徒》，1897年。

德姬是希腊神话里的一个女人，被仇家绑在牛身上拖拉致死。罗马人经常重演这个故事，把女基督徒当成德姬，绑在牛身上处死，尼禄时代就多有这种惨剧。基督教在最初的两百多年里经历了无数次政府的取缔和民众的暴力对待，罗马人处置基督徒时充满了残暴的趣味，模仿德姬之死只是创意之一，他们还会将基督徒放在一个巨型投石器里，向着高高的天空投射出去。另外，还会将基督徒放进木桶，再把木桶推下山坡，如果你以为蜷在木桶中滚下山坡还能活命那就大错特错了，因为木桶内满是锋利的铁钉。

◇

早期基督徒在捍卫信仰的过程中吃尽苦头，许多虔诚的基督徒在遭受了骇人听闻的刑罚之后，最终被残忍杀害。但奇就奇在，他们生前遭受了哪种刑罚，死去之后，他们就会成为哪个方面的保护神。

比如圣阿加莎，她拒绝了一位元老院议员的求婚，因此遭受各种严刑拷打，其中最严重的是被割去了乳房。在她惨死之后，后人尊她为圣徒，也尊她为乳房守护神，妇女相信若向她祷告，便可免除患乳腺癌的危险。

圣巴肖罗缪，耶稣的十二门徒之一。他不远千里到美洲和印度去传教，后来因为拒绝改变信仰而被当地的国王判了剥皮之刑。他死后，便自然而然地成了鞣皮工人和剥皮工人的保护神。

阿波路拿，她在众人对基督徒群起而攻之的公元249年，毫无畏惧地承认自己是基督徒，众人打落她的牙齿，满口是血的她最后葬身火海。之后，她便成了医生和牙病患者的保护神。

圣凯瑟琳，她时不时向罗马皇帝进言，劝阻其残害基督徒，还用出色的口才将皇帝派来游说她的异教徒们都变成了匍匐在基督脚下的子民。愤怒的皇帝赐她磔轮之刑，就是将人固定在车轮上予以鞭打。毫无悬念地，她死后成了车轮制造者的保护神。

最奇妙的是圣劳伦斯的保护范围。圣劳伦斯因为拒绝交出教会的财宝而触怒当局，罗马官员决定发挥他们恐怖的想象力，以世间最痛苦的方式处死他，那就是将他放在铁架上烧烤。圣劳伦斯至死未低头，烤到一半还跟行刑者开玩笑：“我这半边已经烤好，请帮我翻个面。”由于他躺在烤架上，自己都懒得翻个身，于是到了中世纪，他就被尊为懒汉的保护神。而若一块木炭和劳伦斯扯上关系，说是当年烧烤劳伦斯的木炭之一，那它立马会摇身成为防火灾的圣物——木炭来历的真假撇开不谈，姑且当它是真，那么明明就是它燃起熊熊火焰，夺去了劳伦斯的性命，怎么可能预防火灾？多么奇怪的逻辑。

中国古代各行各业各领域也有自己的保护神，而某个人物之所以能成为保护神，都是因为该人物在这个领域成绩斐然或能力超群，比如南宋抗击蝗灾有功的刘锜后来成了灭蝗保穑之神。回头来看看，西方人与中国人的思路恰恰相反——某个人物是因着失意才成为保护神的，你在哪里跌倒，你就在哪里成圣。你牙齿被敲，你就是牙齿的保护神；你死在车轮上，你就是制轮者的保护神。难道就没有人生出疑惑来：这些圣徒连自己的乳房、皮肤、牙齿都保护不了，要如何保护信众的器官？

◇

古代世界从来不乏信徒，多数人都对神明充满敬畏，但要常侍神前，未免太艰苦了些。不过精明如人类，多的是解决方案。

比如可以请人代自己向神明祈祷。中世纪时人们坚信祈祷具有力量，能够清洗与救赎人的灵魂；并且人们相信越是生活艰苦朴素的人，他们的祈祷越是坚强有力，最有可能被上帝收听到。所以，那些与世隔绝、生活单纯的修道士，就被视为最能与上帝沟通的人，于是贵族与武士开始付钱给修道士，请他们代自己向神祈祷。修道院以外的世界罪孽深重，谁也没少干争权夺利、烧杀掳掠的事，谁都需要向神祈祷赎罪，但贵族与武士的生活太忙碌，打仗狩猎、吃喝玩乐还顾不过来呢，哪有那么多空闲同上帝唠嗑？无奈之下，只好从修道士那里购买祈祷。祈祷变成一种商品，原本纯洁无暇的修道院就成了商场。从此以后，修道士匍匐在上帝脚下切切祷告的形象不再自带神圣光环，他们就像是流水线上的工人，生产出一拨又一拨的“灵魂洗洁剂”，销给世界各地的权贵们。

不过，权贵们往往不止购买一人的祷告，要救赎权贵们沾满铜臭与血污的灵魂，需要许多人合力祷告才能办到，就像是武侠小说中身负重伤的主角总是需要多位高手轮番向他输送内力才可活命一样。以征服者威廉为例，他戎马一生，成就了盖世功业，也为他带来了至少需要三千三百年的虔诚祷告才能赎清的罪孽。就算威廉不吃不喝不睡，余生都扑在祷告上亦无法赎罪，死后只能下地狱。好在威廉有的是钱，请数百位修道士齐力为自己祷告，则只需十多年，灵魂便可成功洗白。但是问题来了，越纯洁的人的祷告越有效，所以越纯洁的人就能接到越多委托祷告的订单，于是纯洁的人会变得愈发有钱，生活逐日奢华，也就不再纯洁，那么他们的祷告还有效吗？

请别人代自己祷告，但别人亦有休息的时候，总得想个办法让自己可以永侍神前，那就是赞助画家创作一幅宗教题材的绘画，而作为赞助人，可以要求画家将自己画成侍奉神明的形象，在画面中永远跪拜在神的脚下。比如15世纪的画家马萨乔创作的《圣三位一体》，画的中央是钉在十字架上受苦受难的耶稣，耶稣背后是上帝，左右是圣母玛利亚与圣约翰，在集齐所有的重要人物之后，画的两个角落里有一对虔诚的男女正在向这些重要人物敬拜、祈祷。而这对男女，正是这幅湿壁画的捐赠者。无论这对男女在现实生活中如何违背神的旨意，或是被享乐及战乱打断了祷告，在这神圣的艺术品中，他们都能诚挚地侍奉着上帝以及上帝身边最重要的人，从画好的那一天起，直至永恒。

向神祈愿，总要献上供品，而最诚挚的供品莫过于自己。然而愿意以命相谢的毕竟是极少数，多数人还是采用了既有满分诚意又能顾全自身的做法，比如像中国商代贤君汤那样，祈雨时剪点头发、指甲

[意大利] 马萨乔《圣三位一体》，1425—1428年。

画面外侧的男女便是此画的赞助人，他们用这样的方式永远敬拜上帝，不受俗世打扰。

敬献给神明，说起来冠冕堂皇，我取下了自身的一部分献给神，但此举多么奸猾，削减一点头发和指甲，于肉身又有何损害呢？另有一种做法，就是向神灵进献自己身体某一部分的复制品，比如在也门考古发掘出公元二三世纪时的阿拉伯铜手，便是当地的一位富人进献给神庙的供品。如此一来，连无伤大雅的头发与指甲都不用牺牲了，奉献金属、木材或石头做的手眼耳鼻即可。

请人替自己祷告也好，献上供品也罢，都是生前所做的努力。若一人还没来得及在神前侍奉、赎罪就已死去那该怎么办？不要紧，还有补救办法，只要雇上一个专门替死者承担罪过的人就好。直到19世纪中叶，英国还存在着职业承罪人，他们多半是乞丐，时人相信让他们吃下放置在死者胸膛上的饭菜，便将死者的罪过转移到了他们的身上。接下来，不管生前的生活是否光辉，死者都可以摆脱罪孽，前往天堂。

所以，人类就别再抱怨生活中尽是虚伪之人，就连对高高在上、法力无边的神明，人类都有使不完的虚情假意、动不完的歪脑筋，更何况是待人？想明白这个道理，就能更宽容地生活。

◇

神圣罗马帝国的第一任皇帝奥托一世，曾在入侵意大利的帕维亚时，戴上了意大利国王的王冠。据说，此王冠的冠边由铁钉制成，而那铁钉是钉耶稣上十字架的铁钉，在耶稣圣洁的血液里浸泡过，是不折不扣的圣物。不同寻常的原材料为这顶王冠染上了传奇色彩，奥托一世洋洋得意，他戴的不仅是尘世的王冠，还是天上的荣耀。

第一拨去东方朝圣的信徒从圣地带了大批圣物回到欧洲，于是引发了基督徒们长达数世纪的迷狂。一个小物件儿，只要包装和宣传得

[西班牙]埃尔·格列柯
《披着裹尸布的圣维罗妮卡》，约1580年。

相传耶路撒冷的女圣徒维罗妮卡眼见耶稣背负十字架前去赴死，便用一块面纱替耶稣擦拭脸上的血痕与汗水。就这样，耶稣的面容印在了面纱之上，成就了最著名的圣物——维罗妮卡的面纱。想想便知它的重要性，它相当于是耶稣一张绝无仅有的照片。只是从12世纪开始，这样的面纱便不断涌现，不知孰真孰假。

当，跟耶稣、圣母玛利亚或某个圣徒挂上钩，身价立时有云泥之别。当时流行的圣物有圣母的头发、乳汁，耶稣的眼泪、血液，圣徒的指甲、牙齿、下颚骨，等等，一小颗蛀牙的价格便可与钻石媲美。至于耶稣为全人类牺牲时所背负的十字架、头顶的荆棘冠，以及在耶稣赴难的路上维罗妮卡替耶稣擦脸、留下了耶稣面容形状的丝巾这种重量级的圣物，更是价值连城，一小块碎片就足以成为某座大教堂压箱底的宝贝。信徒们散尽千金不求还复来，只求十字架上指甲大小的木屑或是荆棘条上可怜的小刺。

圣物的真伪无从分辨，不过谁在意呢？这丝毫不影响信徒们追逐圣物的热情，难得有人停下来思考这些圣物存在的合理性。

持续了数个世纪的圣物崇拜，当然有很大一部分热情是源于对基督的纯洁信仰，不过在我看来，这种崇拜还来源于圣物的实用价值。在现代医学发轫之前，染上小感冒都有一命呜呼的可能，若是遇上稍微严重的疾病，无论你是穿金戴银的王侯将相，还是衣衫褴褛的平头百姓，基本上都只能躺床上等死。当求医无用时，只好求助于圣物。

因此，许多信徒是以买进药材的心情买回圣物的，认为触摸、亲吻，甚至只是目击圣物，就能被神力治愈。

历史上关于圣物治愈信徒的记载举不胜举，写纸上连起来可环绕地球一周。然而，这倒不能全都认定是谣传，我相信许多成功案例真实发生过，只不过起作用的也许并非耶稣或上帝，而是“安慰剂效应”。对相信上帝无所不能的虔诚信徒来说，圣物产生的安慰剂效应是加倍的。所以，圣物在那个年代应该当真治愈过不少绝望的病患，就算不能彻底祛除病魔，亦能带给病患闪亮的希望，而希望，不就是最可贵的么？

圣物如此珍贵，也难怪奥托一世对能戴上那样的王冠自豪万分。说到这里，再说两句奥托一世开创的神圣罗马帝国。从公元3世纪开始，北方各部族横扫西罗马帝国，到处袭击和掠夺，把帝国肢解。随后，踏着西罗马帝国苍凉的尸体，他们建立起无数个政权，形成一个野蛮的美丽新世界。这些部族和政权，就是今天欧洲各民族和国家的起源。但讽刺的是，当伟大不再属于罗马，当欧罗巴的巨人轰然倒下，这些蛮族在接下来的漫长岁月里，却一心想要重建被他们亲手砸碎的罗马帝国。做一位罗马皇帝，几乎成为蛮族首领们点击率最高的人生理想。而神圣罗马帝国，就是重建罗马帝国一次相对较为成功的尝试，且不说它有没有成功延续罗马的光荣与梦想，至少它命够长，一直从公元10世纪存续到19世纪初。

[西班牙] 弗兰西斯科・德・苏巴朗《拿撒勒之家》，1635—1640年。

年轻的耶稣在家中用刺蓟编织花冠，手指被蓟刺刺伤流出血来。圣母玛利亚转头注视心爱的儿子，神情哀伤，仿佛已预见到儿子的悲剧。这是一个悲伤的时刻，但玛利亚母子怎么都想不到，受伤后流出的血在某天会被当作圣物，价值连城。

◇

中世纪时，教堂的洗礼盘并不如现在一般敞开，它曾经有着盖子和锁，就像珠宝箱一样，可以被锁起来。因为用于洗礼的圣水被认为具有神力，彼时人们常想方设法搞点圣水来行一些秘密的魔法仪式，或是洒在庄稼地里以求好收成。圣水如斯珍贵，自然需要上锁防盗。

◇

一个名叫弗朗切斯奇诺·达·布利格内尔的商人，在1361年向那不勒斯的圣彼得教堂捐献了一块大理石板，石板上镌刻着商人将一大袋钱币倾倒在死神面前的画面，石板中央的铭文是商人灵魂深处的渴望："如果你能放过我，我愿意给你所有一切。"而死神的回答如秋风扫落叶般断绝了商人的念想："即便你给我所要求的一切，当那个时刻来临时你仍然难逃一死。"不过，人固有一死，但总想祈求上天让自己活得更长一些，商人捐献这件艺术品，正是为了祈求上帝与圣徒延长自己的生命。

基督教虽然致力于宣传人生如逆旅，尘世的生活只是永恒的时间轴上微不足道的一瞬，一个虔诚的基督徒绝大多数的时间将在天国里度过，但这并不妨碍基督徒们想把尘世的"一瞬"延长一些，再延长一些。关于死亡，许多宗教都给出了令人安慰的解释，然而另一个世界再美好、再辉煌、再永恒，亦难以消减人的求生本能。

中世纪不愧是"信仰的世纪"，世间一切皆与基督有着联系，就连金属的氧化反应与还原反应，都被当时的人们视为模拟了基督的死亡和复活。

◇

如今孩子都拼爹，在中世纪的欧洲，拼的却是教父和教母。那时候孩子出生后的第一件大事就是到教堂接受洗礼，成为一名基督徒。洗礼想要祛除的并非身体表面的污垢，而是体内的撒旦。神父在洗礼盘中盛满水，将婴儿完全浸入，一寸肌肤都不能遗漏，当一个人全身都被圣水洗过，撒旦也就无从下手了。这像极了阿喀琉斯被母亲浸到冥河水中获得力量的故事，唯一的不同是，任何神父都不会像阿喀琉斯的母亲那样粗心。给孩子施行洗礼时，家长得为孩子选定教父与教母，而教父教母也不是一般人能当的，地位、威望、虔诚的信仰，三者缺一不可。既然教父教母如此有身份，那么能多请到几位来给洗礼做见证，岂不是很有面子？于是大家比拼起了教父与教母的数量，这个数量往往跟孩子的身份地位呈正比。那时候，孩子在外面吹牛说的都是“我有十二个教父”。

◇

12世纪有一部广为流传的书，叫作《自然学者》，它是中世纪少有的把目光投向尘世而非天国的书。书中仔细描述了五十余种动植物的习性，且对这些动植物的描述都是来自作者的实地观察——看上去很科学吧？对，如果作者没有将鳄鱼称为“伪君子”，只因鳄鱼白昼在岸上活动而夜晚则在水里潜伏，“此外，鳄鱼能摆动其口鼻，也令人想到伪君子之浮夸，人前装模作样，满口《圣经》，实则有口无心”；如果作者没有将蚁狮视为既侍奉魔鬼又侍奉神的物种，只因作者认为蚁狮是蚂蚁与狮子杂交的产物，所以具有两面性。作者所谓的“科学观察”，最后都有一个神学解释——说穿了，这本关于尘世动植物的书，依然是为天国而写。

佚名《奇异人之狗头人》(《纽伦堡纪事》插图)，15世纪。

除了喜欢给现实中的动物赋予奇异的意义，中世纪人还特别迷恋传说中的奇异生物，狗头人、牛尾女、无嘴人、独眼巨人等出现在各种泥金手抄本、修道院柱头和廊柱雕刻上。到了中世纪晚期，这些奇异生物还吸引了一代又一代的旅行家向异域他方出发，只为寻得它们的踪迹。

◇

中世纪的修道院要求保持绝对的安静，僧侣们默默地抄录《圣经》、祷告、劳作、吃饭、散步、洗澡，常常一整天都不发出一丁点儿声音，活像一只猫。但僧侣之间也需要沟通，于是“修道院手语”横空出世，大家用手势来对话。为了保证沟通有效，大家约定一些共同的手势，这些手势还被修道院郑重地记录在法令之中。如果你在中世纪的修道院用餐，请记住：双手相互挤压表示奶酪，弹动大拇指表示盐，用手捏住脖子表示醋，用手做游泳的动作表示鱼，但表示鲱鱼是用手指点一点右侧鼻翼，表示鲑鱼则是在表示鲱鱼的动作后再加上在额前割一下的动作……手势很复杂，不过一旦学会便可在欧洲各修道院通行无阻，因为全欧洲的修道士都使用同一套手势，这大概算是最早的世界语吧。

◇

中世纪时，欧洲的主教们在修道院夜间熄灯这一问题上操了不少的心。6世纪初主教的教规规定，修道士们睡前只能点亮一盏小灯，油放得不多，所以灯火很快会因缺乏燃料而熄灭。此举是为了给修道院节省开支，当时的燃料可不是便宜玩意儿，黑夜里的灯盏是一种奢侈品。不过，这样做节约是节约了，却逼得修道士们只能破坏禁言的规定——当夜色笼罩、油灯燃尽，修道院漆黑一片，谁也看不清谁在用手比画些什么，互相之间需要沟通时便只能发出声音。节约诚可贵，禁言价更高，于是圣伯努瓦跳出来修改了只准点一盏小灯的规定，他规定修道院的宿舍应该整夜灯火通明，如此一来，修道士们入夜后也能像在白昼一般用手势沟通，在上帝之城里继续做一个安安静静的子民。

◇

中世纪时，教会致力于向人们灌输基督教的道德观，不过教会也不是死脑筋，知道教育要讲方法，编个趣味桥段来说教，绝对比数万遍地唠叨“十诫”来得有效。

所以中世纪教士们著书，颇流行“魔鬼的女儿们”这样的主题，他们明白，与其青筋暴突地振臂高呼“不可杀人，不可奸淫，不可偷盗”，不如给听众准备好葡萄干、热饮与糕饼，高高兴兴地讲一个关于魔鬼嫁女的巧故事。主体情节就如13世纪佛罗伦萨一份手稿的扉页上所写的那样：“魔鬼有九个被他嫁出去的女儿：圣职买卖嫁给了世俗教士，伪善嫁给了修士，抢掠嫁给了骑士，亵渎神圣嫁给了农民，伪装嫁给了军士，欺诈嫁给了商人，高利贷嫁给了市民，世俗浮华嫁给了主妇。而奢侈，她没有嫁给任何人，而是像一个普通妓女一样，把自己给了所有的人。”即使是最虔诚的信徒，也不愿听干巴巴的教条。这世界上，谁能拒绝魔鬼和他九个乖囡囡的故事？良药不见得非要苦口才好。

◇

中世纪时制作一本书非常艰难。首先纸张就来之不易，羊皮纸的制作工序复杂到让人目眩，从屠宰场到最后做出成品耗时约三个月。其次所有的书籍都是“人肉印刷”的——也就是由修道院的僧侣们一个字一个字抄上去的，一点捷径也无。一台技术成熟的“人肉印刷机”，每天运转八小时，一年下来撑死了也就完成一两本书。抄写工作日复一日年复一年，抄录的又全都是宗教书籍，即使有上帝作为精神支柱，抄录的僧侣也难免心生厌倦。为了调剂生活，僧侣们开始在书籍空白处写段子，诸如“我希望炉火能旺一些，可惜约翰兄弟不会同意”，或者“我希望可以快点完成工作，我想洗澡”。生活极为封闭的他们，就用这样的方式让自己的心声尽可能被更多人知晓，哪怕这样的心声微不足道。如果你以后有幸能看到珍贵的中世纪手抄本，别忘了在神圣的正文之外读一读僧侣们的“微博”。

◇

中世纪时的书籍极为珍稀，为防止书籍被盗，时人绞尽脑汁。

防盗手法主要分为物理防盗法与精神防盗法两种。物理防盗法就是像拴住马匹一般，用链条将书拴在书架或书挡上；精神防盗法则是在书籍上写满诅咒，彼时书的扉页鲜有“感谢某某先生对此书的贡

欧·罗斯《僧侣们阅读古登堡圣经》(《西班牙与美国插图集》中的彩色版画),1886年。

古登堡印刷术的发明对宗教界影响有二:第一,帮助僧侣逐渐从繁重的抄写劳动中解脱出来;第二,打破了教会对知识和《圣经》的垄断。全靠人工抄写的书籍极其昂贵,而古登堡印刷术使印刷品变得便宜。从前只有教会能够拥有的书籍,现在普通人亦能拥有,众人若想聆听上帝的教诲只需买一本《圣经》就好,不必再听教会的解释。可以说,古登堡印刷术的发明间接引发了宗教改革。

献”“谨以此书献给我的妻子”这般温馨之词，满满的都是诸如此类的严酷警告：“本书归米西的修道院S. 马克西明所有，受院长彼得之命写成，经他亲自校正标点，于升天节在圣斯蒂芬的圣坛上奉送给上帝和S. 马克西明……倘如有人以任何手段从这里拿起此书，毫不打算归还，就将招致叛徒犹大的恶名。阿门。”“无论任何人以何种手段于此地窃取本书，他的灵魂将受惩罚的报应而遭难，他的名字就会被从生命簿上抹掉，不再记入升天之列。”“但愿偷窃或转让此手稿，或者擦掉其书名的人遭受咒骂。阿门。”……总结起来就是：你偷我书，不得好死，罪人灵魂永堕地狱，天堂大门对你关闭，阿门。诅咒的刻毒程度再次证明书籍在当时多么难能可贵，否则哪个天主教徒愿意冒着触犯暴怒罪的风险来诅咒偷书贼?

当然并非所有警告都那么刻毒，也有人心怀一丝柔情：“但愿毁坏此书名的人，但愿以赠送、出售、借贷、交换、偷盗和其他任何手段从前述基督教堂故意转让本书的人，在其一生中招致耶稣基督、其母最光荣的玛利亚、神圣的殉教者托马斯的诅咒。如果他的灵魂能使基督教堂的庇护人基督高兴，就会在审判日得到拯救。”虽然我让耶稣、玛利亚、圣徒给你捎来“三位一体”的巨大诅咒，但我还是祝愿你在最终审判中能得到拯救，这已是我仁慈的极限，偷书贼本就该沦落到一无所有。

◇

从前，一人若与教会持不同意见，常被宗教法庭判为异端。不过，不单是人，天地之间万事万物都可能成为异端。自古彗星便被欧洲人看作灾祸的象征，1456年天空中划过的那一颗也不例外。那一年穆罕默德二世的军队跨过了达达尼尔海峡，严重威胁了欧洲的安全，在欧洲人看来，“恰好”出现在欧洲艰难时刻的彗星，毋庸置疑定是邪恶之物。于是教皇加里斯都三世在组织对土耳其人的东征之余，还顺带干了件大事，就是把那颗彗星开除出教。教皇下令，每天的祈祷不但要增加次数，还要增加内容：“愿主将我们从魔鬼、土耳其人以及彗星的邪恶中解救出来。”这颗被开除的可怜巴巴的彗星，就是大名鼎鼎的哈雷彗星。

◇

15、16世纪，欧洲很多宗教绘画作品上，常常画有实物大小的苍蝇。我们知道，不同的动物在基督教里象征着不同的人物或意义，比如狮子象征圣马可，公牛象征圣路加，鹰象征圣约翰，羔羊象征基督为人类所作的牺牲，龙和蛇象征撒旦，兔子象征淫欲，蹲在圣母脚下的兔子则象征淫欲被贞洁降服……那么，惹人厌的苍蝇在宗教画中象征什么呢？答案是：你想多了，它什么都不象征，它的作用等同于杀虫剂，是为了撵跑真正的苍蝇而存在。圣洁的宗教画岂容污染，真苍蝇若在画上留下粪便该如何是好？所以画个苍蝇来驱蝇。但问题又来了，为什么画个苍蝇就能驱蝇呢？因为时人普遍相信中世纪医学中的顺势疗法，也就是同物相克，放在这个案例里，就是苍蝇能克走苍蝇。这也是欧洲古代有许多人家在居室内悬挂害虫图片的原因。

◇

约翰·加尔文，16世纪法国宗教改革家，加尔文教派的创始人，与马丁·路德齐名。同加尔文本人说话需十分小心，若一个人称呼他为“加尔文”而非“加尔文先生”，那么这个人将背上不敬的罪名，接下来的故事毫无悬念——此人要遭大殃。

◇

16世纪宗教革命的另一位领袖、路德教派的创始人马丁·路德也不是省油的灯，在骂街方面堪称一绝。他说《愚人颂》的作者伊拉斯谟是“来自伊壁鸠鲁猪圈里的另一头猪”，一顺手，把古希腊哲学家伊壁鸠鲁也侮辱了。伊壁鸠鲁不是路德唯一辱骂过的希腊先贤，被他骂过的另一位大咖叫作亚里士多德：“因为我们的罪，上帝把他（亚里士多德）作为一种瘟疫送给我们。”

翻开路德作品集，俯拾皆是如下暴骂：“你就是罗马暴君，是罪恶的教唆者。”“你这头蠢驴，长着驴耳朵和受诅咒的说谎者的嘴！”“你们这些满嘴蒜味和苦瓜味的味觉错乱的人啊！”“你这个罪人！你这个万恶的家伙！你用你的谎言和各种欺骗手段，把全世界一起带下地狱！”“你这个老鸨！地狱里魔鬼的女儿！”……路德如此会骂，以致于国外某网站开玩笑地制作了“马丁·路德骂人生成器”，以帮助那些一吵架就词穷的弱势群体。生成器中所有脏话均摘自马丁·路德作品原文，甚至还给出了具体出处，十分严谨。

路德读了多少遍《圣经》，但面对与自己意见相左的人仍然没有学会“有人打你的右脸，你把左脸送给他打”的宽厚。而他的墓志铭竟然是“我的话就是上帝的话”，不知道上帝看见他连篇累牍的脏话作何感想。

◇

16世纪的意大利，财富与权力都集中在教会手里，其中，教皇一职又是财富与权力的珠穆朗玛峰，成为每位红衣主教毕生的追求。伊波利托·埃斯特主教也是浩浩荡荡的教皇竞争大军中执着的一员，奈何他数次竞争失败，终生未能如愿。而由于忌惮埃斯特的势力，教皇禁止他在罗马修建自己的宫殿，将他彻底排除在权力中心罗马之外，只赏给他一座小镇上的庄园当作安慰奖。埃斯特壮志未酬，着实气难平，最终想出的解决之道是："如果我不能在罗马建立皇宫，那么我就要将罗马搬到我的皇宫来。"

大丈夫说到做到，埃斯特在庄园中建了个微型罗马，万神庙、竞技场、方尖碑、母狼雕像一应俱全，庄园中的三层水系则象征着通往罗马的三条河流——多么可爱的报复，无法在罗马留下我的荣光，就将罗马的荣光切割一角带回家中豢养。而埃斯特主教专业造园二十年，终于把埃斯特庄园打造成了文艺复兴三大名园之一。直到20世纪，匈牙利钢琴家李斯特还专门为庄园中的喷泉作过曲，足见其魅力。

◇

16世纪时新教中加尔文教派的禁令格外多，对此茨威格在《异端的权利》中有总结："戏院、娱乐、传统节日、任何一种舞蹈或游戏都被禁止。甚至如滑冰那样无害的运动也使加尔文暴跳如雷。他唯一能够容忍的衣服必须十分朴素，几乎是僧侣式的。因此，裁缝们除非有市行政当局的特许，并按规定新样裁剪，否则将被禁止。未满十五岁的姑娘不得穿丝绸，而超过这年龄，则不得穿丝绒。金银花边、无用的纽扣和褶饰均被禁止，佩戴金饰或其他小件饰物也违反规定。男子不得蓄长发，禁止妇女把一绺绺头发卷起来并用梳子定型。禁止花边，禁止手套，禁止褶边和开叉的裙，禁用轿子和四轮马车，禁止家宴邀请客人超过二十人。在受洗和订婚宴会中，上菜不得超过指定的道数，不得供应糖果和果脯。除当地出产的红酒外不得饮其他的酒。娱乐场合不论四足的兽或有翼的禽一概禁止，糕点也禁止。新婚夫妇在结婚时，或在婚后六个月内不得互赠礼物。当然任何性质的婚外性行为都是绝对禁止的，即使已经正式订婚的，也同样不得疏忽。”

后来的清教徒更过分，连圣诞节与圣诞晚宴都禁止了，甚至圣诞节当天上教堂也是违法的。不知道他们是否会觉得“一万个美丽的未来，抵不上一个温暖的现在”？

◇

中世纪时卖淫绝不是犯罪，社会认为妓女很低贱，基督教亦提倡禁欲，但教会仍然允许妓院存在，甚至鼓励其经营。为什么企图禁绝一切罪恶的基督教会，却对妓女格外包容？中世纪两位殿堂级神学家给出了解释。奥古斯丁的观点是：“若从人类中消除妓女，你将以淫欲玷污一切。”托马斯·阿奎那的观点也大同小异：“若没有地下水道，宫殿将堆满垃圾臭水；从世界上消除妓女，会使鸡奸充斥于世。”教会再明白不过，任凭制定多少清规戒律，随你将天国勾勒得多么引人入胜，人类依然很难与原始欲望作对，与其强力压制人们的淫欲，不如给他们一个合理又安全的发泄路径。而且有了妓院，社会就安宁了——男人们不再骚扰良家女，教会也发达了——妓院缴纳的税金可不菲。总的来说，两全其美。

◇

西方许多教堂的讲经台都做成鹰的造型，一是因为形状适宜，展翅的雄鹰正好可以托住《圣经》；二是因为中世纪的寓言集称，鹰是上帝创造的所有动物中，唯一一种眼睛可以直视太阳的动物。托举《圣经》这般神圣高贵的工作，也只有能直视上帝之光的动物才可胜任。

王者如烟

『谁要是没有在1789年以前生活过，
那就压根儿不算生活过。』

古埃及第十九王朝法老拉美西斯二世，给埃及带来了黄金时代，历来人们提到他都是褒义词远远多过贬义词。而关于他的贬义词里，总会出现“欺诈”这一项，因为他曾篡改了一件重要的史实：在埃及与赫梯争夺叙利亚统治权的卡迭石之战中，双方皆损失惨重、不分胜负，但拉美西斯二世回埃及后，命人分别在七座神庙上用浮雕的形式记录了此役的始末，不过这些美丽的雕刻讲述的可不是一场平局，而是埃及人大获全胜。真实的战场上，埃及人同赫梯人一样流血牺牲，但在拉美西斯的“纪实文学”里，没有一个埃及士兵倒在赫梯人的长矛下，埃及战车所向披靡。

拉美西斯二世因此事落下了善于撒谎和欺诈的名声，常为后世史家所诟病。不得不承认，那些浮雕确实是不折不扣的虚假宣传，但私以为，拉美西斯如此做也许还有别的理由。

贡布里希曾在《艺术的故事》里记述了一种在今人看来很奇妙的现象：“原始人对什么是实物、什么是图画往往分辨不清楚。有一次，一位欧洲艺术家在非洲的一个乡村画了一些牛的素描，当地居民很难过地说：‘如果你把它们随身带走，我们靠什么过日子呢？’……原始狩猎者认为，只要他们画个猎物图——大概再用他们的长矛或石斧痛打一番——真正的野兽也就俯首就擒了。”也许，这正是拉美西斯不愿在浮雕中表现任何一个埃及伤员的理由：在那遥远而愚昧的时代，人们认为图画跟实物密切相联，你画了一个受伤的埃及人，这就意味着现实中也会有一个埃及人受伤。这种想法并不稀奇，近代中国农村仍有打小人的做法，在人形纸片上写着仇敌的名字与生辰，接着捶打或是针扎仇敌的人形纸片，认为如此一来便可以对仇敌真实的肉身造成伤害了。

另，拉美西斯二世并非唯一一个这么做的人，你在亚述王国的战争纪念碑上也找不到一个受伤的亚述人。不管他们这么做的原因到底是宣传政绩还是保护同胞，但这一招的确高明。多年后，真相早就随风而逝，唯有他们的“胜利”在坚硬的大理石上永垂不朽。

◇

公元前6世纪，居鲁士大帝在一口气打败三个帝国之后还是不过瘾，又一路向北，企图征服中亚的游牧民族。结果里海地区的马萨格泰人不服气，在他们的女皇托米丽斯的领导下奋起反抗，不仅把居鲁士的部队打得屁滚尿流，还杀了居鲁士本人。女皇命人取居鲁士首级，将其浸泡在注满鲜血的皮囊中，作了又豪壮又刻毒的总结陈词：“开怀畅饮吧，既然你是如此地热爱它。”公元前53年，罗马共和国的首富克拉苏在洗劫耶路撒冷圣殿之后又去攻打帕提亚帝国，不料中了埋伏，战死沙场。人们割下他的头颅献给帕提亚的国王奥罗德斯二世，国王命人往克拉苏的嘴里灌注熔化的黄金，并深情寄语：“这是你最爱的金属，你啊，就好好享用它吧！”居鲁士一生好战，酷爱血流成河的沙场，

[意大利] 马蒂亚 · 普雷蒂《托米丽斯女王取得波斯国王居鲁士的首级》，
1670—1672年。

[弗兰德斯] 彼得 · 保罗 · 鲁本斯《居鲁士大帝的首级被献给托米丽斯女王》，
1622—1623年。

前一幅画，女王如坚毅的战士，亲手将居鲁士的头颅摁进血盆，眉目间都是对仇敌的恨意；后一幅画，女王如雍容的贵妇，身着华服，施施然在旁欣赏一代大帝居鲁士最后的潦倒结局。比较两幅画后，就明白鲁本斯为什么能成为当时最受欢迎的画家，他完全懂得贵族顾客的口味：太残酷的画面不利于室内装饰，再黑暗的事件也要以美的姿态呈现，所以他将女王对居鲁士的可怕报复，画出了宫廷宴会的感觉，宾客们色泽明艳的服饰才是重点。

而克拉苏嗜钱如命，梦里都是数钱的声音。托米丽斯和奥罗德斯用这样的法子喂饱他们，说不定正合他们的心意。

◇

在希腊化时代，如果提到亚历山大城，你必须加上长长的前缀以及坐标说明，人们才知道你说的究竟是哪一座，因为那时候有差不多七十座亚历山大城，它们全都是由亚历山大大帝创建或是重新装修过的，理所当然都以亚历山大为名。这位少年得志的军事奇才就用这种方式炫耀自己的功绩——从希腊到印度，亚历山大城多到可以联成一顶桂冠，向现在与未来的所有人称颂亚历山大之名。

◇

古罗马人的珠宝首饰上常常刻有在位帝王的肖像。这本是向君主表达敬意的方式，不过你要小心，这一行为稍不留神就会从拍马屁变成了叛逆。譬如你一只手上佩戴着手镯，手镯上刻有皇帝神气的面孔，你却用这只手去取便壶，让帝王的脸与秽物凑那么近，你敢说这不是大不敬?

不过皇帝的脸并非永远都神圣不可侵犯。现在出土的古罗马皇帝雕像，面部常有残缺，考古挖掘不小心造成的损毁只是很小一部分原因，最主要的原因是古罗马人喜欢用打破旧皇帝塑像的方式来欢迎新皇帝。人走茶凉，在任何时代、任何国家都一样。

◇

罗马人虽灭亡了希腊，却对希腊文化爱入骨髓，他们把希腊的柱子、雕塑和工匠迁移到罗马，并制作了大量的仿制品。暴君卡里古拉也不例外，命人从希腊运来诸神的雕塑，但他对原物无爱，喜欢对神像做一些加工——“砍掉”诸神的头颅，换上他自己的头像，并要求人们经过之时必须向有着自己头部的神像致敬。罗马皇帝本来在死后就会被人追封为神，卡里古拉却迫不及待至此。

◇

海神波塞冬在他的职业生涯中曾两次遭遇人间之王的挑战。

第一次挑战来自波斯帝国的国王薛西斯一世。薛西斯为了征战希腊，命工程师在赫勒斯滂建立船桥，以便军队渡海，结果海浪摧毁了船桥，抓狂的薛西斯决定惩罚大海，对其处以三百下的笞刑。鞭打大海之后还不解气，薛西斯又命人向海中扔了一副象征被奴役的镣铐。

第二次挑战来自罗马帝国第三任皇帝卡里古拉，卡里古拉这个人吧，往好了说是古灵精怪，往坏了说就是精神错乱，和人类打仗打腻了，于是某天心血来潮想和海神干一架。卡里古拉的计划是让海军的所有船只列队排好，一艘紧挨着一艘横跨过海面，然后让士兵们踏船渡海，等他们到达海中央之后，集体将长矛掷入波涛，他还让士兵在海滩上捡拾贝壳，这样也算是逮捕了波塞冬的几个手下。

第二次挑战完全是个笑话，第一次挑战倒激发了文豪磅礴的想象，19世纪法国大作家雨果就在一首诗中幻想：薛西斯的三百次鞭笞激怒了波塞冬，于是波塞冬将那三百下鞭笞化作了驻守在温泉关的三百名士兵，有力地抵抗了薛西斯的进攻。而那三百名士兵，就是名传千古的斯巴达三百勇士。

佚名《薛西斯鞭挞大海》，1909年。

薛西斯在赫勒斯滂鞭挞大海的举动疯狂又暴戾，但就在同样的地方，他也有过悲悯的瞬间。薛西斯带领大军抵达赫勒斯滂之时，侍卫在小山丘上设立了白石宝座，薛西斯坐在宝座上俯瞰大军与大海。看着浩浩荡荡的军队，一贯坚毅的薛西斯潸然泪下，大臣问他为何哭泣，他答："悲悯之感涌上我的心头。人的一生是何其短暂啊！看着黑压压的人群，百年之后，就没有一个人还活着了。"

◇

公元68年，近卫军推翻了罗马皇帝尼禄的暴政，尼禄被迫选择自杀。他的遗言是："随我死去的是多么优秀的一位艺术家呵。"直到死，他最爱和最欣赏的仍是他自己，这辈子也算是值了。

◇

屋大维击溃安东尼之后，安东尼的恋人和盟友埃及艳后克列奥派特拉七世也跟着溃败了，埃及托勒密王朝就此画下了句点。屋大维专程到亚历山大里亚去，为亚历山大大帝的石棺摆上鲜花和金冠。有人问他要不要也去托勒密王室的墓穴瞧瞧，他几乎笑出了声："我的愿望是来探望一位国王，而非欣赏尸体。"若你一生辉煌，死了我也尊你为国王；若你是我的手下败将，即使贵为国王，又怎样？屋大维有大气概，由他开启罗马的帝国时代一点都不奇怪。

◇

日本贵族从4世纪开始拥有自己的姓氏，日本平民则是从19世纪开始，那你知道在日本谁从古代直到现在，一直都没有姓氏吗？答案是天皇。因为天皇被认为是天神的子孙，天皇虽然每天都跟人一样吃喝拉撒，真实身份却是天神。姓氏是愚蠢的人类才需要的，神哪需要这些附属品？所以天皇不是没有姓氏，而是根本不需要姓氏。

◇

中世纪早期，欧洲君王的床都可拆卸，像积木玩具一般。只因那时战争频繁，君王们居无定所，需要四处征战或跑路，一旦离开某城，君主就将床拆分成零件，装在大皮囊里带走，让床跟随自己行遍天涯。

虽据史书记载，君王的意图是想表示自己的床最高级，在其他任何地方都找不到跟它一样好的，但可能此举更多是出于安全感的考虑。想一想，君王看见自己的小床心底何等踏实：无论今晚身在何处，是在满是蛛网与藤蔓植物的废弃城堡，还是在刚刚被我用利刃征服的宫殿，都会有一张熟悉的床在等着我安眠；无论身陷荒野的疾风还是敌人的诅咒都无所谓，躺上这张床，就能闻到家乡的味道，就好像回到了母亲的怀抱。在那个风雨飘摇的时代，即使是盖世英雄，亦需要一点安慰。

◇

中世纪很流行的一种谋杀方式是往食物中投毒，君王们对此尤为恐惧，于是宴会上出现了各种试毒利器，有些利器相当离奇。用珊瑚、牛黄来试毒已是最正常的了，还有使用癞蛤蟆脑石来测毒的。癞蛤蟆脑石，光看名字看不懂吧？据说是癞蛤蟆脑子和蝰蛇舌头的混合物。另外还有使用独角兽的牙齿来测毒的，但世上并无独角兽，独角兽牙齿何来呢？其实是独角鲸的角。这些测试器，在测毒上大多不管用，但在宽慰君王脆弱的心灵这一点上还是很管用的。

◇

英王亨利八世睡觉时会在床铺上放一小块皮草，他相信皮草会将床上的跳蚤都引诱过去，这样一来，跳蚤就不会吸他的血了。皮草驱虫法管不管用我们不知道，但我们由此知道的是：如果比较绝对的生活质量，从前的国王可能还比不过今天的农夫，亨利八世带领英国向前迈进了巨大的一步，威名赫赫的他却还是睡在跳蚤堆里。

◇

俄国历史上第一位沙皇伊凡雷帝，曾挖出了两位才能卓绝的建筑师的眼睛，理由是两个建筑师为他打造了世界上最美丽的教堂——圣巴索教堂。为什么修出了最美的教堂还要被挖眼？因为不能让他们俩再为别人建起更美的教堂啊。你看，疯子也有自己的一套逻辑。

◇

还是上面那位伊凡雷帝，曾放猎犬咬死了诺夫格罗德的主教大人。用禽兽做处刑机器，这在历史上并不新鲜，但伊凡雷帝在行刑领域有自己的一套。放狗咬人有什么趣？模拟贵族在森林中打猎时放狗咬熊的场景才够刺激。主教不是熊，这好办，就把主教缝进熊皮后再交给猎犬撕碎。伊凡雷帝后来因暴躁的个性失手杀死了自己的儿子，后人说这是他的报应，其实比起他的种种“任性”来，这报应简直像是爱抚。

◇

法国国王亨利四世的施政目标是让国内每个农民家庭“锅中都有鸡”，这比“征服全世界”之类的目标来得实在多了。

[俄国] 伊里亚 · 叶菲莫维奇 · 列宾《伊凡雷帝杀子》，1885年。

伊凡雷帝某次与儿子发生争执，暴怒中将手里的笏杖猛掷过去，不幸击中儿子的头部，后者因之毙命，而伊凡雷帝也在那一刻失去了生命中最亲爱者与王位

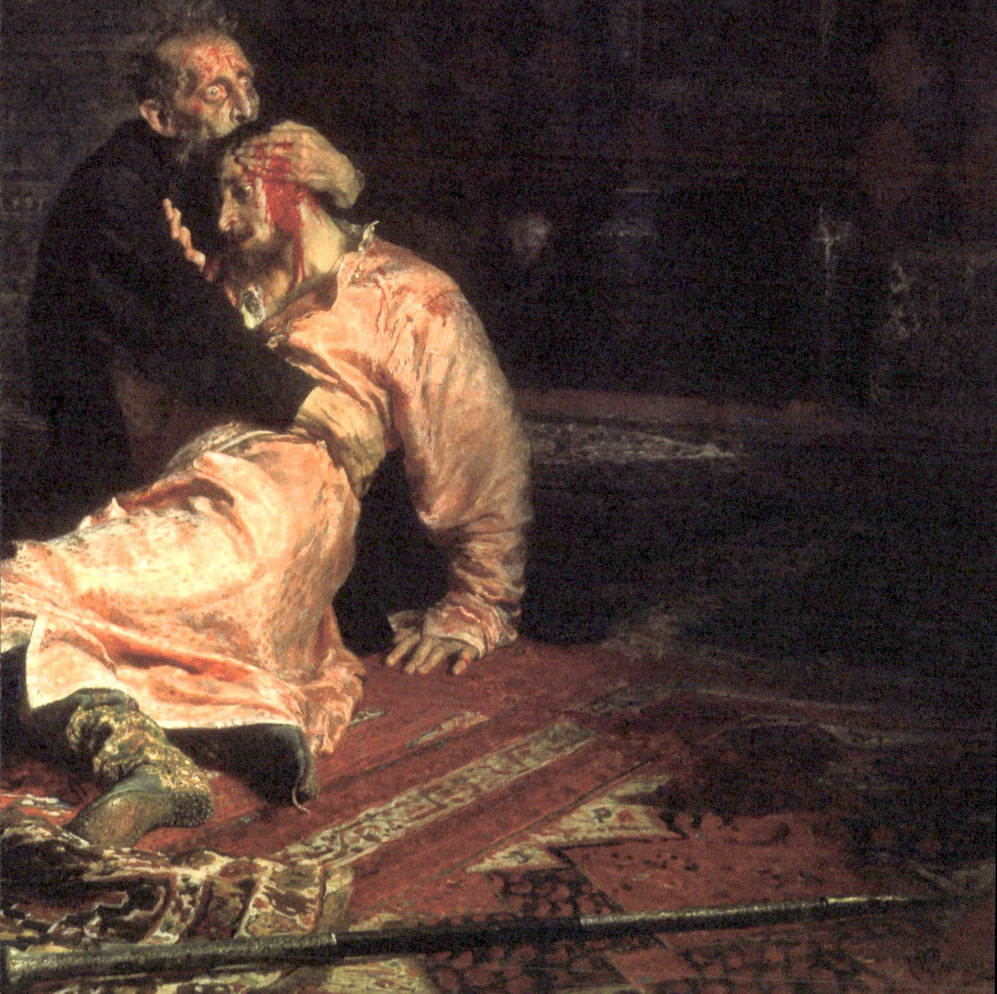

继承人。列宾真是伟大的画家，他画出了一位暴戾的君王，也画出了一位绝望的父亲。

◇

尼古拉斯·莱塔热，历史上绝无仅有的能够让数十位诗人为他写了上千页赞美诗的鞋匠，1666年甚至出版了关于他的诗集。诗人们夸起莱塔热的鞋来，可以贬低古代艺术品，“古代遗物无法与之相比，后辈无望做得更好”；可以连伟大的罗马都鄙夷，“从不退让的罗马人，庆祝着你的纪念碑/现在不是炫耀地位的时候：你的光辉已然烟消云散/今天呈现在我们眼前的靴子/让所有理性全都枯竭”。至于莱塔热的成名作——他为法国太阳王及头号鞋迷路易十四做的第一双鞋，更是诗人们讴歌的重点：“在鞋上，百合叠着百合/由真金上光/由蜂蜜色的东方丝绸制成/配着平纹布料，用着国王的颜色。”就是凭借这双鞋，莱塔热成为路易十四的御用鞋匠，深得路易十四信赖。肉麻的诗句层出不穷，诗人们很清楚，他们夸的是莱塔热的鞋，捧的却是路易十四的臭脚。

凡尔赛宫算是法国国王路易十四的个人形象宣传中心。凡尔赛宫的花园里有着大大小小几百座希腊神祇的雕像，包括宙斯、波塞冬、阿波罗等，不管这些神统领的是海洋还是太阳，他们都有着差不多的面庞，因为神像的面部都是根据路易十四的脸来塑造的。众人漫步花园，相当于接受洗脑，洗脑的内容即：路易十四是一切的神。

◇

太阳王路易十四在位之际，正是法国的鼎盛时期。法国代替西班牙成为欧洲新霸主，路易十四这一生过得别提有多得意。但人心总是不足，仅是操控人间事务逐渐无法满足这位高傲的太阳王，于是他突发奇想，将“魔爪”伸向时间，企图创造一个连时间都听他使唤的理想国。谁都知道，任你有天大的财富和本事，时间都不会向你俯首称臣，所以想要操控时间，只能独辟蹊径：路易十四让宴会上的仆人都穿着象征春夏秋冬四季的服装，这样表面看起来只是奇装异服的仆人在端茶送水，内涵却是“春”“夏”“秋”“冬”四季与时间皆成为路易十四的奴仆，听他一人指挥。另外，路易十四还要求餐桌上得有反季节的新鲜食物，好比冬天的西瓜、秋天的草莓之类，这些食物简直是对时间之神赤裸裸的嘲笑——就算时间之神让天地间雪花纷扬，我路易十四偏要做一场温暖的仲夏夜之梦。

◇

法王路易十四建起凡尔赛宫后，很慷慨地将这座金碧辉煌的大宅院面向公众开放。无论你身份高贵还是低贱，无论你的职业是种植小麦还是贩卖丝绸，只要穿戴干净，皆可进入凡尔赛宫参观。如若路易十四不在宫中，你还可以逛逛他的卧室，欣赏下他的床单被套。开放程度之高，令人咂舌。皇室生活并非遥不可及，当时的法国人民随时能去国王家里做客，走国王走的路，看国王看的景。

之所以开放凡尔赛宫，倒不完全是出于亲民的考虑，更多是出于想炫耀的心。凡尔赛宫乃路易十四的心血之作，承载了路易十四关于美的全部理解，就像儿童喜欢向众人展示他心爱的玩具，路易十四也想让全世界看看他的大宝贝。因此他不仅向全民开放凡尔赛宫，还喜欢带领客人参观，后来还编写了《参观凡尔赛宫的路线》，以便自己不能亲自引领参观时，客人也不会遗漏任何一点辉煌与美好。

◇

路易十四为来宾撰写《参观凡尔赛宫的路线》是相当明智的，因为在偌大的凡尔赛宫里，就算客人不需要观光方面的指点，也很需要一张路线图才能避免迷路的尴尬。别说国王的宫殿，欧洲普通贵族的宅邸已是大得惊人，客人们经常找不到自己的卧室。曾有人统计，英国贵族的豪华住宅里通常有超过四百个房间。

为了避免客人们走错房间，英国约克郡的温特伍思伍德豪斯府发明了一种不插电的导航系统：向每位客人发放一个小银盒子，盒中盛满花纹独特的纸屑，供客人撒在走廊、楼梯、墙角，以帮助他们找到回房的路，或是通往秘密花园的小径。你只要记住属于自己的纸屑是什么花纹，便可在做客期间轻松无忧。而这样的导航还有别样功能，那些花花绿绿的纸屑，还为你指明了心仪对象的芳踪。

◇

别以为古代欧洲贵族讲究礼仪，他们的一举一动便都高贵。直到17世纪，欧洲宫廷贵族还有在宫中随地大小便的习惯，墙壁、角落、壁炉、楼梯转角处都是他们方便时的首选。

1606年，法王亨利四世迫于无奈，下令严禁任何人在卢浮宫内随地大小便，违者罚款四分之一埃居。同年八月，国王再颁命令，这次是禁止人们在圣·日耳曼宫内恣意方便。不知情况何其糟糕，才会逼得国王再三下令。在这件事上英国人也干净不到哪儿去，英王查理二世为躲避伦敦的瘟疫而将整个宫廷搬到牛津，待他们走后，这些高贵人居住过的房子遍地是粪便。别感到莫名惊诧，这就是当时的风气，就连1619年欧洲出版的一部关于礼仪的书，也只字未提随地大小便是件不雅的事，只教导贵族们该如何优雅地随地大小便：“若你深感排便之需，无法自制，千万要撒得礼貌些，环顾周围，看是否四下无人。若你不慎将污物浇到地板上，要以迅雷不及掩耳之势，用脚把它踩干净。”

罚款无用，说服教育亦无用，为了禁绝此事，欧洲王宫的管理者甚至动用了信仰。他们用白土粉给“事故高发地”的墙壁画上十字架，企图用神圣不可侵犯的宗教符号，使人们不敢在此处放肆。至于效果嘛，也并不理想。

17世纪欧洲贵族偏爱巴洛克风格，建起的宫殿雄伟而灿烂，像太阳一般，但谁能想到这些“太阳”里有那么多“黑子”！欧洲贵族在居所内随意方便的习俗可谓“源远流长”，古罗马贵族在宴会中就绝不会离开餐桌去方便，他们的做法是让奴隶将便壶拿过来，然后就在桌边潇洒地解决膀胱的困境。不过，罗马人还会用便壶接住污物，后来的欧洲贵族就任由污物在地板上流淌。

1634年，勒·热内在他的作品中引用了当时法国农夫之间流行的一句话：“如果我是国王，除了肥油我什么都不喝。”如果做了国王，好喝的东西多了去了，根本顾不上喝肥油，只是贫穷的农夫对此无法想象。

◇

一日之计在于晨，清晨当然要用来做最喜欢的事。17、18世纪欧洲宫廷贵族的绅士们最喜欢的事可不是在伯爵红茶的佛手柑香气中悠闲阅读几封来自远方的信，而是踏着清风与晨露去拜访贵妇。说是拜访，其实算看戏：去得早可看一出“贵妇安眠”，欣赏她们或娇俏或优雅的睡姿，去得晚可看“贵妇化妆”“贵妇梳头”或“贵妇沐浴”，出出戏都香艳，演员还触手可及。彼时的欧洲贵妇亦不是林黛玉，对于这样的“参观”，她们岂止是欣然接受，简直是敞开大门欢迎你。正如卡萨诺瓦在《回忆录》中所写：“她们故意要男人帮她们换衣服，穿衬衣，轻柔地碰触她们，希望他们充满诱惑的手伸入她们的衣服之中。”

每天清晨，贵妇们就在自己的闺房中，一面与绅士娇声交谈，一面绞尽脑汁展示自己保养得极其优美的身体，就如同拜金者炫耀自己拥有多少款奢侈品。

◇

1851年，英国为了秀强大而举办了世界史上第一次博览会，也就是万国博览会。维多利亚女王计划让地球上的居民都来看看英国有多牛，既然全世界都在受邀之列，那么举办博览会的场馆必须足够大才行。场馆所有的设计图中，最受高层青睐的是玻璃房的设计，但当伦敦人民听说要建一座硕大无朋的玻璃房时，大家恐慌了：玻璃房从墙壁到屋顶都是脆弱的玻璃，如果许多人在房里同时走动，一不小心震碎了玻璃房，那就从秀强大变成了秀悲剧。设计者为了打消民众的恐慌，先建了一个缩微版的玻璃房，然后请一队军人做小白鼠，让他们在玻璃房中尽情蹦跶。体力惊人的军人们就差在房子里来一场奥运会了，结果房子还是没垮，于是大玻璃房才被允许继续建造，于是才有了阳光下最美丽的建筑之一——水晶宫。

◇

虽然人民憎恨统治者的脑满肠肥，但古代各国的领导人通常还是会努力表现自己是个大胃王，而且，跟臣民一起吃饭或是同外国使节飨宴时这种努力会加倍。

公元2世纪罗马帝国不列颠总督克劳迪乌斯·阿尔比努斯，令他名垂青史的除了征战高卢一事，还有他那无人可匹的胃口。他一餐要吃掉一百只黄莺、四百个牡蛎，外加一篮桃子、十个蜜瓜、二十磅葡萄、五百颗无花果。第一位出身蛮族的罗马皇帝马克西米努斯，每天要吃

[法国] 弗朗索瓦·布歇《维纳斯的梳妆》，1751年。

画中的维纳斯，应是以现实中的模特为原型。当时欧洲的绅士们早晨访问贵妇的闺房，看到的大概就是近似于此的香艳景象。

[英国]约瑟夫·帕克斯顿《水晶宫》，1851年。

此画作于水晶宫建成那年，可算是一篇关于水晶宫的“新闻报道”。只可惜，画中的水晶宫已毁于1936年的大火，迄今未能成功重建。

掉十八到二十七公斤肉食，外加一整坛子酒。法国国王路易十四也不是省油的灯，“常常在一顿饭里要喝掉四盘不同的汤，吃掉一只野鸡、一只山鹑、一大盘生菜、一盘原汁儿加蒜的羊肉、两大块火腿、整整一盘点心，外加水果和果酱”。

其实，古代领导人努力饮食并不完全是为了享受，还饱含着充分而卓越的政治考虑。

首先，吃得多才能证明自己身强力壮。君王要带领整个国家奔向光明的未来，羸弱的小身板儿哪能挑起如此重担？所以才会发生这样的故事：法王弗朗索瓦一世身材单薄，画家让·克卢埃在为他画肖像时，特地给他画上了宽大的袍子，在尊重事实的前提下又巧妙掩饰了弗朗索瓦的苍白细弱。古人对君王的审美从来都是以壮为美，若非如此，弗朗索瓦根本无需善意的谎言。君王健康，才能让百姓放心，让友邦与敌人忌惮，而健康最直接的表现就是吃得多。且历史越往前推，大胃领导越受推崇与爱戴，因为在人类文明发展之初，领导人要承担更多更重的体力活，比如带领部落打猎。在那时候，领导壮不壮，直接决定了一整个部落能不能吃饱；那些吃得又慢又少、常常迎风落泪伤春悲秋的翩翩少年，随时会被部落和亲妈嫌弃。

其次，吃得多才能证明不差钱。国君的餐桌过于简朴，看了难免让人以为此国国库空虚，国家综合实力弱不禁风。有钱的国君要用丰盛的餐桌彰显实力，没有钱的国君更要用丰盛的餐桌来虚张声势。

所以呵，且慢谴责“朱门酒肉臭”，古代的领导人们不仅是为了自身而饕餮，更是为了民族之崛起而饕餮。

[法国] 让·克卢埃《弗朗索瓦一世》，约1530年。

不得不承认，画家处理得相当巧妙，法国16世纪的华丽服饰也帮了弗朗索瓦一世的大忙，将细弱的国王修饰成了威风凛凛的霸主形象。

◇

我们一向视奢侈为洪水猛兽，认为正是有钱人的挥霍，才造成了无产者的窘迫。但在17、18世纪时，西方人已经意识到如果有钱人不挥霍，无产者将把生活的牢底坐穿，永无翻身之日。因为有挥霍才有需求，有需求才有足够多的工作岗位。

柯耶教士就曾说："奢侈犹如火，它也许有益，也许有害。它毁灭富人的住宅，却维持我们的工厂。它吞没挥霍者的遗产，却使工人有饭吃。它削减了少数人的财产，却使多数人走向富裕。里昂的原料、织锦、黄金布料、花边、镜子、珠宝、马车、精致的家具、美味佳肴，如果这些都遭到禁止的话，那么，不仅数百万人将无所事事，而且同样多的人将面临饥馑。"伯纳德·曼德维尔更是为奢侈病唱起了赞歌："奢侈，贵族的罪恶/可无数穷人借此谋生/可恶的傲慢使更多穷人活命/虚荣和嫉妒本身/决定了工业的发展/美食、家具与服饰/显示了他们的愚蠢和轻浮/而这古怪又可笑的恶习/正是推动商业前进的动力。"虚荣和嫉妒本身决定了工业的发展，如果富人没有虚荣心和攀比精神，那就不需要这么多精美的物件儿，如此一来，工业怎么发展和繁荣？就连万众敬仰的孟德斯鸠都在《论法的精神》里为奢侈摇旗呐喊："富人不挥霍，穷人将饿死。"所以，且慢谴责富人的挥霍，这其实也是一种变相的慈善，没有他们的挥霍，多少人将失业，多少行业将萎缩。

[法国] 让·奥诺雷·弗拉戈纳尔《爱的进展：幽会》1771—1773年。

洛可可风格的绘画作品最能体现18世纪法国贵族的审美：精致、轻快、柔媚、繁复，色彩极其细腻。

[法国] 乔治·克莱林《王室随从》，19世纪。

画中贵妇穿着绫罗绸缎，趾高气昂；画面右侧角落里贫穷的卖花女看着她们，神情落寞。金字塔尖与金字塔底的生活相去甚远。

◇

大革命之前，18世纪法国贵族的生活精致纤巧到无以复加，极度重视细节。当时曾流行过一阵“虱子色”，顾名思义，是指虱子身上的颜色。法国人能注意到虱子的色彩已经够细致了，他们还给虱子色做了细分，将虱子色分为虱子背、虱子肚等七种颜色。他们的生活是如此讲究，所以法国大革命时期的著名外交家塔列朗才说出了这样的话：“谁要是没有在1789年以前生活过，那就压根儿不算生活过。”

◇

1789年7月12日，路易十六任命福隆出任财政总监。这位福隆是个怎样的角色呢？据传他在法国经济几近崩溃、粮食价格暴涨、人民食不果腹的时候曾说过：“他们要是饿了，就去吃草好了，有什么可着急的。”福隆出任财政总监后还没风光两天，法国大革命就全面爆发了，愤怒的人民吊死了福隆和他的女婿，并割下头颅示众。而最意味深长的一个细节，是人们往福隆已失去温度的嘴里塞满了干草。福隆到底有没有发表过冷酷无情的吃草言论，革命者并不在乎，革命者坚信他们吊死的每一个人都十恶不赦、罪有应得，再加上给嘴塞草的环节，这场报复就来得更彻底了。每一个法国人都在革命中尽情狂欢。

◇

古代贵族不用为养家糊口而奔波，但他们要为繁复的礼仪而操劳。法国凡尔赛宫廷的鼎盛时期，贵妇们无需记住织补衣物的要领或是生火的诀窍，但她们要记住：到朗布依埃宫可坐靠背椅，到了马尔利宫便降级成坐方凳，而到了高贵的凡尔赛宫，则只有资格坐一个简单的帆布折凳……这还只是坐具的问题，贵妇们在日常生活中有密密麻麻的规定要遵守。礼仪面前人人平等，王子公主也不能只待在童话里谈场恋爱就从此过上幸福美满的生活，他们也有许多礼仪要遵守。比如凡尔赛宫举办舞会时，公主们并不能纵情歌舞，因为礼仪规定，不管公主们跳什么类型的舞，跳到哪一个舞步，跳到舞池的哪一个方位，她们的眼睛准且只准看向王后。至于由此带来的丑陋舞姿或是颈椎病，没人在意。

在礼仪的繁琐程度上，英国人绝不输给法国佬。仅以门的相关礼仪为例：法国凡尔赛宫里设有掌门官，他只需给人开门，工作起来却像参加《最强大脑》，因为他要记住哪些人经过时他当站在门内，哪些人经过时他当站在门外。成千上万的人呵，不同身份、不同头衔、不同性别都将导致门内门外的不同。而若你身在英国的贵族之家，你得给自己先来一个人物属性调查，才能知道自己可以开哪些门。请仔细填写以下选项：你是男性还是女性，是大人还是儿童，是平民还是贵族，是这家的客人还是亲人；如果是家庭教师，那么你是男老师还是女老师；如果是仆人，那么你是上等家仆还是下等家仆……每一个选项的不同，都决定了你到底具备打开哪几扇门的资格。

不止是英法两国的贵族如此，在世界史范围内进行考察，古代各国贵族都有相当复杂的礼仪。贵族并非白痴，谁会无缘无故给自己的生活找麻烦？礼仪自有它存在的理由。简而言之，礼仪其实就是一种秩序，它让每个人认清自己在这个社会中的位置。不同身份的人，当有不同身份的行为举止，贵族用繁复的礼仪无声地宣示自己的社会地位。为了有效地达到这个目的，他们自身所用的礼仪必须是平民阶层想模仿也模仿不起的。

想想便知，简单的礼仪平民还能追随，而那些繁复的礼仪则需要一人拥有足够的闲暇和仆从的服侍才能完成，忙于工作挣钱的平民即使有心模仿，亦没有资本。所以贵族的礼仪越来越复杂，为的就是要和平民拉开差距，同时也以此警告平民：“你给我看清楚了，我们身份地位差异悬殊，别想着以下犯上。”

别说贵族的礼仪举止，即便是仪表上貌似微不足道的细节，也无一不在表达贵族和平民的区别。诚如程雨城《纸上卧游记》所述：“贵族最是自我标榜的不是金钱，不是地位，而是闲暇，哪能亲手去做经营性的事务呢，这实在太粗俗了。英国绅士为什么走路要拿着一根无甚用处的手杖，那是为了标榜自己的手总是被这个无用的东西占着，可不是什么干活儿的手；贵妇人为什么喜欢留长长的指甲，那是为了标榜自己是个不事生产的人。”

◇

18世纪，欧洲上流社会刮起了“中国风”，无数中国式的亭台楼阁出现在欧洲的园林里，贵族家中贴着描绘大清帝国景象的墙纸，宴会厅则用上了龙形灯与莲花灯饰。凡尔赛的“镜厅”曾陈设着上好的中国书橱、桌几、瓷瓶，以及金龙纹样的丝织品。蓬帕杜夫人最欣赏的画家弗朗索瓦·布歇，一直以来就为贵妇画点娇滴滴的肖像，设计点粉嘟嘟的裙裳，“中国风”刮起来后，连他都暂时将欧洲贵妇们抛到一边，创作了中国组画，包括《中国皇帝》《中国捕鱼风光》《中国花园》《中国集市》等。

当时的中国不再是遥遥领先的帝国，欧洲人通过几个世纪的努力已跑到了世界的前面，所以欧洲人偏爱中国元素并非出自膜拜强者的心理，而是对欧洲人来说，古老的东方多么新鲜，遥远国度的一切都显得风情万种，从缠枝莲的花纹到灯笼、纸伞、对联。诚如他们自己

[法国] 弗雷德里克・索拉克洛伊《阳台上的茶会》，1858—1933年。

对贵族来说，连喝下午茶都不能完全放松，仍有诸般规矩要遵守。在1864年出版的《绅士府第》一书中提到，英国一处豪宅规定，十一个不同阶层的人，要在十一个不同的地方享用下午茶。在享受之前，请先搞清楚自己的身份。

[法国] 弗朗索瓦·布歇《中国舞》，1742年。

[法国] 弗朗索瓦·布歇《中国皇帝》，1742年。

布歇在画中极尽所能安排了他想到的所有中国元素，但他从未到过中国，对中国的了解全部都来自东印度公司运送到欧洲的中国产品，所以布歇关于中国的画作多少有些生硬和虚伪，论艺术性，完全不能与他笔下那些洛可可风格的肖像画同日而语。

所言："厌倦了希腊和罗马，对这两个民族了解得已经太多，现在它们不再具有魅力。"

我们习惯于将某人对异域风情的向往视作崇洋媚外，以至于我们忘了人类还有另外一种更加普遍的心理，那便是喜新厌旧。某人若说外国的月亮更圆，很可能只是图个新鲜，实在不必对此上纲上线。

◇

19世纪时，英国贵族的势力虽大不如前，然而这并不妨碍他们继续保持风度，坚守上流社会的礼仪。而彼时贵族的某些礼仪，今人若不了解其背后的考虑，只会感到错愕。

多多夸赞他人在如今是桩美德，但你若到19世纪英国贵族之家用餐，必须克制赞美的冲动：不要赞美主人的着装，因为主人作为上流社会的一员，理所当然拥有考究的穿着，盛装华服于他们而言只是寻常，没必要大惊小怪；不要赞美食物，因为食物出自厨师之手，又非女主人的劳动成果，没有赞美的意义；也不要赞美室内的装修或装饰，这是最重要的一点，因为它潜在的逻辑是"如果你对富丽堂皇的环境感到惊诧，说明你身份低微，人生一直与大场面无缘"。

我们从小被教导接受了他人的服务要道谢，但在英国贵族之家，"谢谢"是不轻易出口的。因为一个贵族每天至少要接受仆人三十次以上的服务，如果每次都道谢，一来对话显得累赘，二来双方都感到巨大的负担。一个优秀的仆从，应使主人得到周到的服务，同时还让主人感觉不到自己的存在，不受自己的打扰——仆从不打扰主人最极端的例子，当属珍妮·乌格洛在她的园艺史中记载的一处庄园，主人在家时，园丁们若要清理手推车上的杂物，须得绕道一英里去清理，以免被主人看见。所以主人接受仆从侍奉之时，最好一脸云淡风轻，好似这里并没有一个什么人在为自己服务，这样的表现也变相证明了仆从的优秀。

礼貌的定义并非一成不变，绅士的品格也在与时俱进。另，就连赞美与感谢的话都有不适宜的场合，更何况其他的话。人人都该学会慎言。

英国维多利亚时期，出身于普通家庭的女孩都视女仆为最佳职业选择。但想要成为大户人家的女仆，需通过层层考验，比如当时就有不少女仆被一枚硬币难住：主人将硬币藏在地毯之下，若硬币未被找到，则职业素养不过关，因为这证明女仆并未打扫地毯之下的灰尘；若硬币被找到却未被上交，则人品不过关，大宅门绝容不下小偷小摸之人。想要获得主人的信任，就要警惕主人不定期开展的“寻宝活动”。

[西班牙]雷蒙多·马德拉佐《一位淑女的女仆》，1890—1900年。

画中女仆是女主人的贴身女仆，负责替女主人穿衣、打扮、化妆、管理衣物饰品等。成为贴身女仆乃是许多女仆的终身奋斗目标，因为贴身女仆不必干脏活累活，收入反而更高，仅以1861年伦敦地区仆人的现金年收入为例：厨房女仆为九到十四磅，洗涤室女仆为五到九磅，而贴身女仆则为十二到二十五磅。另外，贴身女仆还能陪同女主人外出，得到女主人淘汰的时装华服。总之，贴身女仆除了身份是仆人，生活得挺像是一位淑女。

请不要给我全部真理。

不要因我口渴便给我海洋，

也不要给我天空，若我只请求细小的光亮。

我所求的仅在于少极，只如鸟儿啄走星星水滴，

微风卷去一颗盐粒。

[挪威]奥拉夫・豪格

《请不要给我全部的真理》

图书在版编目(CIP)数据

浮尘万象记：一个被收集的世界/毛晓雯著.—桂林：广西师范大学出版社，2018.7

ISBN 978-7-5598-0563-8

Ⅰ.①浮… Ⅱ.①毛… Ⅲ.①散文集-中国-当代 Ⅳ.①I267

中国版本图书馆CIP数据核字(2017)第327660号

出 品 人：刘广汉
责任编辑：阴牧云
助理编辑：谭思灏
装帧设计：李婷婷
版式设计：王鸣豪

广西师范大学出版社出版发行
(广西桂林市五里店路9号 邮政编码：541004
网址：http://www.bbtpress.com)
出版人：张艺兵
全国新华书店经销
销售热线：021-65200318 021-31260822-898
上海盛通时代印刷有限公司印刷
(上海市金山工业区广业路568号 邮政编码：201500)
开本：890mm×1 240mm 1/32
印张：10.5 字数：249千字
2018年7月第1版 2018年7月第1次印刷
定价：49.00元